내가 싸우는 이유 3

내가 싸우는 이유 3

발행일	2021년 6월 30일		
지은이	박대한		
펴낸이	손형국		
펴낸곳	(주)북랩		
편집인	선일영	편집	정두철, 윤성아, 배진용, 김현아, 박준
디자인	이현수, 한수희, 김윤주, 허지혜	제작	박기성, 황동현, 구성우, 권태련
마케팅	김회란, 박진관		
출판등록	2004. 12. 1(제2012-000051호)		
주소	서울특별시 금천구 가산디지털 1로 168, 우림라이온스밸리 B동 B113~114호., C동 B101호		
홈페이지	www.book.co.kr		
전화번호	(02)2026-5777	팩스	(02)2026-5747

ISBN	979-11-6539-856-9 04810 (종이책)	979-11-6539-857-6 05810 (전자책)
	979-11-6539-743-2 04810 (세트)	

(주)북랩 성공출판의 파트너

북랩 홈페이지와 패밀리 사이트에서 다양한 출판 솔루션을 만나 보세요!

홈페이지 book.co.kr　•　**블로그** blog.naver.com/essaybook　•　**출판문의** book@book.co.kr

작가 연락처 문의 ▸ ask.book.co.kr

작가 연락처는 개인정보이므로 북랩에서 알려드릴 수 없습니다.

박대한 장편실화소설

내가 싸우는 이유 ③

친구와 동료에겐 굳은 의리로,
사랑하는 여인에겐 뜨거운 사랑으로
진정한 사나이의 길이란 이런 것이다!

작가의 말

우리는 누구나 타고난 저마다의 쓰임을 가지고 살아갑니다. 하지만 삶의 길에서 만나는 인연과 상황은 무시로 우리의 쓰임과 가치(價値)를 잊고 살게 강요하기도 합니다. 제5공화국이 출범했던 1981년의 한국사회는 혼돈과 격랑의 세대였습니다. 2년여의 계엄령과 군사정권의 출범은 민주화(民主化)의 대한 열망(熱望)을 조금씩 잉태하고 있었고 그해 11월에는 86아시안게임과 88 서울올림픽의 열망을 안고 올림픽조직위원회가 출범하기도 하였습니다. 어둠과 희망, 강권과 열망이 혼재하는 혼돈의 시기, 충남 논산에서 2남 1녀의 장남으로 태어난 저는 시대만큼이나 굴곡진 삶을 온몸으로 견뎌내며 살아야 했습니다.

조부모와 부모 세대를 이으며 급격히 가세가 기울어 어린 시절을 궁핍함 속에 살아야 했고 전형적인 가부장적 엄친의 훈육은 방황 속에 청소년기를 보내야 하는 이유가 되었습니다. 하지만 이런 어려움 속에서도 나를 지켜준 것은 정의(正義)에 대한 믿음이었습니다. 엄친의 지엄함이 더러는 번민(煩悶)의 원인이 되기도 하였지만 꼿꼿한 모습으로 격랑의 시대를 살아가는 엄친의 모습은 보는 것만으로도 인의예지(仁義禮智)와 정의(正義)의 가르침을 어린 가슴에 깊이 각인시켜 주었습니다.

인의예지(仁義禮智)는 내가 세상을 살아가는 인간 된 도리(道理)였으며, 정의(正義)는 내가 세상과 맞서 싸우는 명분이었습니다. 사람이 해야 할 도리를 알고 하늘의 명을 실천하며 어떠한 상황에도 불의와 타협하지 않는 것. 이것이 곧 제가 살아가는 저 나름의 원칙이었으며 지금까지도 저를 지켜주고 있는 힘의 원천입니다.

정의(正義)는 누구에게나 공정(公正)하고 올바르며 사람 사는 세상의 도리(道理)와도 합치해야 합니다. 만일 누군가의 정의가 다른 누군가에게는 공정하지도, 올바르지도, 세상의 도리에도 부합하지 않는다면 그 정의는 폭압이 될 수 있습니다.

서른 즈음의 저는 정의의 훼손과 세상의 불공정에 몸부림치기 시작하였습니다. 주먹 하나로 세상과 맞서며, 조직의 일원으로 거친 삶을 살아가던 저는 무너져가는 세상의 정의에 맞서고자 정치인의 삶을 살기로 결심했고 거침없이 정치계에 첫발을 내디뎠습니다. 비록 낙선이라는 결과에 고개를 숙여야 했지만 정의와 공정의 가치를 세우고자 하는 저의 여정은 아직도 끝나지 않았습니다.

오늘 세상 밖으로 나서는 저의 소설 〈내가 싸우는 이유〉는 제가 살았고 지금도 살고 있으며 앞으로도 살아가야 할 제 삶에 정의(正義)의 진정한 가치(價値)가 무엇인지를 묻고자 합니다. 그뿐만 아니라, 우리와 함께 같은 시대를 살아가고 있는 모든 사람들에게 그들의 정의(正義)는 무엇이며, 이 시대의 정의(正義)는 무엇이어야 하는지를 생각하게 하고자 합니다.

〈내가 싸우는 이유〉는 저의 지난날과 나만의 정의를 다시금 돌아보게 하는 계기가 되었습니다. 저의 진솔한 마음을 담은 이야기와 함께 독자 여러분의 정의(正義)의 의미(意味)를 되새겨보는 계기가 되기를 희망합니다.

박대한 드림

불효자

2000년 1월 함박눈이 펑펑 내리던 어느 날. 주머니에 돈이 떨어진 성효(도끼)가 어떻게 하면 용돈을 마련할 수 있을까 이리저리 궁리를 하고 있다. 한참을 궁리해도 별 뾰족한 수가 없자 성효는 불쑥 대한과 우석(배꼽)에게 자신의 시골집에 함께 가자며 제의한다. 대한과 우석은 그리 썩 마음이 내키지 않지만 선배의 말이라 어쩔 수 없이 성효를 따라나선다. 늦은 시각 그곳에는 폭설까지 내려 인적도 모두 끊긴 상태였다. 어쩔 수 없이 성효의 시골집까지 걸어서 가는 방법밖에는 없었다. 그의 시골집까지는 날이 좋은 낮에도 족히 30분 정도는 걸어야 하는 거리였다. 그런데 이렇게 눈보라가 세차게 치는 깜깜한 밤에 30분도 더 넘게 걸리는 길을 걸어서 가야 한다니 걱정이 이만저만이 아니다. 밖에는 지금까지 내린 눈만으로도 눈이 발목까지 쌓여 있는데다가 아직도 세찬 눈보라가 치고 있어서 발걸음을 옮기기도 쉽지 않은 상황이다. 하지만 용돈이 똑 떨어져 별 도리가 없는 성효는 대한과 우석을 데리고 걸어서 시골집으로 향한다.

길을 나선 지도 벌써 30여 분이 더 지났다. 하지만 성효의 시골집까지는 아직도 한참을 더 걸어야 한다. 눈길에 발은 꽁꽁 얼었고 세찬 눈보라에 걸음은 영 더디다. 더구나 옷을 얇게 입고 있는 탓에 살을 에는 찬바람에 마치 온몸이 얼어버리는 것 같았다. 추위에 몸을 잔뜩 웅크리고 주머니에 손을 찔러 넣은 채 걷고 있던 우석이 추워 죽겠다며 성효에게 퉁명스러운 목소리로 투덜거리기 시작한다.

우석 - 아… 시발~ 추워 죽겠네! 아니! 그냥 택시 한대 불러서 편하게 가면 되는 걸 이 추운 날씨에 이게 뭔 짓입니까? 형님.

성효 - 그그… 그 새끼! 거 말 조조… 존나 많네! 그… 그냥 잔말 말고 따라와! 새새… 새끼야! 거의 다다… 다 왔으니까… 아이 시팔 꺼… 이이… 입이 얼어서 말도 안 나오네.

대한 - 하하하! 가뜩이나 말도 더듬으시는데… 추운 날씨에 말씀하시다 입에 동상이라도 걸리면 큰일 나니까 아무 말씀도 하지 마시고 그냥 입을 보호하세요. 형님! 하하하.

우석 - 그러니께 말이여! 그니께 제가 택시 부르자고 했잖아요. 형님! 이 추위에 입까지 얼어버리면 벙어리 되실 수도 있습니다. 형님.

대한 - 캬하하하! 내가 우석이 너 때문에… 미치겠다! 지금은 눈이 많이 쌓여서 택시는 불러도 안 와, 임마!

우석 - 그건 그런디… 너무 춥잖여! 아이고~ 형님! 구두를 신어서 그런가… 발가락에 동상이 걸릴 거 같습니다. 형님! 근디 도착하려믄 아직 멀었습니까?

성효 - 야! 이 시시… 시부랄 새끼야! 어지간히 찡얼거려! 쯔쯔… 쯤만 더 가면 된다고… 이 새끼야! 추추… 추워서 말 안 하려고 하는데 그 새끼 참! 스트레스 존나 받게 하네.

세 사람 모두 정장에 구두를 신고 있어서 그랬던지 눈보라가 치는 눈길을 걷는 데 여간 애를 먹고 있는 것이 아니었다. 이런 복장으로 세찬 눈보라 속에서 한참 동안 걷고 있자니 다들 죽을 맛이다. 참을성이 많은 대한도 '이대로 얼마를 더 가야 성효의 시골집에 도착할 수 있으려나?' 하는 마음에 은근히 조바심이 생기기 시작한다. 그때였다. 저 멀리 눈보라 속에서 외딴 시골집 불빛이 어렴풋이 눈에 들어오기 시작한다. 세 사람이 '이제 다 왔구나!' 하는 안도감으로 성효의 시골집을 향해 발걸음을 재촉한다.

성효의 부모님은 시골에서 돼지를 키우면서 노모와 함께 살고 있었다. 대한과 우석은 그동안 성효와 오랜 친분을 유지하고 있었으면서도 그의 집을 직접 방문하기는 이번이 처음이었다. 성효의 시골집 바로 옆에는 돼지를 키우는 돈사가 있었다. 그래서인지 돼지 냄새가 현관문 앞에서부터 지독하게 풍겼다. 대한과 우석이 성효의 뒤를 따라 집 안으로 들어서자 지독한 돼지똥 냄새가 숨을 쉬기도 힘들 정도로 역하게 코를 찌른다. 대한과 우석이 서로 마주 보며 얼굴을 찡그린다. 그들은 성효의 집 현관문을 열고 거실로 들어선다. 성효의 시골집 살림은 얼핏 보기에도 그리 넉넉해 보이지는 않았다. 집 내부에는 작은 거실과 자그마한 방 두 칸, 그리고 주방이 있었고 눈에 보이는 세간들은 모두 낡고 단출해 보인다. 아마 저 작은 두 칸의 방 중에서 하나는 성효의 방인 듯 보였다.

눈보라를 뚫고 30여 분이 넘는 길을 걸어서 도착한 터라 그들의 몸은 온통 눈 범벅이다. 그들이 현관 앞에서 몸에 쌓인 눈을 털어내고 거실로 들어서자 성효의 할머니와 부모님들이 이들을 맞이한다. 대한이 우석과 함께 처음 뵙는 성효의 집안 어르신들에게 정중하게 인사를 드리고 성효를 따라 그의 방으로 들어간다. 젊은 장정이 홀로 지내기에도 비좁을 만한 성효의 방에는 싱글사이즈 침대 하나와 컴퓨터가 놓인 책상 한 대가 덩그러니 자리를 잡고 있었다. 성효가 집을 자주 비운 탓인지 컴퓨터에는 먼지가 뽀얗게 쌓여 있다. 대한과 우석, 성효는 차가운 방바닥을 피해 비좁은 침대 위에 세 명의 장정이 서로 몸을 기대고 걸터앉는다. 우석이 고약한 돼지똥 냄새를 참기 힘들다는 듯 코를 벌름거리며 투덜거린다.

우석 - 아… 이놈의 돼지똥 냄새 때문에 골 아파 죽겠네! 대한아! 넌 괜찮나?

대한 - 냄새야 나지. 하지만 어쩔 수 없잖아~ 바로 옆에 돈사가 붙어 있어서 방 안까지 돼지 냄새가 들어오는 것 같은데… 난 냄새도 냄새지만 방이 이렇게 좁아서 여기서 어떻게 셋이 잘 수나 있나 싶은데?

성효 - 내내… 냄새는 조금 지나면 저저… 적응될 거여. 바바… 방은 좁아 보이기는 해도 우리 셋이서 추추… 충분히 잘 수 있어! 임마!

우석 - 형님! 그냥 지금이라도 나가서 모텔 잡고 주무시죠~ 예?

성효 - 주주… 주둥이 닥쳐! 새끼야! 아~ 그 새새… 새끼! 더럽게 투덜거리네.

대한 - 우석아! 별 수 없을 것 같다. 우리가 지금 여기서 나간다고 해도 문제야! 밖에 눈이 한참 내리고 있으니 택시도 오지 않을 거고… 이 눈보라 속에서 차도 없이 어딜 어떻게 갈 건데? 어쩔 수 없어 임마!

성효 - 야! 시시… 시끄럽고… 우선 씻어! 바바… 밥부터 먹게.

잠시 후 성효의 시골집 거실에는 오랜만에 찾아온 성효의 손님으로 인해 밥상 두 개가 차려진다. 성효의 어머니가 그들을 부른다. 밥상 하나에는 성효의 할머니와 부모님이 앉고 다른 하나에는 성효와 대한, 우석이 둘러앉는다. 성효의 할머니가 수저를 드시는 것을 보고 막 식사를 시작하려고 하는데 성효가 뜬금없이 용돈을 달라며 성효의 아버지에게 보채기 시작한다. 갑자기 성효의 집안 분위기가 냉랭해진다. 대한과 우석은 마음이 불편한 듯이 밥숟가락을 들지도 못하고 성효의 집안 어른들 눈치만 보고 있다. 그의 할머니와 부모님이 어린아이마냥 칭얼거리는 성효를 한심하다는 듯 바라보며 한숨을 내리쉰다.

성효 - 아… 아빠! 저기 삼… 삼십만 원만 주세요! 예?

성효 아버지 - 이놈은 무슨 밥숟가락 뜨기도 전에 돈부터 달라는 겨! 네가 아빠한테 무슨 돈이라도 맡겨놨냐?

성효 할머니 - 아이구~ 성효야! 간만에 집에 와서 왜 또 그러냐? 응? 우선 밥부터 먹고 나서 얘기해라!

성효 - 바바… 바로 나가야 돼서 그래요. 아아… 아빠!

성효 어머니 - 너 엊그제 엄마한테 삼십만 원 가져갔잖어! 그걸 벌써 다 썼냐? 이놈아! 아껴서 써야지. 시골에 무슨 돈이 있다고… 이틀 만에 집에 와서 또 돈을 달라고 하면 어떻게 하라는 겨! 엄마는 니가 집에만 오면 불안해 죽것어~ 이놈아!

성효 아버지 - 넌 도대체 뭐하는 놈인디 허구한 날 돈을 달라고 지랄을 하는 거여! 니가 한 달에 집에서 얼마를 가져다 쓰는 줄 알기나 혀? 웬만한 공무원 한 달치 봉급이여 이놈아! 내가 너 때문에 요즘 세상 살맛이 안 난다 이놈아!

성효 - 아니 피피… 필요한 데가 있으니까 다다… 달라고 하… 하는 거죠. 옆에 후후… 후배들도 있는데 꼭 그렇게 마마… 말씀하셔야 돼요?

성효 할머니 - 그랴~ 애비야! 그만해라! 응? 성효가 꼭 필요한 데가 있나 보지~ 그니께 성효야! 이 할미가 줄 테니까 어여 밥부터 먹어라.

성효 아버지 - 아니! 엄니가 자꾸 그렇게 감싸 주니께 저놈이 맨날 집에 와서 돈돈돈 하는 거예유! 저놈은 버릇부터 고쳐야 돼요! 엄니! 이제 겨우 스물한 살인디… 저놈이 한 달에 쓰는 돈이 얼마인 줄 아세요? 내가 벌어오는 월급은 전부 저놈 밑으로 다 들어간다고유. 엄니! 저놈 때문에 정말 살맛이 안 나요!

잠자코 아버지의 말을 듣고 있던 성효의 얼굴이 갑작스레 시뻘겋게 변하는가 싶더니 순간의 화를 참지 못하고 그만 폭발해 버린다. 성효가 갑자기 '에이 씨~' 하며 앞에 있던 밥상을 '확' 둘러 엎어버린다. 밥상에 있던 음식이 어른들의 몸, 얼굴, 머리 할 것 없이 온몸 위에 여기저기로 흩어지고 거실 바닥은 아수라장이었다. 갑작스런 그의 돌발적인 행동으로 난처해진 대한과 우석의 얼굴이 순간 굳어진다. 성효가 밥상을 엎어버리자 성효의 할머니와 부모님도 넋이 나간 듯 음식물이 흩어져 난장판이 된 거실을 잠시 아무런 말없이 바라본다. 성효의 아버지가 머리 위에 떨어진 김치를 손으로 잡아 밥상에 집어던지며 분노하기 시작했다. 결국 참다 못 해 자리에서 일어난 아버지가 성효에게 삿대질을 하며 언성을 높이고 만다.

성효 아버지 - 이런 싸가지 없는 놈 같으니라고… 너 지금 이게 무슨 짓이여! 감히 어른 앞에서 이게 무슨 개망나니 같은 짓이냐! 못 배워 처먹은 놈 같으니라고! 넌 니 후배들 보는 앞에서 부끄럽지도 않냐? 이놈아!

성효 - 모모… 몰라여! 그그… 그까짓 돈 다 피피… 필요 없어요!

성효가 벌떡 일어나 거실 현관문을 '꽝' 하고 닫고 먼저 나가버린다. 대한과 우석이 엎어진 밥상을 바로 세우고 거실 바닥에 흩어져 있는 음식을 주워 밥상 위에 얼른 주워 담는다. 성효의 할머니가 화를 삭이지 못해서 씩씩거리고 있는 성효의 아버지를 달래며 속이 상하는지 울먹거리기 시작한다.

성효 할머니 - 아이고~ 애비야! 니가 날 봐서라도 제발 좀 참아라! 내가 앞으로 살면 얼마나 더 살겠냐? 아이고 우리 착한 성효가 갑자기 왜 저런다냐? 속상해 죽겠네! 아이고~ 내 팔자야!

성효 아버지 - 에휴~ 제가 자식놈을 잘못 가르쳤네유~ 저놈 때문에 제 발등을 제가 찍었네유. 엄니! 아이고~ 환장하겠네!

대한 - 아버님! 진정하세요! 죄송합니다.

우석 - 저희가 죄송하네요. 아버님! 저희는 먼저 일어날게요.

성효의 아버지는 본인의 가슴을 주먹으로 '쾅쾅' 두드리며 자책하다 휑하니 방으로 들어가버린다. 대한과 우석이 현관문을 열고 얼른 성효를 쫓아 밖으로 나간다. 속이 상했는지 성효가 하늘을 올려다보며 담배 연기를 뿜어내고 있다. 이때 성효의 할머니가 지팡이를 짚고 현관문을 열고 걸어나와 성효에게 편지봉투에 싼 돈뭉치를 건넨다.

성효 할머니 - 성효야! 이거라도 가져가거라! 그리고 아빠한테는 꼭 잘못했다고 빌어! 이놈아! 알았지? 우리 손자?

성효 - 시시… 싫어요! 도도… 돈 필요 없어요! 할머니!

성효 할머니 - 아이구~ 이놈아! 너 도대체 왜 그러는 겨? 성효야! 언제 철들려고 이리 속을 썩이는 거여! 내가 너 때문에 못 살겠다! 제발 철 좀 들어라! 이놈아!

성효 - 아아… 알았어요! 할머니! 죄송해요….

성효 할머니 - 그러지 말고 이 돈부터 언능 받어! 우리 손자 삼십만 원 필요하다고 했잖여.

성효 - 아아… 알았어요! 할머니! 죄송해여~ 자자… 잘 쓸게요.

더 이상 성효의 집에서 머물 수 있는 분위기가 아니라고 생각했는지 성효는 대한과 우석을 데리고 시골집에서 나와 눈보라가 치는 어두운 밤길을 걸어 다시 진산시내로 향한다. 밤이 깊어서 그런지 바깥 날씨는 이전보다도 더욱 쌀쌀해졌다. 하지만 정작 견딜 수 없는 것은 살을 에는 추위보다도 방금 전 성효의 집에서 벌어졌던, 하지 않아야 할 행동에 대한 안타까움이었다. 대한은 성효로 인해 화가 난 아버지를 달래던 할머니의 울먹이는 모습이 자꾸 떠올라 가슴이 먹먹해짐을 느낀다.

시골집을 나와 눈보라를 뚫고 한참이나 걸어가면서도 침통한 표정의 세 사람은 서로 아무 말도 하지 않는다. 말없이 걷기만 하던 성효가 풀이 죽은 목소리로 무겁게 입을 연다.

성효 - 형이 니니… 니들한테 못난 모습 보여서 정말 미미… 미안하다.

대한 - 예! 좀 전엔 정말 실망스러웠습니다! 형님! 아무리 그래도 그렇지… 저희들도 있는데 부모님 앞에서 밥상을 엎는 건 아니죠. 내일이라도 부모님께 잘못했다고 꼭 용서를 구하세요! 오늘은 형님이 정말 큰 실수를 하신 겁니다!

성효 - 그그… 그라! 알았다! 대대… 대한아! 꼭 그렇게 할게. 미안햐.

우석 - 아니… 형님은… 돈 얘기를 꺼내시려면 밥이나 다 드시고서 하시지. 왜 하필 밥숟가락을 입에 넣으려는디 그 사단을 내시고 그러신대요? 아~ 배고파 죽겠네요~ 형님.

성효 - 미안하다! 우우… 우석아! 일단 시내 나가면 바바… 밥부터 먹자.

우석 - 아까 겨우 밥 한 숟가락 퍼서 입에 넣으려는디 갑자기 밥상이 뒤집히는디 진짜 어이가 없었습니다! 형님.

대한 - 우석아! 오늘 같은 일은 절대 있어서도 있을 수도 없는 일이야! 난 이런 일은 두 번 다시는 겪고 싶지 않다! 아….

우석 - 어? 뒤에 택시 오는디? 형님! 저 택시 잡아서 타고 시내로 나가시죠.

성효 일행이 거센 눈보라를 맞으며 눈길을 걷고 있는데 때마침 택시 한 대가 천천히 다가오고 있다. 그들은 택시를 잡아타고 진산시내 모처의 모텔로 향한다.

모텔 방에 도착한 그들이 야식집에 배달음식을 주문하여 허겁지겁 허기를 채운다. 아무것도 먹지 못하고 먼 거리를 눈보라를 뚫고 걸었으니 잔뜩 허기가 질 만도 했다. 다른 때 같았으면 식사 후에 어딘가에서 술이라도 거나하게 마셨을 테지만 성효의 시골집에서 벌어진 일로 마음이 좋지 않았던 그들은 일찌감치 자리를 펴고 눕는다.

그들은 다음 날 늦게까지도 모텔 방에서 뒹굴거리며 시간을 보내고 있었다. 오후 1시가 조금 지나자 대한의 한양파 선배 도진에게서 점심식사를 같이 하자는 전화가 걸려온다. 대한이 우석, 성효와 함께 약속장소인 실비식당으로 향한다. 그들이 식당에 도착해 자리에 앉아 선배 도진을 기다리고 있었다. 얼마 지나지 않아 도진이 식당 문을 열고 들어온다. 오랜만에 도진을 만난 그들은 함께 둘러앉아 식사를 하며 그동안의 근황에 대한 이야기를 주고받는다. 성효는 며칠 굶기라도 한 것처럼 어느새 공깃밥을 일곱 그릇이나 추가로 주문해 우걱우걱 먹고 있다. 장난기가 발동한 도진이 갑자기 인상을 쓰며 성효를 노려본다.

도진 - 얌마! 도끼! 너 이 새끼 며칠 굶었냐?

성효 - 죄죄… 죄송합니다! 혀혀… 형님! 배배… 배가 많이 고고… 고파서….

도진 - 아~ 이 새끼 땜에! 환장하겠네! 얌마~ 도끼! 김치찌개가 1인분에 5,000원인데 너 혼자 먹은 공깃밥 값이 7,000원이면 뭐가 잘못된 거 아니냐? 캬하하! 시팔 새끼! 아! 앞으로 도끼 저 새끼랑 같이 밥 먹을 때는 기사식당으로 잡아야겠어 대한아!

대한 - 예! 형님! 앞으로는 성효형님이랑 밥 먹을 땐 기사식당으로 잡겠습니다!

성효 - 혀혀… 형님! 앞으로 고고… 공깃밥은 추가 안 하겠습니다. 혀혀… 형님! 다다… 다시는 이런 일 없도록 주주… 주의하겠습니다.

도진 - 푸하하! 이 새끼! 쫄아 가지고… 얌마! 형이 농담한 거여. 임마! 새끼가 쫄아가지고는!

시침을 뚝 떼고 선배 도진의 장난을 지켜보던 대한과 우석이 입을 틀어막으며 한참을 웃는다. 도진은 뒤늦게 한양파 조직에 가입한 성효가 가끔 오버하는 행동을 해서 문제를 일으키기도 하자 이런 성효에게 경각심을 심어 주기 위해 때때로 그를 시험하곤 했다.

식사를 마친 도진이 대한 일행을 데리고 자신이 운영하는 다방으로 자리를 옮긴다. 도진이 그들과 함께 다방에 들어서자 한 눈에 보기에도 지독히 박색인 다방아가씨 한 명이 성효를 보고 쪼르르 달려오며 반색을 한다.

다방아가씨 - 어머! 성효오빠! 오랜만이야~ 오빠 나한테 전화도 한번 안 하고… 뭐야!

성효 - 어… 바바… 바빠서 모모… 못했지….

곱지 않은 시선으로 다방아가씨와 성효를 주시하고 있던 선배 도진이 입꼬리를 올리며 '피식' 하고 웃는다.

도진 - 얘들아! 형이 요즘 도끼(성효) 저 새끼 때문에 스트레스 받아 미치겠다!

대한 - 예? 형님! 혹시 무슨 일이라도 있으십니까?

도진 - 형네 다방에 아가씨만 새로 출근했다 하면 저 새끼가 대체 그걸 어떻게 알았는지 모조리 싹~ 따먹는 거여! 그래서 그런지 저년들이 도끼 저 새끼 믿고 손님한테 싸가지 없이 굴고… 가뜩이나 손님도 없는데 형이 정말 미치겠다! 도끼 저 새끼를 어떻게 해야 하겠냐? 어?

우석 - 그냥 내버려 두시면 알아서 아가씨들이 떨어져나갈 것 같습니다. 형님! 제가 보기엔 크게 신경 쓰실 일은 아닌 거 같습니다. 형님!

도진 - 하하하! 그려? 그건 그렇고… 얼마 전에 어떤 개새끼가 형 가게 아가씨들을 빼 가려고 작업 치다가 형한테 걸렸는데! 십새끼가 어떻게 동네에서 같은 업을 하는 놈이 상도의도 없이 야바위짓을 하는데… 넌 이게 말이 된다고 생각하냐? 앞으로 니가 우리 가게 아가씨들 잘 살펴보고 혹시라도 이런 일이 또 있으면 찾아가서 죽여 버려!

성효 - 혀… 형님! 저저… 정말입니까? 가가… 감히 어어… 어떤 새끼가 혀혀… 형님 가게를….

도진 - 얌마! 도끼! 넌 랩 좀 그만 하고 형 말이나 잘 들어! 이 새끼는 냄비들하고 얘기할 때는 말도 안 더듬고 노래방에서 랩도 존나 잘 한다는데! 형들 앞에서만 일부러 말 더듬고 그러냐? 어? 너 대체 정체가 뭐여! 이 새끼야!

선배 도진의 말을 들으며 대한과 우석이 고개를 들지 못하고 웃음을 억지로 참고 있다.

대한이 도진의 말이 끝나기가 무섭게 우석, 성효와 함께 문제의 딸기다방으로 향한다. 대한 일행이 다방 안을 '휘~' 하고 둘러보더니 다방 한가운데에 있는 테이블에 자리를 잡고 앉는다. 다방아가씨 민지가 경박스럽게 껌을 '짝짝' 씹으며 그들이 앉은 테이블로 다가와 차 주문을 받는다. 그들은 메뉴 중에서 제일 비싼 쌍화차 세 잔을 주문한다. 하지만 주방에서 재료가 떨어졌다는 신호를 민지에게 보낸다. 그러자 아가씨 민지는 새초롬한 표정으로 쌍화차 재료는 다 떨어져 다른 차를 주문하라고 한다. 그런데 민지의 말투가 기분 나빴는지 우석이 그녀의 얼굴을 험악하게 쏘아보더니 갑자기 벌떡 일어나 민지의 뺨을 세차게 후려친다. '짝!' 하는 소리와 함께 아가씨 민지가 맥없이 뒤로 나가떨어져 다방 홀 바닥에 데구르르 구른다. 순간 다방 안에 있던 손님들이 무슨 일인가 싶어 일제히 그들의 테이블 쪽을 쳐다본다. 하지만 덩치 큰 우석이 잔뜩 화가 나 씩씩대고 있는 것을 보자 손님들은 못 본 체 급히 시선을 피한다.

우석 - 아니! 이런 씨발년이… 싸가지 없이… 너 말투가 왜 그랴? 어? 손님한티 주문 받으면서 껌이나 '짝짝' 씹고 말이지… 이놈의 다방은 손님에 대한 예의가 없어! 씨발!

험악한 인상의 우석이 언성을 높이자 순간 다방 분위기가 싸늘해진다. 느닷없이 그에게 귀싸대기를 얻어맞은 민지는 다방 홀 바닥에 털퍼덕 주저앉아 엉엉 소리를 내며 울기 시작한다. 때마침 배달을 마친 딸기다방 사장 경노가 다방으로 들어서며 뭔가 낌새가 이상한 것을 느꼈는지 민지를 얼른 일으켜 세워 쪽방으로 데리고 간다.

잠시 후 쪽방에서 나온 딸기다방 사장 경노가 일이 어떻게 된 사정인지는 알아보지도 않고 무조건 우석에게 사과부터 한다. 이 모습을 물끄러미 바라보고 있던 대한이 답답했는지 딸기다방 사장 경노를 자리에 앉히고 단도직입적으로 용건을 말한다.

대한 - 저기… 사장님! 난 머리 아픈 건 딱 질색이니까요! 괜히 쓸데없이 말 빙빙 돌리지 맙시다.

경노 - 아… 예~ 그러세요! 말씀해 주시면 제가 바로 시정하겠습니다.

대한 - 긴말할 건 없고… 거 지역사회에 살면서 서로 기본적인 상도의는 지키고 삽시다! 잘못이 있으면 사과하고 용서받으면 간단할 문제를 쓸데없이 대가리 굴리고 기운 빼지 말자고요! 내 말뜻 무슨 뜻인지 아시겠어요?

딸기다방 사장 경노가 뭔가 낌새를 알아챘는지 그들의 눈치를 보더니 고개를 끄덕인다.

경노 - 예! 도진이 가게 때문에 그러시는 거 잘 압니다! 제가 모르고 큰 실수를 했습니다! 지금이라도 도진이를 만나서 제가 사과하겠습니다. 죄송합니다.

의외로 딸기다방 사장 경노는 눈치가 있는지 말귀를 잘 알아듣는 사람이었다. 대한은 더 이상 문제를 만들 필요가 없다고 생각하고 이 정도 선에서 일을 마무리짓기로 한다.

대한 - 그럼 사장님이 알아서 잘 처신하시리라 믿고 이쯤에서 마무리하시죠!

경노 - 예! 고맙습니다. 그럼 제가 지금 곧바로 도진이한테 찾아가서 사과부터 하겠습니다.

성효 - 됐네, 그그… 그럼 우우… 우리는 그그… 그만 이이… 일어나자.

이때 쪽방에서 울고 있던 아가씨 민지가 울음을 그치고 홀로 나온다. 그 모습이 미안했던지 우석이 민지에게 다가가 사과한다.

우석 - 저기 근디… 아가씨는 이름이 뭐여?

민지 - 가게에서는 그냥 민지라고 불러요.

우석 - 아까는 오빠가 니 말투 때문에 좀 지나쳤던 것 같은디! 민지야! 얼굴은 괜찮냐? 잉?

민지 - 아~ 네~ 뭐… 괜찮아요! 전 신경 쓰지 마시고 어서 가세요….

대한과 성효, 우석이 딸기다방을 다녀간 후 곧바로 딸기다방 사장 경노가 도진을 찾아가 무릎을 꿇고 사과한다. 도진이 사과하는 경노를 일으켜 세우며 악수를 청한다. 두 사람의 오해가 그들의 딸기다방 방문으로 모두 풀린 것처럼 보인다. 딸기다방 사장 경노를 돌려보내고 도진이 성효에게 전화를 한다.

도진 - 도끼야! 딸기다방 경노형님하고 오해는 잘 풀었으니까 니들도 그렇게 알고 있어! 더 이상 문제 일으키지 말고… 오늘 수고들 했어.

성효 - 예! 혀혀… 형님!

도진과의 전화를 끊는 성효의 얼굴에 미소가 번진다. 도진의 칭찬이 기분 좋은 모양이다.

기분이 좋아진 성효가 대한과 우석을 데리고 곧장 자신이 관리하는 노래방으로 향했다. 노래방을 운영하고 있는 성효의 삼촌 철용은 언제나 성효의 든든한 후원자였다. 철용은 성효가 대한과 우석을 노래방에 데리고 들어오는 것을 보자 제일 큰 방으로 안내하여 술과 안주를 잔뜩 가져다 놓으며 마음껏 먹으라고 하고는 자리를 피해 준다. 신이 난 성효는 대한과 우석에게 술을 따라 주고는 먼저 마이크를 잡고 노래를 부르기 시작한다. 평소에는 그렇게도 말을 더듬던 성효가 랩 가사가 들어있는 노래를 선곡하고는 신나게 토끼춤을 추며 속사포 랩을 잘도 부른다.

대한 - 저것 봐! 도끼형님이 랩할 때는 전혀 안 더듬는다니까?

우석 - 그니께… 참 신기하네! 술도 한잔 안 마시고 놀기도 잘 노시네. 푸하하하!

한참 시간이 흐르고 노는 것에 흥미를 잃은 대한이 술을 많이 마셔서 피곤하다며 노래방 대기실로 들어가 이내 잠이 든다. 잠시 후 성효가 대한이 쉬고 있는 대기실로 들어왔다가 잠들어 있는 대한을 보고는 이불을 가져다 덮어 준다.

노래방 영업시간이 거의 끝나가자 성효는 간판 불을 끄고 우석을 데리고 작은 방으로 장소를 옮긴다. 이후 낮에 보았던 딸기다방의 민지를 지명하여 노래방으로 커피배달을 시킨다. 잠시 후 딸기다방 민지가 보자기로 싼 오봉을 들고 커피배달을 온다.

문을 열고 두리번거리던 민지가 문이 열린 노래방 룸을 찾아 고개를 들이밀고 안을 살핀다. 성효가 미소를 지으며 민지를 부른다. 순간 민지가 테이블에 앉아 있는 우석을 발견하고는 겁이 나는지 들어오기를 주저한다. 우석이 민지를 바라보며 괜찮다는 듯 고개를 끄덕이고는 룸 안으로 들어오라고 한다.

민지가 아직도 우석이 겁이 나는지 덜덜덜 떨며 커피를 따라 우석과 성효에게 건넨다. 커피잔을 든 민지의 손이 바들바들 떨린다. 그러자 우석이 민지의 등을 어루만지며 낮에 있었던 일에 대해 다시 한 번 진심으로 사과한다.

우석 - 아까는 오빠가 미안햐~ 아가씨한테 감정이 있었던 건 아니고… 사장을 조금 혼내 줄 일이 있어서 그런겨~ 내가 다시 한 번 사과하는 거니께… 아까 일은 그만 잊어 줘라! 잉?

우석 특유의 충청도 사투리가 섞인 사과에 민지가 살포시 웃으며 고개를 끄덕인다. 성효가 이때다 싶었는지 민지에게 오늘 일을 마치면 따로 만나서 화해주나 한잔 하자며 민지의 개인 연락처를 묻는다. 하지만 민지는 자신의 연락처를 성효에게 가르쳐 줄 생각이 없는 것처럼 보인다. 성효가 거절당하는 것을 보던 우석이 덩치에 걸맞지도 않게 민지에게 갖은 아양을 떨며 연락처를 묻는다. 민지도 더는 어쩔 수 없었는지 자신의 연락처를 건네준다.

우석은 성효와 함께 술을 마시면서 민지가 일이 끝날 시간만을 기다리다 그녀에게 전화를 한다.

우석 - 민지냐? 오빠여! 일은 언제 끝나는 겨?

민지 - 네~ 오빠! 지금 막 끝났어요.

우석 - 그랴? 그럼 지금 언능 만나서 술이나 한잔 하자고… 어뗘?

민지 - 아니요! 오늘은 그냥 좀 피곤해서 쉬고 싶은데요.

우석이 민지에게 만나자며 사정하지만 그녀는 자꾸 거절하며 핑계만 댄다. 하지만 민지의 계속되는 거절에도 우석이 포기하지 않고 끈질기게 만나자고 조른다. 더는 거절할 수 없었는지 민지가 자기 혼자가 아니라 친구와 함께 나가겠다고 말하며 전화를 끊는다.

그 시각 대한이 술에 취해 잠이 들었다고 생각한 성효와 우석이 살그머니 노래방을 빠져나왔다. 그들은 차를 타고 그녀와 만나기로 약속한 야식집으로 서둘러 향했다. 아직 민지와 민지의 친구는 도착하기 전이다. 성효는 술과 안주를 주문하고 그녀가 도착하기도 전에 술을 마시기 시작한다. 잠시 후 기다리던 민지와 민지의 친구 주희가 야식집 문을 열고 들어와 그들의 좌석에 합석한다. 자연스럽게 민지는 우석과, 성효는 민지의 친구 주희와 함께 파트너가 된다. 예쁘장한 민지와는 달리 주희는 그리 예쁜 얼굴은 아니었지만 애교가 많고 귀염성이 있는 얼굴이었다. 주희가 깔깔거리며 웃는 모습을 보며 성효는 은근히 관심을 갖기 시작한다. 주희는 성효가 진한 농담을 해도 그런 그의 농담이 재미있다는 듯 깔깔거리며 맞장구를 쳐 준다. 성효와 주희, 우석과 민지, 그들 사이에 소주 몇 잔이 돌고 진한 농담이 오고가자 어느새 오래전부터 알고 있었던 사이처럼 급격히 가까워진다. 자연스럽게 그들은 연인처럼 쌍쌍이 커플이 된다.

같은 시각, 노래방 대기실에서 홀로 잠을 자고 있던 대한이 갈증을 느끼고 잠에서 깨어난다. 그런데 어찌된 일인지 시끌벅적해야 할 노래방에는 불빛 하나 없이 깜깜하고 아무런 소리도 들리지 않는다. 대한이 성효와 우석의 이름을 큰 소리로 불러 본다. 하지만 두 사람 모두 아무런 대답이 없다. 왠지 이상한 생각에 대한이 휴대폰을 꺼내 성효와 우석에게 전화를 번갈아 걸어 보지만 두 사람 모두 전화를 받지 않는다. '어라? 뭐지? 말도 없이 어디를 간 거지? 전화는 왜 안 받는 거야! 무슨 일 있나? 평소 같으면 내 전화를 안 받을 일은 없을 텐데… 왜 그러지?' 대한이 혼잣말을 하며 노래방을 나와 택시기사인 선배 영상을 호출한다. 10여 분쯤 지나 영상의 택시가 도착하자 택시를 타고 성효와 우석이 있을 만한 장소를 찾아다니기 시작한다. 대한이 탄 영상의 택시가 딸기다방을 지나 모텔 골목으로 들어서자 저 앞에 성효와 우석이 웬 여자들의 손을 잡고 모텔 입구로 막 들어서려는 것이 보인다. 대한이 영상의 택시에서 내려 모텔로 들어서는 성효와 우석의 앞을 막아선다. 성효와 우석이 갑자기 나타난 대한을 보고 마치 귀신이라도 본 것처럼 깜짝 놀란다. 대한은 당황하는 두 사람의 표정이 너무도 우스꽝스러웠는지 함박웃음을 터뜨린다.

대한 - 오~ 형님! 역시 여기에 계셨군요! 제 직감이 정확히 맞았네요! 크하하하.

성효 - 어? 대대… 대한아! 그그… 그게 아니고….

대한 - 그게 아니고 뭐요? 형님! 우리 형님이 많이 당황하셨나? 어째 말을 심하게 더듬으시네요. 크하하하!

우석 - 아니… 나는 그냥… 니가 술에 취해서 깊이 잠든 것 같아서… 잠깐 형님이랑 나온 거여. 진짜여! 오해는 하지 말어!

대한 - 그래? 근데 내 전화는 왜 안 받아? 전화로라도 상황을 얘기해 줬으면 내가 이렇게 찾으러 다니는 일은 없었을 거 아니야. 임마! 우리 친구 데이트하는데 내가 방해가 되면 안 되지… 일단 오늘은 푹 자고 내일 보자.

성효 - 그그… 그려! 대한아! 내내… 낼 노래방에서 보자.

대한이 두 사람에게 손을 들어 흔들며 뒤돌아서 자리를 뜬다. 머쓱해진 성효와 우석은 돌아서는 대한의 뒷모습을 한참 동안 물끄러미 바라본다.

다음 날 오후 4시. 대한이 우석, 성효와 노래방에 모여 앉아 어제 있었던 일에 대해서 이야기를 나누고 있다.

대한 - 어떻게… 어제는 즐거운 시간 보내셨습니까? 형님!

성효 - 지지… 진짜 오오… 오해하지 마! 대대… 대한아! 어제는 일부러 널 따돌리려고 그런 게 아아… 아니니까….

대한 - 에이… 형님! 장난입니다! 하하하! 전 임자가 있는 몸이라서 그런 자리에 같이 있었으면 괜히 제 여자 친구한테 오해만 받습니다. 형님!

그때였다. 우석이 전날 함께 지냈던 민지로부터 전화를 받는 다.

우석 - 뭐? 서방님이라고? 하하하! 그랴~ 좋다! 오빠도 우리 각시가 너무 보고 싶어! 뽀뽀해 줘! 우우음~ 쪼옥.

휴대폰에 입술을 대고 뽀뽀하는 우석을 대한이 한심스럽게 쳐다본다.

대한 - 야~ 미친 새끼야! 오늘따라 왜 이렇게 재수 없어 보이냐? 넌 그러고도 이 친구한테 안 창피하냐? 건달이라는 놈이 채신머리 떨어지게 그게 뭐냐!

우석 - 뭘~ 어떠? 내 각신디~ 난 하나도 안 창피햐! 왜? 부럽냐? 헤헤헤.

대한 - 아니! 전혀~ 어쨌든 하루 만에 서방 각시 된 걸 축하한다! 빙신아! 캬하하하.

성효 - 야! 마마… 말도 말어! 어… 어제는 우석이 저 새끼 이… 이것보다 더더… 더했어. 완전 짜증 이빠이였어. 시부랄 놈!

우석 - 그래도 형님은 저 때문에 주희랑 잘 되신 거 아닙니까? 형님은 제 앞에서 키스도 하셨으면서… 푸하하하.

성효 - 야! 이… 개개… 개새끼야! 그 이이… 입 닥쳐! 미친 새끼가 도도… 돌았나!

대한 - 야! 나는 이제 성효형님의 그런 돌발행동에는 아주 익숙하다. 하
하하.

한참 동안 웃고 떠들고 있는데 갑자기 성효의 표정이 변하며
대한과 우석의 눈치를 살피기 시작한다.

성효 - 야! 자자… 잠깐 형네 집에 좀 가… 같이 가자.

대한 - 예? 집이요? 아니에여! 전 안 가겠습니다! 형님! 지난번 밥상 엎
은 일도 있었고 그래서 전 형님네 집에는 못 갑니다!

우석 - 그냥 형님 혼자 다녀오세요! 저희들은 솔직히 형님 부모님 뵙기
가 진짜 불편합니다! 형님.

성효 - 야! 이이… 이제 안 그럴 테니게! 응? 지… 진짜로 마지막으로 형
이랑 같이 좀 가자! 일단 따따… 따라와 봐! 어?

그들은 며칠 전에 성효가 부모님 앞에서 밥상을 엎어버린 것
을 생각하며 시골집에 같이 가자는 그의 부탁을 극구 거절한다.
하지만 극구 가지 않겠다는 대한과 우석에게 잠시만 들렀다 나
오면 된다고 하면서 성효가 끈덕지게 두 사람을 설득한다.

잠시 후 성효의 시골집. 성효는 대한과 우석을 데리고 시골집
현관문을 열고 거실로 들어선다. 거실에 앉아 TV를 보고 있던
성효의 가족들 분위기가 갑자기 싸늘해진다. 성효의 아버지는
그를 보자마자 인상부터 찌푸리며 고개를 돌려버리고 할머니와
어머니는 '또 무엇 때문에 왔나?' 하는 달갑지 않은 표정으로 성

효를 아무런 말없이 바라본다. 성효가 이런 분위기가 어색했는지 대한과 우석을 데리고 얼른 방으로 들어간다.

성효 - 야! 니… 니들 배… 배고프지 않냐.

우석 - 배가 고프긴 한데… 형님! 밥은 그냥 나가서 드시죠? 불편합니다! 형님.

성효 - 어… 엄마! 배… 배고파! 밥 좀 차려 줘.

대한 - 아~ 진짜! 형님! 그냥 나가서 드시자니까요? 집안 분위기가 이렇게 냉랭한데 밥은 무슨 밥이에요.

조금 있으니 성효의 어머니가 급히 밥상을 거실에 준비하고는 큰 소리로 성효에게 말한다.

성효 어머니 - 성효야! 밥은 거의 다 됐으니께 언능 씻고 밥 먹어라!

성효 - 어~ 알았어! 엄마.

어쩐지 어색하기만 한 성효의 행동을 보면서 대한이 뭔가 불안하다는 느낌을 받는다. 거실에 나가기 전 대한이 성효에게 묻는다.

대한 - 형님! 아무리 생각해도 좀 이상한데… 갑자기 시골집에는 왜 또 오신 겁니까?

성효 - 히히히… 그… 그게 말이여… 사… 사실은 도도… 돈이 떨어져서 수금 좀 하러 왔지.

대한 - 뭐라고요? 아… 돌겠네 진짜! 전 그냥 먼저 나가겠습니다! 형님.

성효 - 야! 기기… 기다려 봐! 대한아.

대한 - 형님이 또 이럴까 봐서 안 오려고 했던 겁니다. 이게 뭡니까! 불편하게 왜 저랑 우석이까지 여길 데리고 오신 겁니까? 형님! 예?

우석 - 아이고~ 환장하겠네! 그냥 저희들은 먼저 나가겠습니다. 형님~ 아!

성효 - 야! 이 시시… 씨부랄 놈들아! 의… 의리 없게 이럴 거냐? 자자… 잠깐만 잠자코 있어 봐! 형이 다 알아서 할 테니께!

이때 성효 어머니가 밥상을 차려 놓고 그들을 또다시 부른다.

성효 어머니 - 얘들아! 언능 나와서 저녁 먹으라니께! 뭐 하는 거여….

대한은 정말 방에서 거실로 나가기 싫지만 어쩔 수 없이 성효의 가족들과 함께 저녁 밥상에 둘러앉는다. 대한의 머릿속이 복잡해진다. 성효 어머니가 정성껏 준비하신 밥상에는 고등어 조림과 돼지고기볶음, 계란말이 등이 먹음직스럽게 준비되어 있었다. 대한과 우석이 혹시나 지난번 같은 일이라도 생기면 어쩌나 걱정하며 성효를 주시한다. 다행히 지금까지는 별일이 없다. 그들은 성효의 행동을 살피며 조심스럽게 밥을 두어 술 뜨려는 순간 아니나다를까, 성효가 아버지에게 무언가 할 말이 있다는 듯 식사 중인 자신의 아버지를 바라보며 입을 달싹거리기 시작한다.

성효 - 저저… 저기 아아… 아빠!

순간 밥상 주변에 있던 모든 사람들이 '올 것이 왔구나!' 하는 생각에 얼굴을 찡그린다.

성효 아버지 - 야! 이놈아! 밥이라도 좀 편하게 먹자! 왜! 왜 또 그러는 디!

성효가 평소보다도 더 심하게 말을 더듬기 시작하자 아버지는 짐작이 된다는 듯 들고 있던 밥숟가락을 밥상에 '탁!' 하고 내려놓는다. 그러자 아버지 눈치만 살피던 가족들이 성효를 말리기 시작한다.

성효 어머니 - 성효야! 밥부터 먹고 얘기햐! 너는 항시 밥 먹을 때만 되면 요상한 얘기를 꺼내서 밥맛 떨어지게 하고 그러냐… 잉?

성효 할머니 - 애비야! 신경 쓰지 말고 언능 밥이나 먹어라! 성효 너도 할 얘기는 이따가 하고 우선 밥부터 먹자! 응?

성효 아버지 - 예! 엄니! 죄송해유! 진지 드시는데… 언능 드셔요.

하지만 상황이 이런데도 전혀 분위기 파악을 하지 못한 성효가 눈치 없이 계속 용돈을 달라고 조른다.

성효 - 아아… 아빠! 지지… 진짜 죄송한데요… 오오… 오십만 원만 줘요! 꼭 필요해서 그래요!

성효 아버지 - 참나! 너는 아빠한티 무슨 돈 맡겨놨냐? 너 줄 돈 없으니께! 앞으로 돈 얘기 꺼낼 것 같으면 다시는 집에 오지도 말어!

성효 어머니 - 그려 이놈아! 이제 너도 성인인게 니가 벌어서 써! 아주 그냥! 자식새끼가 아니라 웬수다! 웬수여! 너한티 줄 돈 없으니께 당장 나가 이놈아!

성효 할머니 - 성효야! 너 정말 어째 이러는 거여? 제발 정신 좀 차려라! 이놈아! 니 애비는 365일 맨날 쉬지도 못하고 일하는 거 보고두… 니 애비가 불쌍지도 않냐? 이놈아! 응?

성효 - 오오… 오늘 한번만 부… 부탁드릴게요! 할머니! 지지… 진짜 마지막이에요!

성효 할머니 - 그래도 이놈이! 지난번에도 마지막이라고 그랬잖여! 너 대체 정신 못 차리고 왜 이러는 겨! 이놈아!

성효 아버지 - 엄니! 저놈 대가리가 어떻게 헤까닥 돌은 거 같어유~ 너 돈 얘기했던 게 엊그제여. 허구한 날 돈을 가져가서 뭔 지랄을 하는디 또 손을 벌리는 겨! 당장 나가 이 정신 나간 새끼야!

성효 어머니 - 앞으로는 니가 벌어서 쓰던지 햐! 이제부터는 너한티 줄 돈은 없으니께… 그런 말 꺼내려면 집에도 오지 말어! 알았어?

가족들 모두가 자신을 꾸지람하자 듣고 있던 성효가 벌떡 일어나 현관문으로 향한다. 주섬주섬 신발을 신은 성효가 잔뜩 화가 난 표정으로 아버지를 노려보다 갑자기 현관문 유리창을 주먹으로 힘껏 쳐버린다. '와장창!' 하고 유리창이 깨진다. 동시에 화가 난 성효의 아버지가 밥숟가락을 성효에게 집어던지며 벌떡 일어난다. 그러자 성효는 겁이 났던지 재빨리 현관문을 열고 밖으로 도망쳐버린다.

성효 아버지 - 저런 싸가지 없는 놈 같으니라고… 어디 감히 어른들 식사하시는디 집구석에 와서 유리창을 깨고 지랄이여! 아이고~ 머리야.

성효 어머니 - 아이고 저런 미친놈의 새끼! 한겨울에 유리창은 왜 깨뜨리고 지랄이여? 저놈의 새끼를 내가 아주 그냥 정신병원에 집어넣던지 해야지. 허구헌날 저 지랄 해싸서 도저히 안 되겠어! 여보! 날 추운디 저걸 어떡혀….

성효 할머니 - 아이구~ 애미야 너는 무슨 그런 험악한 소릴 하고 그러냐? 행여나 그런 소리는 하덜 말어.

이렇게 집안 분위기가 험악한 상황에서도 우석은 배가 고팠는지 아랑곳하지 않고 밥그릇의 밥을 마지막까지 꾸역꾸역 다 비우고 나서야 자리에서 일어난다. 마음이 불편한 대한은 밥 한술도 뜨지 못하고 성효를 따라나가 애꿎은 담배만 피워 문다.

대한 - 형님은 진짜 악마네요~ 악마! 아니… 지난번에도 그러시더니… 하필이면 왜 밥 먹고 있을 때만 돈 얘길 꺼내시고 그래요? 옆에 있는 제 마음이 얼마나 불편하던지… 오히려 같이 있던 제가 더 부끄럽네요! 형님. 이게 뭐 하는 겁니까!

성효 - 미미… 미안햐! 아~ 이이… 이게 아닌디….

대한 - 아~ 우석이 저 새끼는 이 심각한 상황에 꾸역꾸역 밥을 다 처먹고 나오고 있네. 참나! 완전 코미디네 이거! 아~ 돌아 미치겠다.

성효 - 지지… 진짜 미안하다! 대한아! 오늘만 니들이 이해해 줘라! 다 다… 다시는 이런 일 없도록 지… 진짜 약속할게! 만약에 내가 또 그러면 형이 니 동생 할게! 응?

그때였다. 우석이 능청스럽게 마지막까지 밥을 다 먹고 뒤늦게 현관문 밖으로 나온다.

우석 - 야! 밥 먹다 말고 나만 떼놓고 그냥 나가면 어떡하냐! 아~ 배부르다! 헤헤헤.

대한 - 미친 새끼! 넌 참~ 낯짝도 두껍다! 와~ 진짜 강적이다! 너! 푸하하!

성효 - 시시… 씨팔 새끼야! 너는 그그… 그 와중에 바바… 밥이 목구멍으로 넘어가나? 그그… 그지 새끼야! 아이구~ 속터져!

어느 날부터인가 우석과 민지는 좀 더 깊은 관계로 발전하여 진산시내에 위치한 모텔 방에서 그녀와 동거를 시작한다. 어느새 민지에게 푸욱 빠진 우석은 그녀가 고향인 경주로 잠시 내려가는 바람에 당분간 떨어져 지내게 되었다. 우석은 그녀가 없는 허전함에 날마다 술독에 빠져 지낸다. 이런 친구의 안쓰러운 모습을 옆에서 지켜보던 대한이 안타깝다는 듯 말을 꺼낸다.

대한 - 우석아! PC방에 가면 화상채팅으로 제수씨랑 얼굴 보면서 얘기할 수 있는 게 있어. 혹시 그런 거 잘 모르냐.

우석 - 에이~ 거짓말 말어! 민지는 경주에 있는데 어떻게 나하고 얼굴 보면서 대화를 한다는 거여? 그게 말이 되냐? 근디… 정말 그런 게 있긴 하?

성효 - 무무… 무식한 새끼! 따… 따라와! 임마! 너 제… 제수씨한테 전화해서 근처에 있는 가가… 가까운 PC방으로 오시라고 해 봐.

대한이 성효와 함께 우석을 데리고 근처 PC방으로 간다. 대한이 화상카메라가 있는 컴퓨터 앞에 우석을 앉히고 화상채팅 사이트를 연결해 준다. 잠시 후 그녀의 얼굴이 컴퓨터 화면에 등장하자 우석이 깜짝 놀라며 신기해한다. 대한과 성효는 우석이 화상채팅을 시작하는 것을 보고 다른 자리로 옮겨 게임을 시작한다.

잠시 후 어디선가 훌쩍거리는 소리가 들린다. 누군가 싶어 PC방 한쪽에서 화상채팅을 하고 있는 우석을 쳐다보던 대한과 성효가 우석의 행동이 이상하다고 느끼고 슬금슬금 그에게 다가간다.

성효 - 이 시… 씨부랄 새끼가 아… 아주 가지가지 하고 자빠졌다! 참나.

대한 - 푸하하하! 야! 너 왜 울어? 임마! 어라? 제수씨도 울고 계시네? 대체 두 사람 왜 그러는 거야? 응?

우석 - 아녀… 보지 말어! 창피하게 왜 그랴.

성효 - 야! 얘들 채… 채팅창 보면 알잖어? 두두… 둘이 서로 보고 싶다고 써 있잖어! 니들 참! 여여… 여러 가지 한다. 지… 진짜! 아이고.

대한 - 아~ 씨발! 내가 너 때문에 미치겠다. 푸하하! 울 친구가 감수성이 예민하구만! 귀엽네 귀여워! 친구야! 울고 싶을 때 맘 놓고 편히 울어라! 자리 피해줄게~ 캬하하.

우석은 민지와 화상채팅을 하다가 서로 보고 싶다며 울고 있었던 것이다. 이런 현장을 선배 성효와 친구인 대한에게 들켰으니 창피할 만도 했다. 대한이 우석에게 화상채팅 기능을 가르쳐준 후로 우석이는 시간이 날 때마다 PC방을 찾아 민지와 화상채팅을 하며 서로의 사랑을 키워가고 있었다.

그 해 가을. 추수철이 되자 성효가 오랫만에 어머니와 통화하며 그동안의 실수를 만회하려는 생각에서 집안 일손을 돕겠다고 말을 꺼냈다. 벼 수확이 한창인 때라 일손이 부족했던 성효의 어머니는 그가 일손을 돕겠다고 하자 '얘가 이제야 사람이 되려나보다!' 하는 생각에 흡족해한다. 하지만 성효의 아버지는 왠지 꺼림칙한 기분을 느낀다. 그래도 큰아들인 성효가 지난 일을 반성하고 부족한 일손을 돕겠다고 나서니 못 이기는 척하고 받아들인다.

드디어 성효의 시골집에서 벼를 수확하는 날이다. 성효는 후배인 대한과 우석, 용식을 차에 태우고 새벽부터 일찌감치 시골집으로 향한다. 아침식사를 일찍 마친 성효의 아버지가 현관문을 열고 나오자 방금 집에 도착한 성효와 대한의 친구들이 성효의 아버지에게 인사를 드린다. 성효의 아버지가 지난번에 보았을 때와는 달리 밝은 표정으로 그들을 맞으며 아침식사부터 하라고 권한다.

성효 아버지 - 그랴~ 오는데 고생들 많았지? 언능 들어가서 아침밥부터 챙겨먹어라.

성효 - 예~ 아빠! 얘… 얘들아! 드드… 들어가자.

거실에서 아침식사를 하고 있던 성효의 일행들에게 어머니가 농사일을 할 때 갈아입을 막옷을 꺼내 준다.

성효 어머니 - 니들은 벼를 화물차에 싣고 가서 방앗간 건조기에 쏟아주기만 하면 돼! 알겠지? 안 다치게 조심햐.

성효 - 어~ 아… 알았어! 엄마! 거거… 걱정 말어. 우리가 다 알아서 할게!

성효 할머니 - 어이구 우리 손자가 일손을 돕는다니께 든든하구먼! 그려

~ 밥 많이들 먹어라.

성효 어머니 - 야야! 성효야! 니 아빠가 말은 안 해도 있지! 니가 후배들하고 같이 와서 일손을 돕겠다고 하니께 기분이 많이 좋으신가벼….

이침식사를 마친 성효 일행이 식사를 마치자마자 화물차를 끌고 곧바로 논으로 향한다. 이미 아침 일찍부터 벼 베기를 시작한 콤바인은 어느새 논 한 필지를 끝내고 다음 필지로 이동하고 있었다. 그들이 화물차를 논으로 끌고 들어가 볏가마를 짐칸에 부지런히 실어 올린다. 금세 화물차 짐칸이 볏가마로 가득 찬다. 화물차를 몰아 방앗간 건조기에 볏가마를 쏟아 놓고는 빈 화물차를 몰아 다시 논으로 향한다. 이때 성효가 숨을 헐떡거리며 일행에게 잠시 쉬자고 조른다.

성효 - 야! 조… 조금 시시… 쉬면서 하자! 힘들어 죽겠다! 어?

대한 - 그러시죠! 형님! 야! 담배나 한 대 피우고 시작하자.

용식 - 무지하게 덥네! 난 얼음물부터 마셔야겠다.

성효 - 아~ 시… 씨발 거! 존나게 힘드네! 야! 이… 이거 언제 끝나겠냐?

대한 - 아니… 형님! 이제 시작했는데 언제 끝나는 걸 왜 물으세요! 겨우 한 차 옮기고서 힘들다고 하면 어떡합니까? 하하하! 형님은 이런 일이 처음이시죠?

성효 - 혀… 형은 공부만 했지. 이이… 일 같은 걸 집에서 해 본 적이 없어. 사실 이번이 처처… 처음이여.

용식 - 암만! 성효형님은 이 동네 선비님이셨지. 아암.

우석 - 니가 볼 때는 이거 얼마나 더 해야 끝나겠냐.

대한 - 글쎄~ 내가 볼 때는 지금처럼 빠르게 서두르면 오후 3시에서 4시? 아마 그쯤에는 끝날 거야.

성효 - 뭐? 그… 그러면 오후 늦게까지 벼벼… 볏가마를 계속 날라야 된다는 겨? 아이구 시… 씨발! 나… 난 못햐! 아.

대한 - 아니! 형님은 이 정도 각오도 안 하고 무슨 시골 일손을 돕겠다고 그러셨어요~ 그리고 이게 다 형님 집안일인데 형님이 제일 열심히 해야죠! 뭘 또 일을 못 하겠다고 벌써부터 그러시는 거예요! 형님.

성효 - 야! 이렇게 히히… 힘들 줄은 몰랐지! 아.

용식 - 형님! 빨리 시작하시죠~ 이러다간 시간만 계속 늘어지겠네요. 야! 빨리 시작하자.

우석 - 아~ 죽겠다! 진짜 존나 덥고 껄끄럽고 몸 간지러워 미치겠네! 이걸 언제나 다 하냐.

성효 일행이 다시 볏가마를 차에 실어 올리기 시작한다. 학창 시절 전교 상위 1%의 성적으로 공부를 잘했던 성효는 부모님의 농사일을 단 한 번도 도와준 경험이 없었다. 성효는 생전 처음으로 부모님께서 평생 해 오신 농사일을 땀을 뻘뻘 흘려가며 체험하고 있는 것이다. 그들이 화물차에 가득 실은 볏가마를 건조기에 쏟아 붓는다. 그러는 사이에 어느덧 점심때가 되었다.

그들이 화물차를 타고 성효의 집으로 향한다. 농사일로 더러워진 손발을 씻고 거실로 들어서자 푸짐하게 차려진 점심밥상이 맛있게 보인다.

우석 - 우와~ 뭘 이렇게 많이 차리셨어요? 어머니! 맛있게 잘 먹겠습니다.

성효 어머니 - 우리 성효가 생전 처음으로 집안일을 돕겠다고 일꾼들까지 데리고 왔는디… 끼니는 잘 챙겨 줘야지. 차린 건 별로 없어도 많이 먹고… 마지막까지 욕 좀 봐.

대한 - 예! 알겠습니다! 저기 아버님! 어서 진지 드세요.

성효 아버지 - 그라! 배들 고플 텐데 언능 먹자! 많이들 먹고… 일하면서 다치지 않게 조심하구….

용식 - 예! 아버님! 걱정 마셔요! 잘 먹겠습니다.

점심식사를 마치자마자 마당으로 나간 대한이 화물차의 시동을 걸며 말한다.

대한 - 야! 쉬더라도 일단 논에 가서 쉬자! 얼른 타.

성효 - 버… 벌써 가려고.?

우석 - 그라! 논에 가서 좀 누워 있자! 야! 용식아! 얼른 차에 타.

용식 - 그라~ 그것도 좋은 생각이다! 가자. 오라이!

화물차에 올라탄 성효 일행이 곧장 논으로 향한다. 논에 도착한 그들이 화물차에서 내려 휴식을 취하기 위해서 볏가마를 침대 삼아 눕는다. 하지만 농사일이 고단했는지 잠시 쉬려고 눕겠다던 성효 일행 모두가 깊은 잠에 빠져버리고 말았다. 갑자기 성효의 어머니가 큰 소리로 아들 성효를 부르며 뛰어오는 소리가 귓가에 들린다. 성효 어머니가 부르는 소리에 잠에서 깬 그들이 시계를 바라본다. 큰일이다. 벌써 오후 4시가 지나가고 있었다.

대한 - 야! 씨발! 큰일났다! 벌써 오후 4시가 지났어! 야! 빨리 일어나! 어서?

우석 - 뭐? 벌써 네 시라고? 환장하겠네….

용식 - 이거 좆 됐네! 야! 시간 없으니까 빨리 서두르자.

성효 - 아! 시… 씨발 거… 이… 이걸 괜히 돕는다고 했다가 몸살 나게 생겼네! 아~ 미… 미치겠네! 이거.

숨을 헐떡거리며 성효의 어머니가 논으로 뛰어온다.

성효 어머니 - 야들아! 지금까지 자고 있으면 어떡하냐! 방앗간에서 차가 한참 동안 안 온다고 엄마한테 전화가 와서 와 봤는디… 아이구~ 이 놈들아! 논바닥에서 일하다 말고 잠자면 어뜩햐.

성효 - 아… 알았어! 엄마! 어어… 언능 들어가! 일하는 데 바바… 방해되니까. 응?

성효의 어머니는 그들이 다시 일을 시작하는 것을 확인하고는 집으로 돌아간다. 낮잠을 늘어지게 자느라 일이 늦어버린 그들은 일하는 속도를 높여 부지런히 볏가마를 싣고 방앗간으로 향한다. 건조기에 황급히 벼를 쏟아 붓고는 재빨리 다음 필지의 논으로 이동한 성효 일행이 볏가마니를 화물차에 부지런히 실어 올리고 있다. 그런데 이때 갑자기 성효가 화물차의 시동을 꺼버린다.

성효 - 아… 힘들어서 도도… 도저히 안 되겠다. 다… 담배 좀 줘 봐! 야! 우리 그그… 그냥 가자! 어?

대한 - 아니! 그게 무슨 소리예요? 형님! 무책임하게요….

우석 - 그니께 말여~ 일도 안 끝났는디 그냥 가면 어뜩해요.

성효 - 와~ 나… 나는 더더… 더 이상은 못 하겠다! 진짜로… 너무 힘들고 허… 허리가 아파서 아아… 안 되겠어.

용식 - 이야~ 내가 성효형님 때문에 환장하겠다! 하하하.

대한 - 아니… 형님 집안일인데 어떻게 일하다 말고 그만둘 생각을 하실 수가 있어요? 형님! 이렇게 그냥 가버리면 결국 이 일은 부모님께서 하셔야 하는데… 어떻게 그런 생각을 하실 수 있어요? 형님도 참.

성효 - 나나… 난 몰러! 더더… 더 이상 모… 못하겠으니까 빠… 빨리 나가자! 니… 니들 안 따라오면 나 혼자서 그그… 그냥 갈 거니까 빠빠… 빨랑 나와.

성효가 장갑을 벗어던지며 논둑 밖으로 나간다. 성효가 나가는 모습을 보면서 눈치만 살피던 대한과 우석, 용식도 잠시 망설이다 어쩔 수 없이 성효를 따라 나간다. 멀리서 이들의 행동을 지켜보고 있던 성효의 어머니가 이상하다고 느꼈는지 허겁지겁 뛰어온다.

성효 어머니 - 너! 또 왜 이러는 겨? 성효야! 응?

성효 - 어… 엄마! 나 지지… 지금 급히 나나… 나가봐야 돼.

성효 어머니 - 일하다 말고 뭔 뚱딴지 같은 소리여? 이놈아.

성효 - 아~ 몰라! 어… 엄마! 지금 빠빠… 빨리 나나… 나가봐야 돼.

성효 어머니 - 아이고~ 이런 정신 나간 놈아! 니놈이 갑자기 철이 좀 든 줄 알았더니 내가 또 내 발등을 찍는다! 이놈아! 내 발등을 찍어! 니놈

말을 곧이곧대로 믿은 내가 미친 년이지. 내가 미친 년이여. 아이구~ 이 일을 어떡햐? 이거….

성효 - 미… 미안햐! 어… 엄마! 사사… 사정이 있어서 그랴.

성효 어머니 - 엄마라고 부르지도 마! 이놈 새끼야! 너 같은 자식새끼는 필요 없어! 아이구~ 저 많은 걸 언제 다 실어 옮기냐? 이거 환장하겠구만.

성효 - 다… 담엔 내가 끝까지 해해… 해줄게! 엄마.

성효 어머니 - 미친 놈 같으니라고… 앞으로 내가 니 말을 믿을 거 같으냐? 아이고~ 그나저나 이를 어쩐디야? 미치고 팔짝 뛰겠네! 이거….

이런 상황을 맘 아프게 지켜보는 대한과 우석, 용식은 성효의 무책임한 행동에 실망했다는 듯이 그를 바라보며 깊은 한숨을 내쉰다.

성효 일행이 떠나고 난 뒤, 성효의 부모와 고등학교를 다니는 성효의 막내 동생이 어쩔 수 없이 그들이 마무리하지 않고 남겨 둔 일을 밤늦은 시간까지 대신 해야만 했다. 성효의 아버지는 이 일로 몸살을 앓아 며칠간 아무 일도 하지 못한 채 누워만 있어야 했고 성효의 어머니는 몸져누운 남편을 보며 눈물을 흘려야 했다.

성효는 천성이 착하기는 했지만 어려서부터 집안 어른들이 '오냐오냐' 하며 키운 탓에 가정의 어려움을 살피거나 부모에 대해

효도해야 한다는 관념 자체를 가지지 못한 것처럼 철딱서니 없는 행동을 하곤 했다. 대한이 이런 성효에게 몇 차례 충고도 해 보았지만 성효의 철없는 행동거지를 대한으로서는 어떻게 할 수 없었다. 철부지 성효는 집에서는 이미 내놓은 자식이 되어버린 것이다. 성효의 철부지 행동은 대한의 한양파 조직 내에서도 더러 문제를 일으키는 경우가 있었다. 하지만 대한은 이런 성효가 자신의 선배라는 이유 하나로 그가 사고를 칠 때마다 매번 문제를 대신 해결해 주곤 했다. 그래서인지 성효와 대한의 관계는 선후배라기보다는 형제처럼 유지되고 있었다.

이별
(무너진 신뢰)

　햇살이 따사롭던 대한의 스무 살 어느 봄날. 대한은 여러 가지 일로 바쁘다는 핑계로 여자 친구인 장미에게 점점 소홀해지고 있었다. 대한의 관심이 조금씩 멀어지고 있다고 느낀 장미는 허전함을 메우기 위해서 평소 알고 지내던 오빠들과 어울리는 시간을 가끔씩 갖기도 하였다. 장미가 대한의 얼굴을 보지 못한 것이 오늘로 벌써 수삼 일이 지났다. 혹시라도 대한의 얼굴을 볼 수 있을까 하는 마음으로 진산시내를 배회하던 장미가 우연히 평소 알고 지냈던 오빠들을 만나 자연스럽게 술자리를 갖게 된다. 의도했던 만남은 아니었지만 장미의 선배 차수의 소개로 현국이라는 사람을 만나 호프집에서 함께 술을 마신다. 마음이 울적하고 허전한 장미가 대한을 생각하며 연거푸 술잔을 들이

킨다. 얼마나 마셨는지 인사불성이 될 정도로 만취한 장미는 의도치 않게 그날 처음 만난 현국과 모텔 방에서 잠이 들어버린다.

대한의 빈자리로 인한 허전함으로 잠시 방황하던 장미의 일탈 소식은 다음 날 주변 지인의 입을 통해 대한에게까지 바로 전달된다. 대한은 장미의 부적절한 처신에 크게 실망하였지만 모든 것이 자신으로 인한 것이라고 자책하며 그녀에게는 아무런 반응을 보이지 않았다. 대한은 그녀가 스스로 자신의 잘못을 솔직하게 뉘우치고 용서를 구할 때까지 인내하며 기다려 주고 있었던 것이다. 하지만 그녀는 며칠이 지나도록 대한에게 아무런 표현을 하지 않는다. 그녀에게 크게 실망한 대한이 결국 이별을 선택하기로 결정한다.

대한은 장미와의 아름다웠던 추억이 묻어 있던 술집으로 약속을 정하고 그녀와 만나기로 한다. 그녀는 아무런 영문도 모르고 대한과 만나기로 한 것에만 마냥 기분이 들떠 여느 때보다도 훨씬 몸치장에 신경을 쓰고 서둘러 약속장소로 나온다. 그녀가 약속장소에 들어서자 대한이 테이블에 앉아 홀로 술을 마시고 있다. 평소 혼자서는 술을 마시지 않던 대한이 아무도 없는 텅 빈 술집에서 쓸쓸히 술잔을 기울이고 있는 모습을 바라보며 그녀는 어쩐지 좋지 않은 일이 생길지도 모른다는 불길한 예감이 든다. 그녀가 다가오는 것을 바라보며 술잔을 들이키고 있던 대한이 장미에게 '씨익' 하고 어색한 미소를 지어 보인다. 하지만 장미는 이런 대한의 모습이 어쩐지 낯설게만 느껴진다. 그녀가 대한의 옆에 다가와 앉으며 생각이 가득한 표정으로 그를 바라본다.

대한 - 와아~ 장미 너! 오늘은 왜 이렇게 예쁘게 하고 나왔어?

장미 - 그야 너한테 잘 보이려고 그런 거지. 근데… 너 무슨 일 있어? 얼굴 표정이 어두워 보여! 왜 그래? 무슨 일이야? 응?

대한은 걱정스러워하는 장미의 물음에 아무렇지도 않다는 듯 술 한 잔을 벌컥 들이키고는 무덤덤한 표정으로 대답한다.

대한 - 왜? 난 아무렇지 않은데… 밥은 먹었어?

장미 - 으응… 먹었어. 너… 근데 혼자서 술도 잘 안 마시면서 갑자기 왜 그래? 나도 술 한잔 줘!

어색한 미소를 보이던 대한이 말없이 그녀의 잔에 소주를 따라 준다. 그는 머릿속이 복잡한 듯 갑자기 정색을 하고 그녀의 얼굴을 바라보며 무겁게 입을 뗀다.

대한 - 장미야~ 그동안 내가 너한테 많이 소홀했지? 미안하다!

갑작스런 대한의 차분한 말투에서 무언가 불길함을 느낀 장미가 불안한 표정을 지어 보이며 돌연 눈물을 흘리기 시작한다.

장미 - 너… 다시 안 볼 사람처럼 갑자기 왜 이런 말을 하는 거야? 응?

장미가 갑자기 눈물을 흘리는데도 대한은 아무런 반응을 하지 않는다. 장미는 무언가 단단히 잘못되었음을 직감한다.

대한 - 울지 마! 장미야! 니 잘못 아니니까! 내가 너한테 잘해 주지 못하고 니 마음을 잘 헤아리지 못해서 이렇게 된 거니까… 울 것 없어!

장미 - 정말 미안해! 대한아! 너한테 사실대로 말하지 못했던 건 널 속이려고 그런 것이 아니라… 아! 그때 내가 술을 너무 많이 마셨어! 정말 내 실수야! 내가 잘못했어! 대한아!

순간 분노로 대한의 얼굴이 일그러지며 눈꺼풀이 파르르 떨린다.

대한 - 이제라도 니가 솔직하게 말해 주니까 조금 위로가 된다! 솔직히 그 새끼들… 성질 같아선 다 죽여버리고 싶지만… 시간이 지나니까 그럴 필요가 없다는 생각이 들더라.

장미 - 자꾸 무섭게 왜 그래? 대한아! 내가 잘못한 거 맞아! 하지만 아무런 일도 없었어! 정말이야! 다시는 다른 남자들하고 술 마시지 않을게! 미안! 한번만 용서해 줘! 응?

장미가 그날의 일을 사과하며 얼굴을 들지 못하고 애처롭게 흐느낀다.

대한 - 그래도 지금까지 우리 예쁘게 사랑도 했고 좋은 추억도 많았잖아! 넌 내 인생에서 평생 잊지 못할 사람이야! 이제 그만 울고 술이나 마시자!

대한이 흐느끼는 장미를 토닥거린다. 대한의 얼굴에도 슬픔이 가득하다.

장미 - 아냐! 니가 용서해 줄 때까지 이렇게 무릎 꿇고 빌게! 이러지 마! 대한아! 내가 잘못했어! 차라리 니 화가 풀릴 때까지 날 때려! 응?

대한이 고개를 돌려 울고 있는 장미를 쏘아본다.

대한 - 뭐? 때려? 말도 안 되는 소리는 하지도 마! 나도 이러고 싶지는 않은데… 널 보고 있으면 자꾸 내 머릿속에서 나쁜 생각만 떠올라서… 나도 모르게 증오와 분노가 치밀어!

장미 - 니 마음 충분히 이해해! 대한아! 근데 정말 그날은 아무 일 없었어. 믿어 줘 제발!

대한 - 난 우리가 다시 시작한다는 건 불가능하다고 생각해! 그래서 너하고 인연을 여기에서 처음 시작했으니까 여기서 끝맺음을 하려고 여기로 오라고 한 거야! 우리 이제 이 시간 이후로는 다시 만나지 말자! 이 순간부로 우리는 헤어지는 거야. 알겠지?

대한은 단호했다. 사람과의 신의와 명분을 목숨처럼 여기는 대한에게 있어 장미의 경솔한 행동은 단지 실수가 아닌 자신과 장미와의 신의를 저버린 돌이킬 수 없는 과오였던 것이다. 하지만 장미는 헤어질 수 없다고 울고불고하며 대한에게 매달린다.

장미 - 아니! 난 싫어! 그런 게 어디 있어? 난 그렇게는 못 해! 못 한다고… 응? 우리 이러지 말자! 대한아! 내가 잘못했다구!

장미는 대한의 마음을 되돌리기 위해 안간힘을 쓴다. 하지만 대한의 결심은 이미 굳어진 것처럼 보인다. 대한은 장미의 눈물에도 꿈쩍하지 않는다.

대한과 장미가 마시고 비운 소주병이 어느덧 다섯 병째다. 만취한 장미가 울다 지쳤는지 대한의 어깨에 힘없이 기대며 스르르 눈을 감는다. 눈이 퉁퉁 붓도록 울고 또 우는 장미의 젖은 눈을 보는 대한의 마음에도 잠시 측은하다는 생각이 스친다. 하지만 대한은 애써 마음을 다잡는다. 대한이 장미를 보며 단호하게 말한다. 대한의 목소리는 아무런 감정도 담겨 있지 않은 듯 싸늘하기만 하다.

대한 - 너! 이제 그만 집에 가!

장미 - 싫어! 오늘은 너하고 같이 있을 거야!

대한 - 야! 이제 그만 좀 해! 우린 끝난 거라고! 알았어?

장미 - 아니! 나는 그렇게 못 하겠어! 그러니까 대한아! 나한테 조금만 더 시간을 줘! 부탁이야! 응?

장미가 대한을 붙잡고 애원해 보지만 이제는 대한의 마음을 되돌리기가 어려워 보인다.

대한 - 알았다! 내가 먼저 일어날 테니까 넌 집에 들어가!

장미 - 싫어! 너 따라갈 거야! 대한아! 제발~ 나도 데리고 가! 응?

대한은 장미의 말을 들은 척도 하지 않고 벌떡 일어나 술집을 나가버린다. 장미가 대한의 뒤를 황급히 쫓아 나간다. 장미가 앞서 걸어가고 있는 대한의 허리를 뒤에서 감싸 안으며 매달린다.

대한 - 야! 이거 놔! 너 대체 왜 이러는 거야? 어?

장미 - 싫어! 절대로 못 놔! 안 놓을 거야!

지나가던 행인들이 대한과 장미를 힐끔힐끔 쳐다본다. 주변 사람들의 시선을 의식한 대한이 더는 어쩔 수 없었는지 장미를 데리고 근처의 모텔로 향한다. 대한은 모텔 방에 들어가서도 여전히 장미에게 냉랭하다. 대한과 장미가 소파에 마주 앉아 있다. 잠시 아무 말도 하지 않던 대한이 차분하게 자신의 생각을 전한다.

대한 - 이제 그만 끝내자! 장미야~ 남녀 간의 신뢰는 한번 무너지면 다시 회복하기란 결코 쉽지 않은 거야! 그니까 우리 인연은 여기까지라고 생각하자! 응?

장미 - 대한아! 나한테 기회를 한번만 더 주면 안 될까? 아니… 차라리 니가 화가 풀릴 때까지 날 때려! 너랑 헤어지는 거 정말 싫단 말이야!

대한 - 뭐라고? 너는 왜 쓸데없이 기운을 빼니? 그냥 쿨하게 헤어지면 안 돼?

장미 - 어! 안 돼! 절대로! 난 니가 없으면 못 살 거 같아! 진짜로 죽을 거 같단 말이야! 니가 자꾸 헤어지자고 하면 난 유서라도 써 놓고 확 죽어버릴 거야! 진짜야!

대한 - 야! 니가 지금 날 협박하는 거냐?

장미 - 니가 뭐라고 하든… 난 너랑 헤어지면 확 죽어버릴 거야! 두고 봐! 내가 진짜라고 분명히 말했어!

대한 - 니가 아무리 그래도 난 내가 내린 결정을 웬만해서는 절대로 번복하지 않아! 내 성질 알면서 그러나?

거듭거듭 매달려 보지만 대한의 마음이 이미 돌아섰다는 것을 느낀 장미가 대한의 냉정함에 펑펑 눈물을 쏟는다. 한참을 울고만 있던 장미가 더는 대한의 마음을 되돌릴 수 없다는 생각에 눈물을 닦고 정색을 하며 말한다.

장미 - 그래! 알았어! 니 말대로 헤어져 줄게!

대한 - 그래! 잘 생각했다! 장미야!

장미 - 단, 헤어지기 전에 한 가지 조건이 있어! 니가 이 조건을 들어 주겠다고 약속해 주면 헤어져 줄게!

대한 - 조건? 알았어! 어디 한번 말해 봐!

장미 - 오늘까지는 애인이 되어 줘! 그리고 내일부터는 내 친구가 되어 줘! 혹시나 내 전화를 일부러 피하고 만나 주지 않는다면 그땐 우리가 헤어지기로 약속한 건 취소야! 이 정도는 해줄 수 있지?

대한 - 그래! 알았어! 쉽게 말해서 니 마음을 정리할 시간이 필요하다는 거잖아? 맞아?

장미 - 응! 솔직히 너랑 헤어지고 싶지 않지만… 너가 이별을 선택했으니까… 니 고집을 내가 꺾지도 못하겠구… 너하고 영영 이별을 하느니 차라리 친구로라도 남고 싶어! 근데… 왜 이렇게 눈물이 나오냐? 아이씨!

말을 끝낸 장미가 세상이 끝나기라도 한 것처럼 서럽게 울기 시작한다. 물끄러미 장미를 바라보던 대한도 울고 있는 그녀가 애처로운지 그녀의 어깨를 꼭 안아 준다. 결국 대한은 그날부로 애인관계를 끝내고 친구로 지내자는 장미의 조건을 어쩔 수 없이 받아들이고 나서야 이별을 할 수 있었다.

대한은 장미와의 이별 후 의형제인 우석과 매일같이 술로 시간을 보내고 있었다. 더러 장미로부터 전화가 오기도 했지만 대한은 일부러 그녀와의 만남을 회피한다. 하지만 아름다운 추억이 많았던 그녀를 잊는다는 것이 대한에게도 그리 쉬운 일은 아니었다. 공연히 장미의 눈물에 흔들려 친구 사이로 지내자는 그녀의 제의를 수락한 것이 지금은 대한에게 참을 수 없는 고통처럼 느껴진다. 차라리 그때 냉정하게 끊었어야 했다는 생각에 더러 후회가 되기도 한다. 대한은 헤어진 장미와의 추억이 때때로 떠올라 가슴앓이를 하면서도 이런 마음을 그녀에게 들키지 않으려고 애를 쓴다.

대한이 장미와 이별한 지 20일째 되는 날 저녁이었다. 하루에도 몇 통씩 걸려오던 장미의 전화가 또 다시 걸려온다.

장미 - 대한아! 나 지금 포장마차에 있는데… 이쪽으로 잠깐 오면 안 될까? 현국이 오빠가 대한이 너랑 소주 한잔 하고 싶다는데….

대한 - 아니! 난 됐어! 지금은 바빠서 나갈 수 없어! 나중에 통화하자!

술 한잔 하자는 장미의 요청을 거절하기는 했지만 전화를 끊고 대한이 지그시 눈을 감고 무언가 생각에 잠긴다. 지금 장미가 함께 있다고 하는 현국은 대한의 지역 선배이기는 하지만 대한이 장미와 헤어지게 만든 결정적인 원인을 제공한 사람이었다. 대한의 생각이 여기까지 미치자 순간 잘 참고 있었던 그는 선배 현국에게 증오와 분노의 마음이 끓어오른다. 이런 대한의 마음을 아는지 마주 앉아 짬뽕을 먹고 있던 후배 선재가 그의 눈치를 살핀다. 대한이 억지로 마음을 누르고 인내하고 있는데 장미에게서 또 다시 전화가 걸려온다.

장미 - 대한아! 정말 미안한데… 잠시만 여기 포장마차로 들렀다 가면 안 될까? 니가 너무 보고 싶은데… 너하고 못 본 지도 꽤 됐잖아! 응? 그래도 우리가 헤어지면서 했던 약속은 지켜져야~ 안 그래?

순간 머릿속이 복잡해진 대한의 얼굴이 일그러진다. 갑자기 울컥 하고 울화가 치밀어오른다.

대한 - 하아~ 씨발 미치겠네! 너! 거기서 잠깐 기다리고 있어! 시간이 조금 걸려도 상관없지?

몹시 기분이 좋지 않았던 대한이 선재와 먹던 짬뽕을 대충 먹어치우고 장미가 있다는 포장마차로 향한다. 장미를 만나러 가는 택시 안에서도 이런저런 복잡한 감정으로 대한의 마음이 시끄럽다. 만나자는 장미의 요구에 어쩔 수 없이 응하기는 했지만 막상 포장마차 앞에 이르자 '내가 공연한 짓을 했나?' 하는 생각에 그의 마음이 편치가 않다. 대한이 약속장소인 포장마차 앞에 도착해 선재와 함께 담배 한 대를 피워 물며 혼잣말을 중얼거린다.

대한 - 아~ 씨발! 내가 여길 왜 왔나~ 병신같이!

대한이 포장마차 밖에서 담배를 물고 내부를 지그시 바라본다. 자신의 생각이 무엇인지? 장미에 대한 마음이 무엇인지? 혼란스러운 대한이 한숨에 실어 희뿌연 담배 연기를 길게 내뿜는다.

포장마차 한쪽 구석에서 선배 현국과 마주 앉아 술을 마시고 있는 장미의 모습이 보인다. 순간 그의 가슴속에 무언가가 울컥 하고 분노가 치밀어오른다. 하지만 그의 머릿속에 불길한 예감 이 스쳐 지나간다. 갑자기 침착해진 대한이 더는 안 되겠다고 생각하며 돌아서려는 순간 멀리 포장마차에서 술 마시던 장미 와 눈이 마주친다. 그녀는 반가움에 그에게 손짓을 하며 큰 소 리로 대한을 부른다.

장미 - 대한아! 왜 안 들어오구 밖에 있는 거야! 왔으면 안으로 들어와야 지. 들어와! 빨리!

'아차!' 싶다. '그냥 오지 말 것을… 왔더라도 장미와 눈이 마주 치기 전에 돌아갔어야 했을 것을…' 하고 그가 뒤늦은 후회를 해 보지만 이제는 어쩔 수 없는 노릇이다. 대한이 장미가 앉아 있는 포장마차를 향해 마지못해 발걸음을 옮긴다. 장미가 대한 의 손을 끌어 자신의 옆자리에 앉힌다. 대한은 장미가 현국과 오붓하게 앉아 있는 모습을 직접 눈앞에서 보게 되자 속에서 화 가 끓어오른다. 하지만 그는 애써 화를 참으며 어색하게 미소를 짓는다. 현국이 자리에서 일어나 손을 내밀어 대한에게 악수를 청한다.

현국 - 스물다섯 살 배현국이라고 해요! 장미한테 대한씨 얘기는 많이 들었어요! 이렇게 직접 만나게 돼서 반가워요~ 제 술 한잔 받아요!

일부러 자신의 나이를 들먹이는 현국의 속이 빤히 들여다 보 인다. 이런 현국의 허세가 가소롭게 느껴지지만 대한은 아무 내

색도 하지 않는다.

대한 - 아~ 네… 저는 스무 살 박대한이라고 해요… 옆에는 제 후배 이선재고요!

선재 - 대한이 형님의 후배 이선재라고 합니다!

어색한 인사를 나눈 네 사람이 함께 술을 마시고 있다. 대한이 장미를 바라보며 혼란스러운 마음을 누르고 소주잔을 들고 마시려 하는데 갑자기 장미가 핸드백에서 담배를 꺼내 물었다. 지금까지 장미는 대한이 앞에서 단 한 번도 담배를 피우지 않았다. 그랬던 장미가 대한이 보는 앞에서 마치 이것 보라는 듯이 아무렇지도 않게 돌연 담배를 꺼내 어설프게 불을 붙여 연기를 뿜어낸다. 장미가 담배를 피워 무는 모습을 본 대한의 눈이 크게 충격을 받은 듯 흔들린다. 자리를 함께 하고 있는 현국이 무어라고 대한에게 얘기를 하지만 대한의 귀에는 아무 소리도 들리지 않는다. 장미가 대한의 눈을 뚫어져라 쳐다본다. 마치 대한과의 이별로 자신이 타락했다는 것을 보여 주기라도 하려는 듯 애를 쓰고 있는 그녀의 의도가 뻔히 보인다. 대한은 그런 장미의 행동을 더는 참아 줄 수가 없었다. 갑자기 대한이 테이블을 '쾅!' 하고 내려치며 자리에서 벌떡 일어선다.

대한 - 너! 날 여기에 불러낸 의도가 뭐야? 어?

장미 - 내가 뭘? 난 그냥 너하고 못 본지도 오래돼서 술이나 한잔 하려고 부른 건데. 갑자기 왜 그래?

대한 - 뭐? 너! 지금 일부러 날 자극하고 있잖아! 내 말이 틀려?

장미 - 그런 거 아닌데… 갑자기 화를 내고 그래… 너 왜 그러냐? 너답지 않게 오늘따라 이상하다! 너!

대한 - 이 씨발! 그럼 이 담배는 뭐야? 어?

대한이 장미가 입에 물고 있던 담배를 확 잡아채 구겨버린다. 애써 누르고 있던 대한의 감정이 장미의 돌발적인 행동에 폭발하기 시작한 것이다. 대한은 장미와 헤어진 후 아무렇지도 않은 것처럼 행동하고 있었지만 장미가 담배를 피우는 모습을 보고 자기 자신도 모르는 사이에 화를 내고 있었다. 대한의 거친 말투가 거슬린다는 듯 현국이 대한의 앞을 막아선다.

현국 - 어이! 동생! 우리 장미한테 말이 너무 심한 거 아녀? 말 좀 가려서 하지 그래!

현국의 건방진 행동과 말투에 더는 참아 줄 대한이 아니다. 대한이 자신의 가슴을 손으로 밀치고 있는 현국의 얼굴에 주먹을 내지른다. '퍼억!' 둔탁한 소리와 함께 대한의 주먹을 얼굴에 맞은 현국이 그 자리에 털썩 주저앉으며 코피를 흘리기 시작한다. 선재가 흥분한 대한의 몸을 끌어안는다.

선재 - 참으세요! 형님! 갑자기 왜 그러십니까? 예?

대한 - 이런 씹새끼가 뒤질라고… 그래도 지역 선배라서 지금까지 참아줬더니… 개새끼가 미안하다는 말은 못 할망정 뻔뻔하게… 감히 너 따위가 나한테 훈계를 하려고 해?

갑작스런 상황에 대한의 불 같은 성미를 아는 장미가 놀란 듯이 울음을 터뜨린다.

장미 - 화내지 마! 대한아! 미안해! 내가 잘못했어! 제발 그만해!

그동안에 참고 또 참아왔던 대한의 증오와 분노가 한꺼번에 폭발하고 만다.

대한 - 선재야! 너 밖에 나가서 택시 두 대만 잡아 와!

선재 - 알겠습니다! 형님!

선재가 택시를 잡으러 쏜살같이 밖으로 튀어나간다.

장미 - 그만해! 대한아! 제발~ 응?

뭔가 큰일이라도 생길 것 같은 불길한 생각에 장미가 울면서 대한을 말려 보지만 참을 만큼 참다 폭발한 그의 분노는 멈출 줄 모른다.

장미 - 그래. 니 말이 맞아! 대한아! 내가 널 잊지 못해서… 너한테 관심 좀 끌어 보려고 그랬어! 그러니까 내가 사과할께~ 제발 너가 좀 참아! 응?

대한 - 선재야! 재(장미) 좀 택시에 태워서 집으로 돌려보내! 빨리!

대한의 말이 떨어지자마자 곧바로 선재가 장미를 데리고 택시가 있는 곳으로 향한다. 하지만 장미는 걱정이 앞서는지 좀처럼 택시에 오르려고 하지 않는다. 그러자 대한이 장미를 살기 어린 눈으로 쏘아본다. 그녀는 별 수 없이 택시에 오른다.

장미 - 대한아! 절대 사고치지 마! 대한아! 제발! 부탁이야!

대한 - 야이 씨발 새끼야! 택시 좀 빨리 출발시키라고… 임마!

선재 - 예! 형님! 저기 기사님! 빨리 출발하셔요! 예?

장미를 태운 택시가 출발하자 대한이 현국의 머리채를 붙잡아

정차 중인 택시 뒷좌석에 태우고 근처 하상주차장으로 향한다.

하상주차장에 도착하자 대한이 현국을 택시에서 끌어내린다. 현국이 비록 대한의 지역 선배이기는 하지만 사랑했던 장미와의 사이를 갈라지게 만든 원흉이다. 대한은 지금껏 이 문제에 대해 단 한 마디도 입 밖으로 꺼내지 않으며 참아왔었다. 오늘도 속에 천불이 나는 마음을 억지로 누르며 참고 있었는데 자신의 행동에 대한 사과를 하기는 고사하고 오히려 대한을 훈계하려는 현국의 태도가 억누르고 있던 대한의 증오를 폭발시켜 버리고 만 것이다. 대한이 선배 현국의 뺨을 마구 후려갈긴다. 얼굴이 뻘겋게 달아올라 피를 철철 흘리고 있는 현국을 무릎 꿇리고 대한이 지금까지 참아왔던 감정을 거침없이 토해낸다.

대한 - 야! 이 개자식아! 그날 장미를 니가 어떻게 알게 됐는지 말해! 만약에 단 한마디라도 거짓말을 한다면 니 몸 어디 하나는 부러질 거다! 알겠냐?

현국 - 예! 알겠습니다! 사실은 제 후배 차수라고 있는데… 얼마 전 같이 술집에서 술을 마시다가 걔가 갑자기 장미를 부르더라고요. 저는 장미를 그때 처음 알게 됐습니다. 정말입니다!

대한 - 차수? 그 개새끼… 지금 당장 전화해서 이리로 오라고 그래!

현국 - 저기… 동생! 미안한데… 차수는 여기서 빼 주면 안 될까요?

대한 - 뭐? 동생? 이런 개새끼가! 내가 왜 니 동생이야! 어? 내가 왜 니 동생이냐고? 이 개새끼야! 좆 까는 소리 하지 말고 차순가 그 새끼 당장 불러! 너 이 개새끼! 만약에 영어 하면 뒤진다! 알았냐?

현국 - 하아… 네… 알겠습니다!

대한의 서슬에 기가 질린 현국이 뒷주머니에서 휴대폰을 꺼내 후배인 차수에게 전화한다.

현국 - 차수야! 형인데… 아무것도 묻지 말고 지금 진산 하상주차장으로 빨리 좀 와 줘! 빨리!

다급하게 통화를 마친 현국이 대한의 앞에 무릎을 꿇은 채 머리를 숙이고 있다. 대한이 현국을 내려다보며 묻는다.

대한 - 차수란 새끼는 도대체 뭐 했던 놈이야? 어?

현국 - 저보다는 한 살 어린 후배고요… 얼마 전까지는 서울에서 경호원 생활하다가 그만두고 진산으로 내려왔다는 것만 들었습니다.

그때였다. 멀리서 차량 한 대가 전조등을 켜고 하상주차장으로 내려와 대한 일행이 있는 곳 부근에 정차한다. 차에서 내리는 차수가 건들거리며 대한에게 다가온다. 그러더니 뒤이어 차량 7~8대가 대한이 현국을 무릎 꿇리고 서 있는 바로 앞에 정차한다. 차수가 일행들을 불렀음을 알아채고 비웃는 듯이 대한이 선배 현국과 차수를 노려본다.

대한 - 이런 개새끼들이! 저 차들은 또 뭐야? 날 혼내 주려고 니들이 불렀냐? 십새끼들아! 어?

이러한 상황이 몹시 기분이 상했던 대한은 그들 앞에 정차한 7~8대 차량 중 맨 앞에 있는 차량으로 다가간다. 차량의 창문이 열리자 어디서 낯익은 얼굴이 보인다. 긴장한 표정의 그는 대한의 지역 선배 성진이었다.

성진 - 어라? 대한이구나! 형 친구가 후배들한테 다구리 맞았다고 그래서 좆 빠지게 와봤더니… 무슨 일이여? 응?

대한 - 예! 형님! 제 개인적인 일이에요. 저 새끼들이 저한테 실수한 것이 있어서 그래요~ 지금 저 새끼들 그냥은 못 보내니까 이쯤에서 형님은 그냥 물러나 주시죠! 형님도 제 스타일 잘 아시잖아요~ 제가 함부로 선배들한테 행동하는 놈도 아니고….

성진 - 그럼~ 그건 형이 잘 알지~ 대한아! 아무리 선배라도 잘못한 게 있으면 당연히 대가는 치러야지! 형은 널 믿는다! 무슨 일인지 모르겠지만 웬만하면 좋게 잘 해결하고! 형들은 그만 가볼게!

현국의 연락을 받고 한걸음에 달려왔던 그의 친구들이 대한과 잠시 대화를 나누고 모두 철수해버린다. 그 모습을 지켜보고 있던 현국의 후배 차수가 건들거리며 대한에게 다가온다. 대한 앞에 선 차수가 야비한 웃음을 지으며 대한에게 시비를 걸기 시작한다.

차수 - 아니… 제 선배가 무슨 잘못을 했기에 사람을 저렇게 심하게 때렸습니까?

차수의 말이 끝나기도 전에 대한이 앞발을 번개같이 치켜들어 차수의 얼굴과 가슴을 마구 걷어차버린다. 차수가 '벌러덩' 하고 뒤로 나가떨어진다. 대한이 땅바닥에 넘어진 차수에게 쏜살같이 달려가 멱살을 휘어잡아 주먹을 들어 보이며 말을 꺼낸다.

대한 - 니가 뒈지려고 환장했냐? 이 개새끼야! 내가 장미 전 남친이야! 이 씹새끼야! 이런 상황이 올 줄은 너도 알고 있었지?

차수 - 아~ 악! 네… 네! 대한씨! 저기요! 정말 죄송합니다! 그때는 현국이 형하고 장미랑 술을 많이 마셔서 아무 일도 없었어요! 진짭니다! 믿어 주세요!

대한 - 좆 까는 소리 말고 너도 무릎 꿇어! 개새끼야! 더 처맞기 전에… 니가 원인이야! 씹새끼야! 지금 맘 같아서는 널 죽여버리고 싶거든?

차수 - 저는 진짜로 억울합니다! 아우님! 아니 후배님! 아우님하고 사귀고 있는지 그때 당시 저는 정말 몰랐어요! 만약에 그걸 알았다면 장미를 그 자리에 부르지도 않았을 겁니다. 정말 죄송합니다!

대한 - 개새끼가 말 존나 많네! 주둥이 처닫고 둘 다 무릎 꿇으라고… 씹새끼들아!

대한의 얼굴에 노기가 가득하다. 전날 비가 내린 탓인지 하상 주차장 바닥에는 군데군데 물이 고여 있었다. 분노한 대한의 눈치를 살피던 현국과 차수는 주변을 두리번거리다 물이 없는 곳을 골라 무릎을 꿇으려 멈칫하다 대한과 눈이 마주친다.

대한 - 이런 병신 같은 새끼들이! 지금 장난하나! 그쪽 말고… 이쪽 바닥에 물 많은 쪽으로 꿇어! 쓰레기 같은 새끼들아!

현국 - 네? 이쪽으로요?

대한 - 그래! 이 새끼야! 왜? 후배 앞에서 무릎 꿇고 있으려니까 존심 상하냐? 어?

차수 - 아… 아닙니다! 바로 무릎 꿇겠습니다!

멈칫거리는 그들에게 화가 풀리지 않는지 대한이 또다시 그들의 뺨을 후려친다.

대한 - 이런 씨발놈들이 야! 창피하냐고? 이 씹새끼들아!

현국, 차수 - 아닙니다!

그때 대한의 휴대폰을 대신 들고 있던 선재가 대한에게 뛰어와 전화를 건네주며 말한다.

선재 - 대한 형님! 현미누나라고 하면 아신다고 말씀하시는데… 전화 좀 받아 보세요.

대한 - 뭐라고! 누구? 핸드폰 이리 줘 봐! 여보세요? 네! 누나! 안녕하세요!

현미 - 그래 대한아~ 현미누나야! 누나 기억하니? 정말 오랜만이다! 그치?

대한 - 네… 누나! 근데 갑자기 무슨 일로….

현미 - 대한이 너한테는 미안한데… 누나네 집으로 지금 바로 좀 와 줄 수 있을까? 장미가 무슨 일 때문인지 지금 집에서 울고불고 난리야!

대한 - 아… 근데… 제가 지금 차가 없어서 바로 갈 수 있는 상황이 아닌데요… 어떡하죠? 누나?

현미 - 그러면 지금 누나가 너 있는 곳으로 데리러 갈게! 지금 어디에 있니? 대한아!

대한 - 하아~ 아니… 그러면 조금 이따가 택시라도 타고 갈게요! 누나!

현미 - 그럴래? 그래 주면 고맙지! 저기 대한아! 우리 엄마가 너하고 잠시 통화 좀 하고 싶다는데 잠깐 기다려 줄래?

대한 - 네? 어머니가요?

장미 어머니 - 장미 엄마예요! 갑작스럽게 전화로 만나자고 해서 미안해요~ 지금 장미가 집에서 울고불고… 죽고 싶다고 난리가 났는데… 얘가 왜 그러는지? 나랑 만나서 얘기 좀 했으면 해요! 기다리고 있을 테니까 우리 집으로 빨리 좀 와 줬으면 좋겠네요~ 부탁 좀 할게요.

대한 - 아… 네… 어머니! 알겠습니다!

현미 - 대한아! 현미누나야! 일단 집에 와서 얘기하자! 알았지? 부탁 좀 할게! 빨리 좀 와 줘!

현미는 장미의 셋째언니다. 대한이 중3 시절에 뺑소니 교통사고를 당해 병원에 입원했을 때 대한을 담당했던 간호사였다. 대한은 4년 만에 전화로 부탁하는 현미누나의 요청을 거절하지 못하고 집으로 가겠다며 약속을 한다. 통화를 마친 대한이 몹시 고민에 빠진 듯하다. 연신 줄담배를 피우던 대한이 무릎을 꿇고 있는 현국과 차수에게 다가간다.

대한 - 이제 그만 일어나요! 오늘은 이쯤 끝내는데! 다음부터는 이런 일로 두 번 다시 만나지 맙시다! 그만 돌아가세요!

현국 - 예! 고맙습니다! 대한 씨!

차수 - 다시는 이런 일 없도록 조심할게요! 감사합니다!

대한의 말이 끝나자마자 무릎 꿇고 있던 현국과 차수가 힘겹게 일어나면서 연신 고개를 숙이며 꽁지가 빠져라 자리를 뜬다.

대한은 택시기사 영상을 호출해 곧장 장미의 집으로 향한다.

장미의 집 앞에 도착한 대한이 대문을 열고 현관문 안으로 들어서자 현미누나가 어두운 표정으로 대한을 맞이한다.

대한 - 오랜만이에요! 누나! 잘 지내셨죠?

현미 - 그래! 대한아! 어쩌다가 이런 일로 널 다시 만난다니… 어서 들어와! 우리 엄마가 널 기다리고 계셔.

대한이 현미를 따라 장미의 어머니가 계신 안방으로 들어간다. 장미의 어머니가 장미의 일로 속이 상했는지 근심이 가득한 표정으로 얼굴을 잔뜩 찌푸리고 있다가 대한을 보자 어색한 미소를 지으며 대한을 반긴다. 대한이 장미의 어머니에게 정중하게 인사를 드리고 자리에 앉는다. 얼마나 울었는지 눈이 퉁퉁 부은 장미가 대한을 보자 또 울기 시작한다. 현미가 장미를 쏘아보며 소리를 지른다.

현미 - 야! 백장미! 넌 그만 울고 니 방에 들어가 있어! 빨리! 언니 말 안 들을 거야?

장미가 훌쩍거리며 안방을 나가자 장미의 언니 현미가 대한에게 차를 내주고 그녀의 어머니가 차분한 목소리로 조심스럽게 말을 꺼내기 시작한다.

장미 어머니 - 우리 장미 남자 친구라고 하니까 말은 편하게 할게! 장미 말로는 지가 잘못해서 대한이하고 헤어지게 됐다고 그러던데. 염치 없지만 우리 딸의 큰 잘못이 아니면 대한이가 조금만 이해하고 다시 만나면 안 되겠나?

순간 대한의 머릿속이 복잡해진다. 이미 헤어진 장미의 일로 그녀의 집에서 그녀의 어머니를 대하게 되리라고는 상상하지도 못했다. 장미 어머니의 물음에 어떻게 대답해야 할지 고심하던 대한이 조심스럽게 말을 꺼낸다.

대한 - 어머니! 지금은 그냥 편한 친구로 잘 지내고 있어요! 너무 걱정하지 마세요.

현미 - 그동안 우리 장미가 엄마나 언니들 말은 잘 안 들어도 대한이 니 말이라면 법으로 알고 그랬는데… 누나가 니들 사이에 어떤 일이 있었는지는 잘 모르겠지만… 대한아! 니가 누나나 우리 엄마를 봐서라도 다시 장미하고 잘해 볼 수는 없겠니? 응?

장미 어머니 - 그래! 그렇게 마음 좀 돌려 봐! 아까는 우리 장미가 죽고 싶다고 한없이 울기만 하던데… 무슨 일인지 물어도 대답도 안 하고… 얼마나 속이 상하던지… 내가 오죽 답답했으면 자네를 여기까지 오라고 불렀겠나? 다른 오해는 하지 말고… 난 대한이가 장미하고 다시 한번 잘 지냈으면 좋겠네….

대한 - 예! 알겠습니다! 걱정끼쳐드려 죄송합니다. 어머니….

장미 어머니는 대한에게 장미와 다시 잘해 보라는 부탁의 말을 남기고는 현미와 대한만 남기고 자리를 피해 옆방으로 건너간다. 그러자 현미가 재차 대한에게 부탁을 한다.

현미 - 대한아! 우리 장미하고 다시 예전처럼 잘 지내 줄 수 있겠지? 누나가 이렇게 부탁할게! 응?

대한 - 머릿속이 복잡하네요! 누나~ 조금 더 시간을 갖고 신중하게 생각해 볼게요! 제가 지금 답변을 드리기가 쉽지 않네요. 어쨌든 죄송해요!

누나!

현미 - 그래! 대한아! 오늘은 이만 하고… 장미랑 오해가 있었으면 풀고

다시 잘해 봐! 알겠지? 누나가 부탁할게! 응?

대한 - 네! 누나! 알겠어요!

대화를 마친 대한이 장미의 어머니와 현미누나에게 인사를 드리고 대문을 나선다. 그러자 방 안에 서 울고 있던 장미가 맨발로 뛰쳐나와 등지고 있던 대한에게 달려가 안긴다. 현관에서 이 모습을 지켜보고 있던 장미의 어머니와 현미가 민망한지 슬그머니 방 안으로 들어가버린다. 울먹이던 장미가 대한에게 또 다시 애원하기 시작한다.

장미 - 대한아! 집에 도착하면 나한테 꼭 전화해 줘! 응? 대한아~ 우리

내일 꼭 만나자! 알았지? 응? 대답해! 빨리!

대한의 머릿속이 너무 복잡하다. 그는 혼란스러워 아무런 생각도 할 수가 없다. 그저 빨리 이 자리를 피하고 싶은 마음뿐이다. 대한이 그녀에게 성의 없이 대답한다.

대한 - 그래! 알았으니까 빨리 방으로 들어가!

장미 - 싫어! 너 택시 타는 거 보고 들어갈래!

대한 - 그래 알았어! 잘 자고 내일 통화하자!

혼란스러운 상황에 마음이 복잡해진 대한이 무거운 마음으로 집으로 향한다.

잠시 후 집에 도착한 대한이 생각을 정리하려는 듯 혼자 소주

를 마셔 보지만 그의 머릿속에는 온통 장미에 대한 생각뿐이다. 아무리 생각을 정리하려고 해도 도무지 어떻게 해야 할지 쉽사리 생각이 정리되지 않는다. 그날 밤 대한은 안주도 없이 맨 소주를 세 병이나 비우고 나서야 겨우 잠을 이룰 수가 있었다.

그날 이후 대한은 며칠 동안 아무도 만나지 않고 두문불출하고 있었다. 혹시나 장미에게서 연락이라도 오면 마음이 흔들리게 될까 휴대폰의 전원도 꺼 두었다. 일주일쯤 지나 조금은 마음이 진정된 대한이 저녁 무렵 옷을 말끔하게 차려입고 친구 우석(배꼽)을 만나 시내의 한 술집에서 술을 마시고 있다.

우석 - 야! 넌 제수씨 전화를 왜 안 받아 가지고 나까지 시달리게 하고 그러냐? 장미씨가 너 좀 찾아 달라고 울면서 매일같이 전화오는디 미치는 줄 알았어!

대한 - 그랬어? 미안하다! 우석아! 괜히 나 때문에… 친구가 고생이네.

우석 - 성효형님한테도 제수씨가 전화해서 울고불고 그랬다던디. 내가 봐도 제수씨가 너무 안쓰러워서 좀 전에 전화가 왔길래 그냥 이리로 오시라고 했어! 그니께 너랑 직접 만나서 얘기라도 나눠 봐! 잉?

대한 - 얌마! 너는 쓸데없이… 아~ 장미하고 정 떼려고 그랬던 건데… 에이~ 시팔! 그래! 잘했다! 우석아! 어차피 만나야 정리를 하지.

우석 - 그라~ 이참에 제수씨 만나서 잘 해결해 봐! 너 때문에 옆에 있는 나하고 성효형님만 아주 그냥 죽을 맛이여! 임마!

대한 - 그래! 알았어! 미안하다!

잠시 후 장미가 술집 문을 열고 들어와 대한의 옆자리에 앉는다. 한눈에 보기에도 많이 야윈 장미의 모습을 막상 보게 되자 대한은 정리하겠다는 지금까지의 마음과는 달리 오히려 장미를 걱정하는 측은한 마음이 먼저 앞선다. 우석이 슬그머니 눈치껏 자리를 피해 준다. 여전히 냉정한 대한을 보며 장미가 흐르는 눈물을 애써 감추고 울먹이는 목소리로 어렵게 말을 꺼낸다.

장미 - 너~ 핸드폰은 왜 꺼놨어? 나랑 다시 만나는 게 그렇게도 싫은 거야? 응?

대한 - 그냥 니가 보기 싫었어! 다시 예전처럼 시작해 볼 자신도 없고!

장미 - 대한아! 모든 게 다 내 잘못이니까 앞으로 내가 더 노력하고 잘할게! 응? 정말이야! 믿어 줘!

대한 - 그래! 장미야! 니 진심은 충분히 느껴져! 근데 내 자신한테는 너의 그 진심이 그렇게 마음에 와닿지를 않아! 내 마음이….

장미 - 그니깐 대한아~ 제발 나한테 마지막으로 한번만 더 기회를 줄 순 없겠니?

대한 - 내가 이런 일을 처음 겪어서 그런지 충격이 컸나 봐! 그러니까 너도 더 이상 힘 빼지 마! 나 때문에 마음 다치지 말고… 장미야!

대한의 냉정한 대답에 장미가 갑자기 자리에서 일어나더니 대한의 손을 잡아끌기 시작한다. 갑작스런 장미의 행동에 놀란 대한이 어리둥절하여 장미에게 묻는다.

대한 - 너 또 왜 그러는데! 어? 어디 가려고 그래?

장미 - 그렇게 나하고 헤어지는 것이 소원이야? 그러면 날 따라와! 니 소원대로 해줄 테니까. 일어나! 빨리!

돌변한 장미의 당돌한 모습에 대한도 어쩔 도리가 없이 장미에게 손을 잡힌 채 따라간다. 장미가 대한을 잡아끌어 억지로 데리고 간 곳은 인근에 위치한 모텔이었다. 대한이 놀란 듯 장미를 바라보다 자신의 손을 잡고 있는 장미의 손을 뿌리치며 말한다.

대한 - 너! 이게 뭐하는 짓이냐? 갑자기 여기는 왜 왔어? 어?

장미 - 너! 나하고 헤어지지 않을 거야? 헤어지기 싫어?

대한 - 아니… 그러니까 갑자기 모텔에는 왜 온 거냐고!

장미 - 니 말처럼 헤어져 줄 테니까 아무 소리 말고 따라와!

대한 - 너! 도대체 이러는 의도가 뭐야?

장미 - 의도? 오늘밤 나하고 마지막으로 함께 지내고 그러고 나서 결정해!

장미가 다시 대한의 손을 잡아 거칠게 끌어당긴다. 모텔 방문을 열고 들어서자 작정하기라도 했다는 듯 장미가 입고 있던 옷을 홀홀 벗어던진다. '얘가 도대체 무슨 생각으로 이러나?' 하며 대한이 황당하다는 표정으로 알몸이 된 장미를 바라본다. 장미가 대한의 옷을 강제로 벗기려 한다. 그러자 대한이 저항하며 장미의 손을 잡고 되묻는다.

대한 - 너 꼭 이렇게까지 해야 되냐? 그냥 이대로 헤어지면 안 돼?

장미 - 응! 안 돼! 오늘이 마지막이니까 내 맘대로 할 거야! 그러니까 날 말릴 생각이라면 하지도 마! 알았어?

언제나 수줍어하기만 했던 장미가 오늘이 마지막이라는 듯이 대한의 몸을 적극적으로 탐하기 시작한다. 어안이 벙벙해서 속수무책 서 있는 대한의 옷을 거칠게 벗겨버린 장미가 대한의 몸을 애무한다. 이전과는 달리 혼신을 다하는 장미의 도발적인 애정표현에 대한이 결국 눈을 감아버린다. 장미는 대한과의 이별을 예감하며 전에 느낄 수 없었던 색다른 매력으로 대한을 유혹하고 또 유혹한다. 두 사람이 어우러진 사랑의 몸짓은 지극히 아름답고 사랑스러웠지만 어딘가 모르게 애절해 보인다.

격정이 폭풍처럼 지나고 대한은 자신의 팔을 베고 누운 장미에게서 뜨거운 눈물이 흐르는 것을 느낀다. 하지만 대한은 짐짓 모른 체하며 담배 연기를 '후우~' 하고 천장으로 내뿜는다. 장미가 울먹인다.

장미 - 넌 내가 다른 놈한테 시집간다고 해도 후회하지 않을 자신 있어?

대한 - 후회는 하겠지! 널 사랑했으니까! 하지만 지금의 내 결정을 번복할 수는 없어!

장미 - 사랑했다면서? 후회하는 마음도 있다면서? 왜 다시 만나면 안 되는 건데? 니 말을 난 도저히 이해할 수가 없어! 말해 봐! 왜 안 된다는 거야?

대한 - 남녀 사이에는 반드시 지켜야 할 신뢰라는 것이 있어. 그런데 우리는 그걸 잃었어. 다시 시작한다 해도 결과는 똑같을 거야. 이제 그만하자! 솔직히 니가 울고 그러면 나도 마음이 아파! 이런 날 보는 너도 마음이 아플 거야. 그러니까 우리 이제는 서로 웃으면서 이별하자!

장미가 흐느끼며 대한의 가슴으로 파고든다.

장미 - 대한아! 니가 날 마지막으로 잡아 주면 안 되겠니? 정말 마지막 부탁이야! 제발 날 잡아 줘!

대한 - 지금까지 날 봐왔으면서도 그러냐~ 넌 아직도 날 모르겠어?

장미 - 아니! 그런 건 중요하지 않아! 지금이라도 다시 생각해 봐! 응?

대한 - 난 널 사랑해! 하지만 나는 이별을 선택했어! 이것이 내 대답이야! 난 내가 선택한 건 절대로 번복하지 않는 걸 너도 잘 알잖아!

장미 - 그래 알았어! 이제 그만할게! 근데 자꾸 눈물이 나오는 걸 어떻게 하지? 아….

장미가 갑자기 대성통곡을 한다.

잠시 후 장미가 침대에서 내려와 옷을 주섬주섬 입고는 밖으로 나가버린다. 방에 홀로 남은 대한은 샤워를 한다. 눈에서는 물인지 눈물인지 뜨거운 무언가가 흘러내린다.

대한에게 장미는 첫사랑과도 같은 사람이다. 스치듯 잠깐 본 장미에게 첫눈에 반해서 오랜 시간을 가슴앓이하기도 했고 장미를 자신의 여자로 만들기 위해 그 어떤 때보다도 조심스럽게 마음을 전하기도 했다. 대한에게는 장미를 만나 사랑하는 동안 하루하루가 기쁨이었고 소중한 추억이었다. 뜨겁게 사랑했고 소중하게 아꼈던 사람. 대한은 오늘을 마지막으로 장미와 이별을 고하였지만 만남도 헤어짐도 가슴 저렸던 것만큼 오랫동안 그녀를 추억하며 잊지 못할 것임을 안다. 떠나는 장미의 가슴에도, 떠나보내는 대한의 가슴에도, 영원히 지워지지 않을 사랑의 시간들이 곱게 아로새겨진다.

전복사고

노래방을 운영하고 있던 성효의 삼촌 황용이 성효와 함께 진산시내 인근에서 학다방 개업을 준비하고 있다. 평소 성효와 함께 동고동락하는 사이인 대한과 우석이 그의 개업식 준비를 돕고 있다. 학다방의 티코맨은 성효와는 사돈지간인 무진이 맡아 도와주기로 했다. 무진은 대한, 우석과는 동갑내기 친구라서 이전부터 서로 잘 알고 지내던 사이다.

개업식날이었다. 다방 배달차량 안에는 학다방 로고가 크게 새겨진 재떨이와 홍보물, 개업식 떡이 잔뜩 실려 있었다.

성효 - 야! 무무… 무진아!

무진 - 예! 사돈형님!

성효 - 네가 아아… 아가씨들 태태… 태우고 나가서 홍보물 좀 도도… 돌리고 와!

무진 - 알았어요! 사돈형님!

성효 - 시시… 씨발! 사돈은 뭔 사사… 사돈이여! 그… 그냥 형님이라고 좀 햐!

무진 - 자꾸 습관이 돼가지고 그렇죠. 알았어요! 형님! 그럼 후딱 홍보하고 올게요!

티코맨 무진은 다방아가씨들을 차에 태우고 시내에 있는 당구장과 노래방, 사무실 등을 일일이 방문해 판촉물을 돌리며 다방 개업 소식을 홍보하고 다닌다. 성효와 대한, 우석은 다방 개업 홍보차 아가씨들을 모두 내보낸 뒤 축하화환을 보기 좋게 정리해 놓고 다방 실내를 깨끗하게 청소한 후 소파에 앉아 잠시 쉬고 있다.

잠시 후 다방으로 커피배달 주문전화가 줄이어 들어오기 시작한다. 커피배달 티코맨과 오토맨 둘이 다방으로 들어오는 배달 주문을 나누어 꽁지가 빠지게 배달을 하는데도 주문이 계속 밀린다. 그러자 가만히 있을 수 없었는지 성효도 개인차량을 동원하여 배달 일을 돕기 시작한다. 개업 첫날부터 정신없을 정도로 쇄도하는 커피배달 주문을 소화하느라 분주하다.

저녁시간이 되자 배달을 나갔던 아가씨 중 한 명만 남기고 나머지 아가씨들은 손님들 부름을 받고 모두 노래방으로 시간(티켓)을 나간다. 그제야 조금 한산해진 다방 홀에서 주방이모와 성효, 대한과 우석, 무진, 다방아가씨 한 명만이 남아 저녁식사를 한다.

저녁식사를 마친 우석이 어머니와의 약속이 있다며 먼저 집으로 돌아가고 다방에 늦게까지 남아 있던 성효와 대한은 피곤함을 달래기 위해 역전 부근에 위치한 모텔 방을 잡고 쉬러 들어간다. 방에 들어서자마자 대한이 침대 아래에 이불을 펴고 누워 이내 잠이 든다. 잠들어 있는 대한을 바라보던 성효가 담배를 피우며 휴대폰을 만지작거린다.

잠시 후 성효는 침대 밑에서 곤하게 자고 있는 대한을 재차 확인하고는 슬그머니 미소를 지으며 여자 친구 진미에게 전화를 건다.

성효 - 오… 오빠여! 어… 어디냐?

진미 - 나? 그냥… 시내에서 친구들하고 밥 먹고 이제 집에 들어가려고 하는데… 오빤 어딘데?

성효 - 으응… 다… 다방 개업식 끝내고 쉬려고… 모모… 모텔이야. 진미야! 지금 오빠 몸이 부부… 불타고 있어! 여… 여기로 빨리 와! 응?

진미 - 어우~ 변태 같애! 오빠 목소리가 갑자기 왜 그래? 안 돼~ 난 오늘 집에 일찍 들어가야 된단 말이야.

성효 - 거거… 걱정 마! 오빠가 차로 데려다 줄 테니까… 지금 역 앞에 있는 모… 모텔로 빨리 와! 내 몸이 뜨… 뜨거워! 진미야!

진미 - 어머! 미쳤나 봐! 증말! 암튼 알았어! 오빠! 조금만 기다리고 있어
봐!

진미와 통화를 마친 성효가 후다닥 샤워를 마치고 달랑 속옷
하나만 걸친 채 침대에 누워 그녀가 오기만을 애타게 기다린다.

잠시 후 방문을 노크하는 소리가 들린다. 성효는 싱글벙글하
며 속옷 차림으로 방문을 열어 준다. 진미가 화들짝 놀라며 무
언가 말하려고 하자 그녀의 입을 손으로 틀어막고 다짜고짜 침
대에 눕힌다. 원피스를 입고 있던 진미의 치마를 후다닥 걷어
올리고 그녀의 등 뒤에 있는 지퍼를 내리자 조금 저항하던 그녀
가 포기했다는 듯이 허리를 들어 옷을 벗기는 것을 도와준다.
이때 진미가 침대 밑에 누워 잠들어 있는 대한을 발견하고 당황
한 듯 벌떡 일어나 앉는다.

진미 - 엄마야! 침대 밑에 누가 있잖아. 오빠! 미쳤나 봐~ 혼자 있는 것도
아니고 이게 뭐야! 응?

성효 - 대… 대한이여! 깊이 잠들어서 괜찮어! 지… 진미야! 어어… 언능
이리 와서 누워 봐! 빠… 빨랑!

진미 - 아! 싫어! 이건 아닌 거 같애! 오빠는… 후배가 침대 밑에서 자고
있는데 그게 하고 싶나?

성효 - 왜왜… 왜! 어뗘? 지… 지는 애인이랑 안 하간?

진미 - 아니! 그거하고 지금 한 방에서 같이 있는 거하고는 다르지. 우리 이러고 있는데 대한 씨가 자다가 깨기라도 하면 어쩌려고 그러냐? 오빠는 아직도 10대야? 대책이 없어! 하여튼 난 싫어! 안 해!

성효 - 너~ 오… 오늘따라 깍쟁이처럼 왜 이렇게 튀… 튕기는 거야? 아! 빨랑 누워 봐! 일단… 응?

진미 - 싫어~ 오빠! 내가 뭘 튕겼다고 그래? 당연한 걸 가지고… 빨리 집에 데려다 주기나 해! 일어나! 빨리!

성효 - 시시… 시끄러! 에라이~ 씨~ 난 모르겠다! 이리와 봐! 지… 진미야!

진미 - 아유~ 오빠! 왜 그래? 미쳤어? 아, 안 돼!

진미가 침대 위에 앉아 옷을 다시 고쳐 입으려 한다. 그러자 성효는 그녀를 강제로 침대에 눕히고 키스를 하더니 그녀의 팬티 안으로 손을 '쑤욱~' 집어넣는다. 그러자 그녀는 저항을 서서히 멈추고 그를 받아들인다. 그는 진하게 그녀의 가슴을 애무하며 속옷을 홀렁 벗겨 던진다. 진미의 속옷이 침대 아래에서 잠들어 있는 대한의 얼굴 위로 떨어진다. 자다가 난데없이 진미의 속옷이 자신의 얼굴 위로 떨어지자 자고 있던 대한이 잠에서 깬다. 하지만 그녀의 거칠게 몰아쉬는 숨소리와 삐걱거리는 침대 소리에 대한이 차마 일어나지 못하고 속으로 혼잣말을 중얼거린다. '아 저 양반 왜 또 저러지? 나한테 창피한 것도 없나? 지난번에도 저러더니 이번에도 또 저러네. 혹시 남들이 봐 주는 걸 즐기는 정신병이라도 있나? 하여튼 참 대단하구만! 대단해!'

모텔 방의 전등은 모두 꺼져 있었지만 창문을 가리고 있는 커튼이 암막커튼이 아닌 일반커튼이라 그래서인지 모텔 방 밖에 있는 가로등 네온불빛이 방 안을 환하게 비춘다. 가로등 불빛에 성효가 진미의 몸을 유연하게 애무하는 모습과 그에게 제압당한 듯 꿈틀거리고 있는 그녀의 자극적인 몸짓이 적나라하게 보인다.

성효가 한참 동안을 입술과 혀끝으로 그녀의 머리부터 발가락 끝까지 정성스럽게 애무한다. 진미는 마치 욕망에 취한 여인처럼 신음 소리를 끙끙거리며 쾌감으로 부르르 진저리를 친다. 뜨겁게 달아오른 진미의 배 위로 올라간 성효는 그녀의 몸 안으로 들어간다. 그러자 그녀는 몸이 터질 것처럼 용틀임을 시작한다. 그런데 이때 갑자기 그가 몸을 부들부들 떨더니 하던 행동을 멈추며 침대로 벌러덩 드러눕는다.

진미 - 아~ 오빠! 갑자기 또 왜 그래! 벌써 끝난 거야?

성효 - 아… 오… 오늘 왜 이렇게 커커… 컨디션이 안 좋지?

진미 - 오빤 나랑 사랑할 때마다 무슨 컨디션 핑계냐? 짜증나게! 도대체 이게 몇 번째야~ 찝찝하게….

성효 - 내… 내가 낯가림이 시… 심해서 그랴… 지… 진미야!

진미 - 한두 번도 아니고… 오빠! 진짜 토끼 아냐? 응? 솔직하게 말해봐! 괜찮으니까… 어? 진짜 토끼라면 같이 병원 가서 고치면 되잖아… 그런 건 고칠 수 있대, 오빠!

성효 - 토토… 토끼 아… 아니라니까!

둘의 대화를 듣고 있던 대한이 자신의 졸업식 날에 있었던 성효와 부천녀의 정사 장면을 다시 떠올린다. 마치 그날 일의 데자뷰 같은 느낌이 든다. 진미가 성효의 정력을 못 믿겠다고 의심하듯이 따져 묻자 자존심이 상한 성효가 갑자기 '버럭' 하고 성을 낸다.

성효 - 이것이… 오… 오빠한테 자꾸 까분다! 어? 오… 오빠는 토토… 토끼가 아니고 도끼오빠여! 알겄어?

진미 - 헤헤헤! 도끼 같은 소리 하고 있네! 으이구~ 휴지나 줘! 오빠! 그쪽에 휴지 없어?

진미가 두리번거리며 휴지를 찾는다. 그러자 침대 밑에서 누워 있던 대한이 벌떡 일어나서 휴지를 들이민다. 깜짝 놀란 진미가 소리를 지르며 이불 속으로 얼른 몸을 숨긴다.

대한 - 휴지 여기 있어요! 형수님!

진미 - 어머나! 아~ 씨발! 깜짝이야! 뭐야? 이게… 아~ 야! 도끼 내가 너땜에 진짜 쪽팔려 미치겠다! 정말!

성효 - 아! 이… 이런 시… 씨부랄 거… 이 새끼한테 또 걸렸네! 이거… 아이고~ 머리야! 너… 너는 잠도 없냐!

대한 - 하하하! 형수님! 팬티도 여기 있어요! 받으세요! 푸하하!

진미 - 네? 제 팬티요? 아~ 진짜 쪽팔리게… 아~ 이거 어뜩해! 오빠 말을 들은 내가 미친 년이지! 미안해요! 대한 씨! 제가 못 볼 꼴을 보여서… 정말 미안해요!

성효 - 야야… 야 임마! 너는… 그그… 그냥 자는 척 좀 해주지! 새끼야! 왜 또 일어나서 부부부… 분위기를 깨고 그러냐? 어?

대한 - 왜 또 가만히 있는 저한테 화풀이하십니까 형님! 갑자기 형수님 빤스가 제 얼굴에 떨어지는 바람에 자다가 깼어요! 저도 일어나야 하나? 아니면 그냥 자는 척을 계속 해줘야 하나? 한참 고민했어요. 형님!

진미 - 시끄러워! 이게 다 오빠 때문이야! 가만히 있는 대한씨한테 왜 화풀이야! 그래서 안 한다니까 왜 그걸 못 참고 해 가지고 대한 씨한테 이런 개망신을 당하냐! 오빠! 이제 어뜩해? 오빠! 아앙….

대한 - 뭘 어떡해요? 형수님! 전 신경 쓰지 마세요! 잠시 밖에서 담배 한 대 피우고 들어올 테니까 얼른 씻으세요! 헤헤!

대한은 대충 옷을 주섬주섬 주워 입고 밖으로 나가 담배를 피운다. 대한이 밖으로 나가자 진미가 성효의 등짝을 냅다 후려치며 쏘아붙인다.

진미 - 이것 봐! 내가 뭐랬어! 오빠 때문에 내가 쪽팔려서 못 살겠다! 증말~ 이제 어떡해? 대한 씨한테 쪽팔려서… 이제 대한 씨 얼굴을 어떻게 보냐고! 망신도 이런 개망신은 없을 거야. 짜증나! 정말!

성효 - 히히히! 괜찮어! 지지… 진미야! 어뗘? 우리가 무슨 크크… 큰 죄를 지은 것도 아닌디… 뭐뭐… 뭘 쪽팔려서 그려? 응? 어어… 어깨 펴! 진미야! 당당하게!

진미 - 야! 도끼 너! 씨발! 지금 장난해?

성효 - 쉬잇! 아… 알았어! 바바… 밖에서 대한이가 들으면 어쩌려고 그… 그러냐? 응?

진미 - 어이구? 후배한테 창피한 건 아셔? 그런 사람이 이런 일을 만드냐? 하긴 나도 미친 년이지 에이씨!

성효 - 뭐 이 정도 가지고 그래? 괘… 괜찮어! 지… 진미야! 일단은 빨리 씻어! 집에 데데… 데려다 줄 테니까!

그로부터 며칠 뒤, 저녁 6시가 지날 무렵. 성효와 대한, 우석이 유사휘발유인 신나 한 통을 다방 배달차량 연료탱크에 가득 채우고 있다. 성효가 갑자기 어디론가 전화를 건다.

성효 - 희… 희진아! 오… 오빠여! 어디로 데리러 가면 되냐?

희진 - 언니랑 지금 진산시내 커피숍이야! 오빠.

통화를 마친 성효는 티코에 대한과 우석을 태우고 시내 커피숍으로 향한다. 차량이 진산시내로 들어서자 성효가 길가에 서 있던 두 명의 여자에게 손을 흔들며 차를 세운다. 성효가 그들을 티코 뒷좌석에 태운다. 조수석에 앉아 있던 대한이 뒷좌석을 돌아본다. 덩치 큰 우석이 좁디좁은 티코 뒷좌석에 두 여자와 함께 옹색하게 쭈그리고 앉아 있는 모양새가 가관이다. 이 모습을 지켜보던 대한이 우석을 보고 깔깔거리며 웃기 시작한다.

대한 - 우리 친구… 그러고 앉아 있으니까 엄청 귀엽다! 푸하하!

성효 - 조… 조금만 참어! 우우… 우석아! 그… 금방 도착하니께….

우석 - 지금 어디로 가시는 겁니까? 형님!

성효 - 지지… 진산저수지 카페로 가서 바… 밥이나 먹으려고….

서현 - 야! 도끼! 오랜만에 누나 봤으면 소주도 한잔 해야 하는 거 아냐?

성효 - 다다… 당연하지. 누… 누나!

카페에 도착한 그들이 테이블에 둘러앉아 술과 음식을 주문한다. 성효는 서현, 희진과 친분이 있었지만 대한과 우석은 처음 보는 낯선 사이라서 그런지 분위기가 조금 어색하다. 서현은 성효보다도 나이가 많은 누나였고 희진은 성효와 서로 호감을 가지고 있는 사이였다. 성효가 어색한 분위기를 바꿔 보려고 소주와 맥주를 섞어 폭탄주를 한 잔씩 돌리기 시작한다. 술이 몇 잔 들어가자 취기가 살짝 오른 희진이 성효를 야릇한 눈으로 바라보며 교태를 떨기 시작한다.

희진 - 도끼 오빠야! 나 안 보고 싶었어? 헤헤!

성효 - 뭐뭐… 뭐? 도끼? 이게 주… 죽을라구 까분다… 보보… 보고 싶긴 뭘 보고 싶어!

성효의 반응이 자신이 생각했던 것보다 영 뜨뜻미지근하자 희진이 짜증을 낸다.

희진 - 아이 씨~ 짜증나게… 오빠 내가 보고 싶지 않았다는 거야? 그럼 날 여기까지 왜 불렀는데? 응? 말해 봐!

서현 - 어이구~ 희진아! 짜증 부리지 말고 차분하게 얘기해!

희진 - 언니는… 저 오빠 말하는 것 좀 봐! 내가 짜증 안 나게 생겼어? 언니?

서현 - 성효 너! 희진이 보고 싶어서 만나자고 그랬던 거 아냐?

성효 - 아이 참! 누⋯ 누나는⋯ 다다⋯ 당연히 희진도 보고 싶고⋯ 누⋯ 누나도 보고 싶고⋯ 그래서 마마⋯ 만나자고 한 거지. 다들 왜 그렇게 잡아먹을 듯이 무섭게 달려들고 그랴?

서현 - 누나가 볼 때는 니가 우리 착한 희진이를 가지고 놀까 봐 그런다. 이 시끼야! 왜!

대한 - 어이구~ 누나는 완전 쌈닭 스타일이시구만! 하하하! 자꾸 공포 분위기 조장하지 말고⋯ 술이나 언능 한잔 하자! 누나!

서현 - 에이~ 누나가 무슨 쌈닭이냐! 성효 행동이 짜증나서 그런 거지 뭐~ 헤헤! 암튼 술이나 마시자 대한아! 자! 다같이 원샷!

이런저런 얘기를 하며 술을 마시던 우석이 분위기가 어색했는지 주변을 두리번거린다. 그러더니 아는 사람이라도 발견했는지 손가락으로 다른 테이블에 앉아 있는 사람들을 가리키며 대한에게 묻는다.

우석 - 대한아! 저기 좀 봐! 저기 술 마시고 있는 애들⋯ 진산체고 민호랑 용태가 아니냐?

대한 - 어디? 어⋯ 그러네! 민호하고 용태가 맞구만! 같이 가 볼까?

대한과 우석이 진산체고에 다니는 친구들이 앉아 있는 테이블로 간다. 술을 마시고 있던 진산체고 친구들이 대한과 우석을 알아보고 반가움에 그를 덥석 끌어안는다. 진산체고에 재학 중인 민호, 용태, 영욱 일행은 태권도, 복싱, 레슬링 종목에서 충청도를 대표하는 운동선수들이다.

민호 - 이야~ 이게 누구야! 대한이랑 우석이 아니야! 얼마만이냐? 정말 반갑다!

대한 - 그래 임마! 모두들 오랜만이다! 그런데 니들을 만나서 반갑긴 한데… 운동선수들이 체력관리를 해야지 이런 곳에 와서 이렇게 술을 마셔도 되냐?

민호 - 야~ 괜찮어! 가끔 술을 한잔씩 해줘야 바이오리듬이 살아나는 거야! 우리가 이렇게라도 일탈 좀 해야지 대한아! 그냥 좀 봐줘라~ 하하하!

용태 - 그래 대한아~ 우리는 맨날 학교 기숙사에 갇혀서 아침저녁으로 운동만 하니깐 미쳐 돌아버리겠다! 어라? 옆에 우석이도 있었네! 반갑다! 잘 지냈어?

우석 - 그랴~ 나야 뭐… 항시 똑같지.

영욱 - 야! 술이나 같이 마시게 한잔씩들 받아 봐! 우리 동네 스타들을 이런 데서 만나니까 더 무지하게 반갑구먼! 그려….

영욱이 맥주잔에 소주를 가득 채워 대한과 우석에게 건넨다.

대한 - 어이구~ 역시 충청도 체육계 대표선수들이라서 그런지 술도 아주 무식하게 처먹는구나! 개새끼들이 하라는 운동은 안 하고 하하하!

우석 - 야! 근디 나는 원래 글라스로는 소주를 잘 안 마시는디… 에이구~ 그래도 니들이 따라 주니께 오늘은 특별히 마셔 줘야지. 뭐… 안 그랴? 헤헤!

민호 - 야! 평소에 우리들도 이렇게는 안 마셔. 오랜만에 니들 만나니까 기분이 좋아서… 글라스로 마시는 거야.

용태 - 우리는 맨날 합숙훈련을 해야 해서 오늘 같은 날 아니면 이렇게 술을 마시기가 힘들어! 그래서 간만에 나온 김에 왕창 마셔 두려고 그러는 거야! 하하하!

그때였다. 대한과 같은 조직 한양파 친구 용식이와 윤식이 카페에 우연히 들렀다 이들을 발견하고 다가온다.

윤식 - 어라? 이게 뭔 일이다냐? 여기 오니까 친구들 다 만나는구먼!

용식 - 얌마! 우석이! 너는 술 마신다고 선배들한테 그렇게 욕 먹고도 또 술 처먹냐? 아~ 이 새끼! 정말 징그럽네!

우석 - 이 개새끼는 또 만나자마자 개지랄이네! 여기서 선배들 얘기는 왜 하는 겨! 내가 술을 마시던 물을 마시던 니까짓 게 뭔 상관여? 새끼야! 저리 꺼져! 씨발놈아!

대한 - 하아~ 씨발놈들이! 니들은 어째 만나기만 하면 싸우냐! 아주 그냥 볼 때마다 시끄러워 죽겠네! 하하하!

용식이 앞에 놓인 글라스를 물잔으로 알고 마시려다 소주인 것을 알고는 '칵!' 하고 바닥에 뱉어내며 호들갑을 떤다.

용식 - 야! 이 미친 새끼들! 이거 물이 아니고 소주냐? 아~ 씨발!

우석 - 그럼 술집에서 술잔에 들어있는 것이 술이지 뭐겠어? 이 병신 새끼야!

윤식 - 푸하하! 목말랐었는데 내가 마셨으면 큰일 날 뻔했네! 살살 좀 마셔라! 니들….

용식 - 강적이다! 어떻게 니들은 소주를 맹물처럼 마시냐? 나랑 윤식이는 저쪽에서 따로 밥이나 먹고 갈 테니까 니들은 놀다 가!

영욱 - 야! 그래도 오랜만에 이렇게 만났는데 한 잔은 하고 가야지. 서운하게….

윤식 - 아녀! 우리는 차 끌고 와서 술 마시면 안 돼! 미안햐!

용식 - 그랴! 우린 밥만 먹고 일어날 거여. 술은 다음에 시간 내서 만나서 마시자!

용식과 윤식은 술자리를 같이하자는 친구들의 권유에도 핑계를 대며 거절하고 옆 테이블에 따로 앉아 식사를 한다.

대한과 우석이 진산체고 친구들의 테이블에 합석한 지 불과 얼마 지나지도 않았다. 이들이 잠깐 사이에 마신 소주병이 벌써 열다섯 병째를 넘기고 있었다. 아무리 주량이 세다고는 하지만 맥주잔에 소주를 따라 벌컥벌컥 마시던 그들도 조금씩 취기가 오르는 것처럼 보인다. 멀리서 보고 있던 성효가 안 되겠다 싶었는지 대한과 우석을 손짓으로 부른다. 대한과 우석이 진산체고 친구들에게 간단히 인사를 나누고 성효 일행의 테이블로 돌아와 앉는다. 그러자 서현이 새초롬한 얼굴로 투덜거린다.

서현 - 대한 씨! 우석 씨! 정말 실망이야!

대한 - 예? 왜요? 누나?

서현 - 나랑 희진이는 대한 씨하고 우석 씨 보려고 멀리서 여기까지 왔는데… 우리하고는 놀아 주지도 않고… 정말 너무하네!

대한 - 아~ 그래요? 성효형님이 함께 계시니까 괜찮을 거라고 생각했는데… 어쨌든 미안해요! 누나! 그럼 이제부터는 저희하고 한잔 하시죠!

우석 - 저기 희진 씨도 한잔 하세요!

희진 - 네! 좋아요! 호호호!

술자리가 벌써 몇 시간째 계속되는 것이 지루했는지 성효가 이제 그만 일어나자고 한다.

성효 - 야! 이제 마마… 막잔하고 일어나자! 차가 좁으니까 대… 대한이 가 운전하고 우석이가 조수석에 타! 나머지 우리는 뒷좌석에 같이 탈게!

우석 - 예! 형님! 아이구~ 이제야 좀 편하게 갈 수 있겠네요. 히히히!

성효 - 야! 그… 그러면 후후… 후딱 일어나 어… 언능 나가게! 잉?

카페 밖으로 나온 그들이 차에 타기 전 주차장에서 담배를 피우고 있다.

잠시 후 뒤늦게 식사를 마친 한양파 윤식과 용식이 이를 쑤시며 주차장 밖으로 나온다. 뒤이어 진산체고 친구들도 술에 취해 비틀거리며 카페 밖으로 나온다. 이들은 담배를 피우고 있던 한양파 선배인 성효에게 인사를 하고 먼저 차에 오른다. 성효 일행도 서둘러 차에 오른다. 카페에서 성효가 말한 것처럼, 대한이 운전대를 잡고 우석이 조수석에 앉는다. 성효는 서현, 희진과 함께 뒷좌석에 비좁게 앉았다. 이미 대한도 상당량의 술을 마신 터라 조금 걱정이 되기는 했지만 대한은 차를 몰고 능숙하게 주차장을 빠져나와 야경이 아름다운 진산저수지의 드라이브코스를 여유롭게 주행한다. 그때였다. 갑자기 차 한 대가 이들이 타고 있는 티코를 '쌩~' 하고 추월해 지나간다. 갑자기 대한이 차량의 속도를 올려 추월한 차량을 바짝 따라붙는다. 좀 전에 먼저 출발했던 친구 윤식의 차량이었다.

성효 - 야! 저 차 유유… 윤식이 꺼 마… 맞지? 어? 이런 씨부랄 새끼가 가가… 감히 선배가 타고 있는 차를 추추… 추월해?

대한 - 예! 윤식이 맞습니다! 형님! 저런 싸가지 없는 새끼들이! 건방지게 형님 차를 추월해?

우석 - 아니~ 저런 시발놈들이! 미쳤나! 윤식이 저 새끼는 왜 쓸데없이 우리 차를 추월해서 갑자기 형님을 자극하는 겨?

성효 - 저… 저런 개… 개새끼들이 뒈질라고! 대… 대한아! 저것들 어 어… 언능 따라잡어! 빠… 빨리 조져! 빨리!

희진 - 오빠! 대한 씨 술 마셨잖아! 위험하게 왜 그래?

서현 - 그래. 성효야! 그러지 말고 그냥 천천히 가자! 어?

성효 - 아… 아녀! 누나! 괜찮어! 저… 저런 싸가지 없는 놈의 새끼들은 자자… 잡아서 혼을 내 줘야 돼! 쌍노무 시끼들!

대한이 성효의 말을 듣고 차량 속도를 높인다. 그러자 겁이 잔뜩 난 서현과 희진이 소리를 지르기 시작한다. 하지만 성효는 빨리 앞차를 따라잡으라며 악을 써댄다. 운전하는 대한이 정신이 하나도 없을 지경이다. 하지만 대한이 윤식의 차량을 금세 따라잡는다. 두 차량이 앞서거니 뒤서거니 하며 위험한 자동차 경주를 벌이기 시작한다. 두 차에 타고 있는 사람들이 창문을 열고 서로를 향해 장난스럽게 악을 고래고래 지르며 무섭게 속력을 낸다. 진산저수지 호수변 드라이브코스에는 급커브 구간이 많다. 하지만 서로 경쟁하듯 질주하고 있는 이들은 커브길에도 아랑곳하지 않고 계속 속도를 올린다. 급커브구간에 이르자 커브 바깥쪽으로 주행하고 있던 대한의 차는 과속의 원심력을 견디지 못하고 결국 미끄러지며 보도 경계석을 '쾅!' 하고 들이받는다. '쿠당탕' 하는 소리와 함께 차가 두어 바퀴 구르더니 바퀴가 하늘을 보고 완전히 뒤집혀 전복된다. 고무 탄내가 진동하는 차량 안에 갇힌 성효의 일행들이 비명을 지르며 아우성이다. 앞서거니 뒤서거니 하던 윤식의 차는 대한 일행의 차가 전복된 것을 룸미러로 확인하고 황급히 사고 현장으로 돌아온다. 대한이 걱정스러운 목소리로 전복된 차량 안에 동승한 일행들의 몸 상태를 확인한다.

대한 - 아… 미치겠네! 다들 괜찮으세요? 어디 다친 데는 없어요?

성효, 우석 - 어~ 괜찮어!

서현 - 나도 괜찮아! 대한아! 누난 크게 다친 데는 없는 것 같애!

희진 - 괜찮기는 한 것 같은데… 거꾸로 있어서 그런지 목이랑 손목이 조금 아파!

대한 - 그러면 다들 차 밖으로 빠져나갈 수 있겠어요?

우석 - 나는 빠져나갈 수 있을 거 같은디? 차 안에서 왜 이렇게 탄내가 난다냐….

희진 - 여기 뒷좌석 문이 안 열려요! 대한 씨! 어뜩해! 아~앙….

사고 현장 주변에 타이어 타는 냄새와 신나(유사휘발유) 냄새가 진동을 한다. 차가 몇 바퀴 구르며 전복될 정도로 대형사고가

났음에도 불구하고 다행히 동승한 사람들 중에서 심각한 부상을 입은 사람은 없는 것처럼 보인다. 사고현장으로 돌아와 사고 차량의 상태를 확인하던 윤식과 용식이 차량의 연료탱크에서 신나가 새는 것을 보며 다급하게 소리를 지른다.

윤식 - 성효형님! 연료탱크에서 신나가 샙니다! 이대로 가면 차가 폭발할지도 모르겠어요! 빨리 차에서 빠져나오세요. 형님!

성효 - 머머… 뭐? 지지… 진짜여? 으아악! 씨발!

차가 폭발할 수도 있다는 윤식의 말에 겁을 잔뜩 먹은 성효가 잡고 있던 여자 친구 희진의 손도 뿌리치고 차량 바닥을 엉금엉금 기어서 재빠르게 탈출한다. 성효가 생존본능에 사고 차량에서 재빨리 빠져나가는 것을 보자 겁에 질린 희진이 꼼짝도 못하고 울음을 터뜨린다. 그러자 대한이 몸을 굴려 뒷좌석에 있는 서현과 희진의 손을 잡아 차량 밖으로 안전하게 탈출할 수 있도록 도와준다. 그는 차량에 동승했던 네 사람이 모두 사고 차량 밖으로 빠져나가는 것을 확인한 뒤에야 맨 마지막으로 전복된 차량의 창문을 통해 간신히 빠져나온다.

차량 밖에서 성효의 얍삽한 행동을 지켜보고 있던 우석과 윤식, 용식이 낄낄거리며 웃는다. 후배들이 자신을 쳐다보며 낄낄거리고 웃자 성효는 머쓱한 표정을 지으며 뒷머리를 긁적거린다. 대한의 도움으로 간신히 전복된 차량에서 빠져나올 수 있었던 서현과 희진이 자신들을 팽개쳐 두고 혼자 도망쳐 나온 성효를 실망스러운 표정으로 쳐다보며 고개를 절레절레 흔든다.

잠시 후 차량 전복사고 현장으로 래커 차량이 도착하여 차량을 견인해 가자 성효의 일행은 지나는 택시를 잡아타고 급히 병원으로 향한다. 간단한 검사 결과 성효, 대한, 우석의 몸 상태에는 별 문제가 없었지만 서현과 희진은 목과 손목에 경미한 타박상을 입어 당분간은 입원이 필요하다는 소견을 받는다. 그들은 서현과 희진이 입원한 병실로 들어가 서현은 목에, 희진은 목과 손목에 각각 깁스를 하고 병상에 누워 있는 것을 미안한 듯이 바라본다. 대한이 걱정스러운 표정으로 두 사람에게 몸 상태를 묻는다.

대한 - 누나! 몸은 좀 어때요? 희진 씨! 손목이 많이 안 좋으세요?

희진 - 아니에요! 저는 손목만 살짝 삐끗한 거여서 며칠 있다가 괜찮아지면 바로 퇴원할 거예요!

서현 - 괜찮아! 대한아! 난 그냥 단순한 타박상이라니까 너무 신경 쓰지 마!

대한 - 제가 운전하다 실수해서 사고가 났는데 어떻게 신경을 안 써요….

서현 - 그래도 대한이 니가 도와줘서 우리가 신속하게 사고 차에서 밖으로 빠져나올 수 있었잖아. 신나가 흘러나온다고 차가 폭발이라도 하면 어쩌나 하고 걱정하고 있었는데… 니가 마지막까지 남아서 우리가 먼저 나갈 수 있도록 도와준 게 난 얼마나 고마웠는지 몰라.

대한 - 아녜요! 누나! 당연히 그렇게 해야지요!

서현이 옆에서 멀뚱멀뚱 서 있는 성효를 쏘아보며 말을 꺼낸다.

서현 - 누나가 웬만하면 이 말은 하지 않으려고 했는데… 생각할수록 열이 받아서 한마디 해야겠다! 도끼! 너 이 새끼야! 양아치냐?

성효 - 야야… 양아치요? 무무… 무슨 양아치라고 그래! 내 맘은 그게 아니었어~ 누누… 누나! 서서… 서운하게… 아까는 미미… 미안햐….

서현 - 꼴에 그래도 양아치 소리 듣기는 싫은가 보네? 차가 폭발한다는데 지 여자 친구든 누나든 잡고 있던 손까지 뿌리치고 지 혼자 살겠다고 뛰쳐나가는 게 양아치 아니면 뭐냐? 이 나쁜 새끼야!

성효 - 누누… 누나! 그그… 그게 아니고… 내가 차 밖으로 먼저 나가서 누나랑 희진이를 꺼내 주려고 했던 거여. 지… 진짜여! 누나!

희진 - 그 말을 우리가 믿을 거라고 생각해? 그냥 미안하다고 하면 될 걸 가지고 남자 새끼가 무슨 추잡스럽게 말도 안 되는 변명을 하고 그러냐? 그래도 대한 씨가 언니랑 내가 먼저 차 밖으로 탈출할 수 있게 도와줬으니 망정이었지… 차가 폭발이라도 했으면 어쩔 뻔했어? 어? 대한 씨는 그 상황에서도 우릴 먼저 내보내고 제일 마지막에 빠져나오더만! 오빠도 눈으로 봤을 거 아냐!

성효 - 그그… 그랴! 나도 봤어! 아… 그게 아닌디….

서현 - 성효 넌 대한이 보고 한참 배워야 돼! 이 나쁜 놈아! 알았냐?

대한 - 에이~ 누나! 말이 너무 심하다~ 성효형님이 그럴 사람은 아니라는 거 뻔히 알면서 왜 그래요~ 이제 그만해요. 누나!

성효 - 그그… 그려~ 누나! 내… 내가 죽일 놈이여! 미미… 미안햐! 누나!

서현 - 어이구~ 그래. 알았어! 이놈아! 그만하자! 응?

우석 - 대한아! 근디~ 아직도 우리 몸에서 신나 냄새가 나는 거 같어! 안 그랴?

대한 - 킁킁! 그렇긴 하네. 빨리 집에 들어가서 옷부터 갈아입자!

서현 - 그래… 우리도 이제 좀 쉬고 싶으니까 니들도 그만 들어가 봐!

성효 - 그그… 그랴~ 누나! 우리는 머… 먼저 들어갈게! 푹 쉬어! 희… 희진아! 집에 가서 오빠가 전화할게!

성효 일행이 병원을 나서는데 대한의 후배 황용에게서 전화가 걸려온다.

대한 - 그래? 경일이 찾았다고? 잘했다! 그러면 학다방으로 당장 데리고 와!

성효 - 겨… 경일이 새끼 차차… 찾은 겨?

대한 - 예! 형님! 지금 황용이하고 상우가 학다방으로 데리고 온답니다.

우석 - 그 십새끼는 무책임하게 사고만 치면 잠수를 타냐? 이참에 버르장머리를 확실하게 고쳐 줘야겠어! 언능 가 보자!

대한이 성효, 우석과 함께 학다방으로 향한다. 그들이 다방에 들어서자 한양파 조직 후배인 황용과 상우가 일어나 인사를 한다. 그 옆에는 잠수 탔던 후배 조직원 경일이 머리를 푹 숙이고 있다. 화가 난 대한이 눈앞에 보이는 전기밥솥을 들어 경일의 머리를 내려친다. 대한이 그래도 화가 가라앉지 않는지 바닥으로 떨어진 전기밥솥을 다시 집어들고 경일에게로 던진다. 전기밥솥이 경일의 몸에 맞고 옆에 있던 상우의 발등으로 떨어진다. 발등에 전기밥솥이 떨어졌으니 아플 만도 하지만 살벌한 분위기에 상우는 아프다는 말도 못 하고 전기밥솥이 떨어진 발의 고통을 참느라 얼굴이 시뻘개진다. 경일을 바라보는 대한과 우석의 눈에서 살기가 느껴진다. 잠수를 탔다가 잡혀 온 경일도, 잡아온 황용과 상우도 잔뜩 긴장한 표정으로 고개만 숙이고 있을 뿐 아무 말도 하지 못한다.

우석 - 경일이! 너! 이 새끼! 끝까지 형들 눈을 피해서 도망 다닐 수 있다고 생각했던 거냐? 어?

경일 - 아… 아닙니다! 절대 아닙니다! 형님! 죄송합니다!

대한 - 경일이만 남고 황용이랑 상우는 밖에 나가 있어!

황용, 상우 - 예! 형님!

대한이 노기에 가득 찬 목소리로 황용과 상우를 밖으로 내보낸다.

대한 - 형들이 너한테 어떻게 했으면 좋겠냐? 경일이! 니가 니 입으로 한 번 말해 봐!

경일 - 남자답게 형님들한테 빠따 맞고 다시는 잠수 타지 않겠습니다! 형님!

대한 - 그래? 지금 한 말 진심이냐?

경일 - 예! 형님! 진심입니다! 형님한테 혼나려고 빠따도 미리 챙겨 왔습니다!

우석 - 그랴? 가져와! 그럼! 존나게 맞아야지. 개새끼야!

경일이 야구배트를 우석에게 건넨다. 그런데 어쩐 일인지 대한이 우석을 한쪽 구석으로 조용히 데리고 간다.

우석 - 왜 그라~ 대한아!

대한 - 우석아! 이 정도 선에서 훈계만 하고 그만 끝내자! 응?

우석 - 아녀! 실수한 건에 대해서는 반드시 혼내야지! 봐주면 담에 또 그런다니께….

대한 - 경일이 저놈이 맞아 죽을 각오로 왔다고 하잖아. 야구배트도 미리 챙겨온 걸 보면 그동안 반성을 많이 한 거 같은데… 저 놈 말이 거짓은 아닌 것 같아.

우석 - 그려? 그럼 이 문제는 니가 알아서 햐!

우석은 경일의 버릇을 단단히 가르쳐 놓고 싶었지만 이번에도 언제나 현명한 판단을 하는 대한을 믿고 경일에 대한 교육 문제를 대한에게 일임한다. 대한이 머리에 전기밥솥을 얻어맞고 피를 줄줄 흘리고 있는 경일에게 다가가 손수건을 내민다.

대한 - 경일이 너! 이걸로 머리에 피부터 닦고 니 친구들이랑 병원 가서 치료부터 받아라! 이번이 처음이니까 이 정도 선에서 끝내는 거다. 다음에 또 그러면 그땐 용서 못 한다! 알았어?

경일 - 예! 형님! 감사합니다! 형님! 다신 실수하지 않겠습니다! 형님!

우석 - 너는 대한이 때문에 한번 용서해 주는 거여. 알았냐?

경일 - 예! 형님! 고맙습니다!

대한 - 니가 실수를 하기는 했지만 잘못한 부분에 대해서 남자답게 인정하고 대가를 치르려고 했기 때문에 용서해 주는 거야! 대신 앞으로 지켜볼 거야. 알았냐? 경일아! 우리 잘 좀 하자!

우석 - 형들은 새끼야! 너 때문에 선배들한테 빠따 존나게 맞았어! 너 내가 진짜 경고하는데 앞으로 한번만 더 잠수 타면 그땐 뒈진다! 알았냐?

경일 - 예! 형님! 앞으로는 절대 실수하지 않도록 하겠습니다!

다음 날 대한과 우석이 시내 오락실 앞에서 친구 중근을 만나 이야기를 나누고 있다. 때마침 시내를 지나던 진산 호남파 선배 철우와 혁수가 대한 일행을 보고 다가오며 인사를 한다. 평소에 우석을 탐탁찮게 생각하고 있는 철우가 우석을 보고 빈정거리기 시작한다.

철우 - 얌마! 배꼽! 넌 여기서 맨날 뭐 하냐?

우석 - 예? 그냥 친구들 만나서 담배 한 대 피우고 있습니다! 형님!

대한 - 형님들은 어디 가시는 길이십니까?

혁수 - 어~ 그냥 뭐 좀 사러 잠깐 나왔어. 니들 밥은 먹었냐?

대한 - 예! 방금 전에 먹고 나오는 길입니다! 형님!

혁수 - 그려? 대한아! 넌 가끔 형한테 연락도 하고 좀 그래라! 가끔 술이라도 한잔씩 하고 그러게~ 응?

대한 - 알겠습니다! 형님! 이제부터 제가 형님 귀찮게 자주 연락드리겠습니다! 하하하!

혁수 - 야… 그렇다고 너무 귀찮게는 하지 말고… 형도 사생활이 있으니까! 가끔 만나서 한잔씩 하자!

대한과 혁수(호남파)가 얘기하는 것을 보고 있던 철우(호남파)가 옆에서 담배를 꼬나물고 있는 우석을 곱지 않은 시선으로 아래위로 훑어보다 까닭 없이 시비를 건다.

철우 - 얌마! 배꼽! 넌 새끼야… 암만 니들 한양파 조직 직계 선배가 아녀도 그렇지. 혁수가 말하고 있는데 건방지게 주머니에 손이나 집어넣고 있고… 주둥이에는 담배나 꼬나물고… 이 새끼! 이거… 기본이 안 됐네! 넌 니 선배들한테도 이딴 식으로 처신하냐! 어?

호남파 조직 선배 철우가 조금 흥분했는지 갑자기 말이 거칠어지자 혁수가 철우를 말린다.

혁수 - 철우야! 갑자기 왜 그래~ 임마! 괜히 우석이한테 너무 나무라지 말어. 친구야! 응? 니가 좀 참아라!

철우 - 왜? 내가 틀린 말 했냐? 이 새끼 하는 것 좀 봐!

비록 선배라고는 해도 진산 한양파 직속선배가 아닌 호남파 선배들의 훈계가 기분 나빴는지 우석도 참지 못하고 철우(호남파)에게 대거리를 한다.

우석 - 아니… 형님은 왜 아무것도 아닌 거 가지고 괜히 뭐라고 하십니까? 기분 나쁘게….

철우 - 이런 싸가지 없는 새끼가… 돌았나! 넌 위아래도 안 보이냐? 너! 방금 형한테 뭐라고 했어? 새끼야! 참나! 이 새끼가 뒤질라고!

대한 - 우석아! 너! 왜 그래? 임마! 그만해! 응? 철우형님! 형님도 흥분 좀 가라앉히시죠! 갑자기 왜 그러십니까? 형님!

혁수 - 그라~ 철우야! 니가 그래도 형이니까 조금만 참아라! 응?

우석의 말대꾸에 화가 난 철우가 분을 참지 못하고 말리는 혁수와 대한을 밀치며 우석의 뺨을 후려갈긴다. 그러자 우석이 철우의 배를 발로 차버린다. 일촉즉발의 상황이다. 철우와 우석이 주먹을 쥐고 서로를 사납게 노려본다. 혁수와 대한이 각자 친구의 앞을 막아서며 싸움을 뜯어말린다. 하지만 두 사람은 흥분을 가라앉히지 못하고 철우는 혁수에게, 우석은 대한에게 소리를 지르며 하소연을 한다.

철우 - 혁수야! 너도 방금 저 어린 새끼가 나한테 달려드는 거 봤지? 어?

혁수 - 철우야! 흥분 좀 가라앉히고… 조용한 데 가서 따로 얘기 좀 하자! 어? 그만 좀 하고….

철우 - 그라~ 알았어! 알았으니까 이 손 좀 그만 놔 봐! 씨발!

혁수가 철우의 흥분이 조금 가라앉는 것으로 보이자 붙들고 있던 철우의 손을 놓아준다. 대한은 흥분한 우석을 뜯어말려 오락실 화장실로 데리고 들어간다.

우석 - 아니… 씨발! 내가 뭘 잘못했다고 뺨을 때리는 거여? 아~ 씨발! 짜증나네! 진짜!

대한 - 나도 니 기분은 충분히 이해하니까 이쯤에서 그만하자! 이유야 어찌되었든 니가 동생이니까 먼저 죄송하다고 사과드리고 뒤끝 없이 마무리하자! 어?

우석 - 내가 왜? 난 철우형이 갑자기 이유도 없이 먼저 때리는 걸 그냥 방어만 한 걸 가지고 내가 왜 사과를 햐!

대한 - 무슨 말인지 알아! 근데 후배가 선배한테 맞았다고 모두 너처럼 덤비면 동네 질서가 어떻게 되겠냐! 안 그래? 이번 같은 경우에는 동생인 니가 먼저 사과하고 이 자리에서 깔끔하게 끝내는 것이 제일 좋은 거야! 내 생각은 그래! 괜히 조직 간에 명분도 없이 불필요한 싸움을 해 봐야 서로 손해지. 안 그래?

우석 - 그라~ 대한이 니 말을 들으니깐 니 말이 맞는 거 같다! 알았어!

우석을 간신히 진정시킨 대한이 호남파 철우와 혁수에게 우석을 데리고 간다. 아직도 화가 나 있는 철우가 인상을 잔뜩 일그러뜨리고 우석을 날카롭게 노려본다. 우석이 대한이 시킨 대로 먼저 고개를 숙여 철우에게 사과한다.

우석 - 철우형님! 죄송합니다! 좀 전에는 제가 너무 흥분해서 본의 아니게 실수했습니다! 형님!

옆에서 지켜보던 진산 호남파 선배 혁수가 철우에게 우석의 사과를 받아들이라고 다독인다.

혁수 - 야! 철우야! 그래도 아우가 먼저 와서 사과하잖아! 너도 그만 화 좀 풀고 받아 줘라! 어?

철우 - 그래! 알았다! 우석아! 내 이번 일은 이 시간부로 깨끗이 잊을게! 대신 앞으로 두 번 다시는 형한테 대들지 마라! 한번 더 이런 일이 있으면 그때는 정말 이렇게 말로 끝내지는 않을 거다! 무슨 뜻인지 알았냐?

우석 - 예! 형님! 죄송합니다!

철우가 자리에서 일어나 용서했다는 듯이 우석을 끌어안으며 어깨를 두드려 준다.

대한 - 혁수형님! 하마터면 골치 아프게 큰 싸움으로 번질 뻔했습니다!

혁수 - 그러니까 말이다! 그래도 지금까지는 니들하고 서로 한 가족처럼 잘 지내고 있었는데 말이야… 이만하기 다행이다! 대한아!

자칫하면 양 조직 간의 큰 싸움으로 번질 수도 있었지만 대한과 혁수가 중재를 한 덕에 철우와 우석이 금세 화해하고 웃으면서 헤어질 수 있었다. 내내 옆에서 이런 상황을 숨죽이며 지켜보고 있던 중근은 한시름 놓았다는 표정으로 안도의 한숨을 내쉰다.

중근 - 야! 내가 니들 때문에 얼마나 가슴을 졸였는지… 무서워서 혼났다!

대한 - 너는 임마! 뭘 이 정도 가지고 그렇게까지 쫄고 그러냐? 하하하!

중근 - 아까 철우형 눈빛 봤어? 눈에서 살기가 느껴지더라! 우석이를 마치 죽일 듯이 째려보는데… 내가 얼마나 무섭던지… 다리가 풀려서 가만히 앉아 있지도 못하겠고… 내 머릿속이 그냥 멍해지더라. 어휴….

대한 - 중근아! 넌 건달이 아니니까 앞으로 이런 경우가 또 생기면 조용히 기회를 봐서 무조건 도망쳐! 그래야 니가 다치지 않아! 알겠지? 하하하!

우석 - 에이~ 아무리 민간인이라도 그렇지! 우리 친구 중근이가 그 정도로 의리 없진 않잖어. 안 그려? 친구?

중근 - 야! 의리고 뭐고… 방금 전 같은 살벌한 분위기는 난 딱 질색이야! 다음부터는 도망칠 겨! 그니까 내가 도망치더라도 나한테 뭐라고 하지 마!

우석 - 이런 양아치 같은 새끼! 그라~ 임마! 꺼져!

한바탕 작은 해프닝으로 끝나기는 했지만 자칫하면 진산시를 양분하고 있는 두 조직 간에 전면전으로 벌어질 수도 있었던 고비를 넘긴 그들은 다행이라는 생각에서인지 서로 마주 보며 낄낄거린다. 이번에도 대한이 적절하게 판단하고 중재하지 않았다면 호남과 철우든 한양파 우석이든 둘 중 한 사람은 치명상을 입었을지 모른다. 어쩌면 양대 조직 간에도 심대한 피해를 주었을지 모를 일이다. 대한이 철없이 웃고 있는 의형제 우석을 애처롭게 바라본다.

삼각관계
(경합)

푹푹 찌는 한여름. 대한과 우석(배꼽)이 진산시내의 단골 커피
숍으로 올라간다. 커피숍 안으로 대한과 우석이 문을 열고 들어
서자 고등학교 교복을 입은 대한의 후배들이 얼른 뛰어와 90도
로 허리를 숙이며 인사를 건넨다. 대한과 우석이 창가에 자리를
잡고 앉자 겁먹은 표정의 여종업원 연지가 쭈뼛쭈뼛 다가와 메
뉴판을 건네주고는 얼른 카운터로 돌아가려고 한다. 그러자 험
상궂은 인상을 한 대한의 후배 삼일이 여종업원을 불러 세운다.
그러더니 대한과 우석의 기호를 잘 알고 있다는 듯이 대신 주문
을 한다.

삼일 - 저기… 알바! 여기 계신 형님들은 카프리 맥주 두 병하고 재떨이
만 가져다 드리면 돼요!

여종업원(연지) - 카프리 맥주 두 병이요? 아… 네!

여종업원 연지가 카프리 맥주 두 병과 재떨이를 가져와 테이블에 내려놓고 얼른 돌아선다. 대한이 여종업원의 얼굴을 흘끗 올려다보더니 곱상한 얼굴이 마음에 들었는지 삼일에게 슬쩍 윙크를 하며 이름을 물어보라고 지시한다. 그러자 삼일이 대뜸 여종업원의 손목을 대뜸 움켜잡으며 이름을 묻는다. 난데없이 손목을 잡힌 여종업원이 깜짝 놀라며 긴장감에 얼굴이 **빨** 개진다.

삼일 - 저기… 알바! 이름이 뭐예요?

연지 - 예? 갑자기 제 이름은 왜요…?

삼일 - 아니… 우리 형님이 그쪽을….

그녀의 표정이 한눈에 보아도 좋지 않음을 예감한 대한이 삼일의 말을 가로막고 나선다.

대한 - 야 이 새끼야! 그냥 형이 대화할 테니까 삼일이 넌 니 자리로 가 있어! 빨리!

삼일 - 아니~ 형님은 왜 저만 미워하십니까?

우석 - 얌마! 미워하는 게 아니고… 삼일아! 넌 애가 왜 그렇게 눈치가 없나? 아유~ 답답해! 니 친구들하고 편하게 가서 차나 마시라고 그러는 거여. 임마!

삼일이 대한의 핀잔을 받고 머쓱해서 자신의 일행들이 있는 자리로 돌아가 앉는다. 대한이 여전히 겁에 질린 표정으로 꼼짝도 못 하고 서 있는 여종업원에게 다가가 다시 이름을 묻는다.

대한 - 저는 박대한이라고 합니다! 혹시 그쪽 이름을 좀 알 수 있을까요?

연지 - 예? 제 이름은 왜요…? 저기… 그런데… 그쪽은 나이가 어떻게 되시는데요?

교복을 입은 고등학생들하고 알은체를 하는 것도 그렇고 아무래도 대한이 그렇게 나이가 많아 보이지는 않았는지 여종업원이 조심스럽게 대한의 나이를 묻는다.

대한 - 내 나이요? 스무 살이에요! 왜요?

대한이 자신의 나이를 말하자 떨고 있던 여종업원의 태도가 갑자기 돌변한다.

연지 - 뭐? 스무 살? 이 나이도 어린 것들이… 야! 내가 너보다 두 살이나 많거든! 나보다도 한참 어린 놈들이 발랑 까져 가지고… 무슨 조폭 흉내나 내고 그래!

이런 여종업원 연지의 돌변한 태도를 보며 대한과 우석(배꼽)이 재미있다는 듯 낄낄거리며 웃는다. 겉으로 보기에는 대한 일행보다도 한참 어리게만 보이던 여종업원 연지가 나이를 묻는 대한에게 오히려 으름장을 놓고는 카운터로 휑하니 가버린다. 여종업원 연지는 대한보다 두 살이나 나이가 많은 연상이었다. 하지만 얼굴이 동안인데다 귀여운 상이어서 대한보다도 두서너 살은 어려 보였다. 당돌한 여종업원 연지의 첫인상에 급 호감이 생긴 대한이 그녀가 돌아서서 걸어가는 뒷모습을 뚫어지게 바라보며 빙그레 웃는다.

우석 - 야! 저 누나 존나 센 거 같은디? 겉으로 봐서는 되게 어린 줄 알았더니 스물 둘이나 먹었디야? 하하하!

대한 - 야~ 그까짓 나이가 뭔 상관이냐?

대한이 카운터에 앉아 있는 연지에게 눈을 떼지 못하고 바라보며 테이블에 놓인 카프리 맥주 한 병을 훌쩍 마셔버리고는 다시 맥주 두 병을 추가로 더 주문한다. 연지가 주문한 맥주를 가지고 그에게 다가온다. 그러자 대한이 또 다시 연지에게 수작을 건다.

대한 - 저기요~ 누나! 잠시만….

연지 - 아~ 왜! 어린 것들이 대낮부터 술이나 마시고… 니들 참 한심하다! 한심해!

한심하다는 연지의 말을 들은 대한이 기분이 상했는지 인상이 우그러진다. 아무리 자신이 나이가 어리다고는 해도 함부로 반말을 하는 것도 못마땅하다.

대한 - 뭐? 한심해? 하하하! 근데? 넌 너보다 나이가 어리면 아무한테나 그렇게 반말을 하냐? 예의도 없이?

연지 - 뭐? 얘는 뭐라는 거야? 야! 술 취했으면 빨리 나가!

대한 - 하하하! 나이도 두 살이나 어린 내가 누나한테 반말을 하니까 기분이 어때?

연지 - 야! 니가 뭔데 훈계야? 나이도 어린 것이 누나한테 까불고 있어!

두 사람이 티격태격하는 상황이 재미있었는지 옆에서 지켜보던 우석(배꼽)이 낄낄거리며 웃는다.

대한 - 그러면 누나! 내가 예의 있게 말하면 누나 이름 알려줄 거야? 어?

버럭 하고 화를 내던 연지가 대한의 물음에 의외로 고개를 끄덕인다.

대한 - 누나! 이름이 뭐예요?

연지 - 암~ 그래야지! 짜식! 연지야! 서연지! 근데? 누나 이름은 왜 물어 보냐?

대한 - 그야 그냥 알고 싶으니까 물어보는 거지! 무슨 이유가 있나? 그러면 연지 누나는 휴대폰 번호가 어떻게 돼?

연지 - 으응~ 01… 어? 야! 안 돼! 그건!

무심결에 전화번호를 알려 주려던 연지가 화들짝 놀라며 갑자기 말을 멈춘다.

대한 - 왜? 혹시 누나 애인 때문에 그러는 거야?

연지 - 야! 쓸데없는 소리 하지 마라! 난 애인이니 뭐니 그딴 건 안 키우거든… 난 남자한테는 전혀 관심 없어!

대한 - 오~ 그래? 폰 번호 알려 주기 싫으면 됐어! 누나!

연지는 자신의 휴대폰 번호를 집요하게 물어볼 줄 알았던 대한이 자기가 싫다고 하자 쿨하게 더 이상 묻지 않는 것을 보며 의외라는 듯 의아한 표정으로 카운터로 돌아간다.

대한 - 우석아! 저 누나 존나 귀엽지 않냐?

우석 - 글쎄! 난 저렇게 까칠한 여자는 싫은디! 여자는 고분고분한 맛이 있어야 하! 안 그러냐?

대한 - 니 말도 맞지만 여자는 또 남자가 길들이기 나름 아니냐? 하하하! 서연지 누나! 깜찍하네! 요거….

우석 - 제발 아서라. 대한아! 저 누나는 니 스타일 아니잖어~ 내가 볼 때는 너랑은 안 어울릴 거 같은디… 참어라!

대한 - 왜? 난 좋은데! 순수해 보이잖아. 그리고 너 지금까지 우리 인상을 보고도 저렇게 거침없이 말하는 여자 본 적 있냐? 당돌하잖아! 난 저 누나에 대해서 좀 더 깊이 알고 싶어졌다! 친구야! 하하하!

까칠한 연지에 대해 얘기하고 있던 대한과 우석(배꼽)이 약속 시간이 다가오자 자리에서 일어난다. 대한이 카운터에 앉아 있는 연지에게 다가가 계산을 하려는데 옆 테이블에 있던 대한의 후배들이 다가온다.

경일 - 대한형님! 벌써 들어가십니까?

대한 - 그래! 니들 것까지 다 계산했으니까 놀다 가라!

삼일 - 예! 형님! 감사합니다!

황용 - 들어가십시오! 형님!

갑자기 연지가 코웃음을 치며 대한을 보고 비아냥거린다.

연지 - 어린 것들이 아주 지랄들을 하네! 야! 니들이 무슨 조폭이냐? 고딩 놈들이 무슨 말끝마다 '형님! 형님!' 아~ 웃겨! 니들 정말 웃긴다! 하하하!

연지가 자신들을 조롱한다고 생각한 대한의 동생들이 인상을 잔뜩 찌푸리며 그녀를 노려본다. 후배들의 심상치 않은 분위기를 감지한 대한이 자신이 나가고 나면 혹시라도 무슨 일이라도 생길까 염려하며 인상을 쓰고 있는 동생들에게 일부러 한마디를 보탠다.

대한 - 하하하! 우리 누나가 재미있네! 얘들아! 인상들 쓰지 말고… 이 누나는 형 누나니까 공연히 실수하지 말고 잘해 드려라! 알겠지?

경일, 삼일, 황용 - 예! 잘 알겠습니다! 형님!

대한 - 형들은 먼저 갈 테니까 나오지 마라!

대한과 우석이 커피숍을 나간다. 지금까지 한 번도 보지 못했던 연지의 당돌한 행동을 생각하며 대한의 얼굴에 슬며시 미소가 번진다.

저녁시간이 되자 술 생각이 난 대한과 우석(배꼽)이 평소에 자주 다니는 단골 술집으로 향한다. 문을 열고 들어서자 카운터에는 술집 사장 최춘삼이 앉아 있다가 대한과 우석을 반갑게 맞이한다.

최춘삼 - 아우들이 요즘 들어 우리 가게에 자주 오네! 하하하!

대한 - 예! 여기 말고는 동네서 마땅히 술 마실 곳이 별로 없어요! 저는 그래도 여기가 제일 편해서 좋습니다! 형님!

우석 - 맞어요~ 전 형님네 가게 안주 맛이 제일 좋아서요… 헤헤!

최춘삼 - 오~ 그래? 일단 자리에 앉아라! 형이 안주 좀 몇 개 챙겨서 보내줄 테니까.

대한과 우석이 술집 한쪽의 조용한 곳에 자리를 잡고 앉는다. 대한이 술집 안을 '휘이~' 둘러본다. 이때 낮에 커피숍에서 봤던 커피숍 여종업원 연지가 서빙을 하고 있는 것이 대한의 눈에 들어온다. 잠시 후 연지가 그들이 주문한 술과 안주를 카트에 싣고 대한이 앉아 있는 테이블로 가져온다. 연지가 테이블에 앉아 있는 그들을 보고 화들짝 놀란다.

연지 - 니들 뭐야? 내가 여기에 있는 건 또 어떻게 알았어! 어? 니들 혹시 스토커냐?

대한 - 뭐? 스토커는 또 뭔 스토커라는 거야! 참나! 진짜 여러 가지 한다! 누나!

우석 - 그니께… 누나는 뭔디 여기에 있는 겨? 잉?

연지 - 야! 그건 내가 니들한테 물어볼 말이거든?

대한 - 아니 돈을 얼마나 많이 벌려고 밤낮으로 알바를 하냐? 지독하다! 누나!

연지 - 장난하니? 야! 여긴 우리 형부네 가게거든? 그래서 저녁때 가끔 도와주는 거니까 니들은 신경 꺼라! 응?

대한 - 그래? 어떻게 이런 일이 있지? 그러면 누나가 춘삼이 형님의 처제라는 거야?

대한이 갑자기 연지의 형부 이름을 말하자 놀란 듯이 연지가 토끼처럼 눈을 똥그랗게 뜨고 대한을 바라본다.

연지 - 니가 우리 형부를 어떻게 알아? 너 괜히 우리 형부한테 쓸데없는 소리 하지 마라! 만약에 그랬다간 너 죽고 나 죽고다! 알았냐?

대한 - 어쭈? 그래. 어디 한번 누나한테 죽어 봐야겠네! 좀 이따가 춘삼이 형님하고 술 한잔 하면서 진지하게 얘기 좀 해야겠구만!

연지 - 어우~ 야! 아… 알았어. 대한아! 누나가 미안하다! 그러니까 그러지 마! 응? 이제 그만 하고 둘이 조용히 술만 마시다 가라! 난 바빠서 이만….

대한 - 잠깐만 있어 봐! 누나!

연지 - 또 왜? 왜 그러는데? 너!

대한 - 왜 그러긴… 누나 휴대폰 번호 좀 여기에 찍어! 지금 당장!

연지 - 미쳤냐? 내가 너한테 왜 휴대폰 번호를 찍어 줘야 하는데? 됐거든! 싫어! 안 돼!

연지가 계속 형부의 눈치를 살피면서 조심하고 있다는 것을 눈치 챈 대한이 슬며시 입가에 미소를 짓는다.

대한 - 그래? 안 찍어 준다 이거지? 그럼 됐어! 누나는 그만 가 봐! 난 그냥 춘삼이 형님한테 직접 물어봐야겠다!

연지 - 야! 진짜 치사하게 왜 그래? 일단! 알았어~ 알았다구! 그 대신 형부 앞에서는 괜히 나 보면서 아는 척 하지 마라! 부탁이다! 응?

대한 - 오케이! 일단 누나 폰 번호부터 빨리 찍어 주고… 가서 일 봐!

연지가 대한의 휴대폰에 자신의 전화번호를 얼른 찍어 주며 자리를 떠난다. 대한이 곧바로 휴대폰의 SEND 버튼을 눌러 연지의 휴대폰 번호가 맞는지 확인한다. 옆에서 이 모습을 지켜보던 우석이 연신 낄낄거리며 웃고 있다.

우석 - 저 누나의 아킬레스건이 형부였구먼! 골 때리네~ 하하하!

대한 - 그러게 말이다. 이렇게 쉬운 걸 가지고 괜히 머리 굴렸네. 푸하하!

최춘삼은 어린 막내처제 연지를 어렸을 때부터 자식처럼 애지중지하며 키워온 것 때문인지 연지를 매우 엄격하게 통제하고

있었다. 술을 얼큰하게 마신 대한과 우석이 카운터에서 계산을
하며 춘삼과 그의 아내를 형님, 형수님이라 부르며 매우 친근한
사이인 것처럼 스스럼없이 대한다. 연지는 혹시 대한과 우석이
헛소리라도 하지 않을까 하고 그들의 행동거지를 잔뜩 경계하듯
주시하더니 계산을 마치고 별일 없이 나가자 비로소 안도의 한
숨을 내쉰다.

다음 날 오후. 대한이 우석을 만나러 연지가 알바를 하고 있
는 커피숍으로 향한다. 커피숍에 먼저 도착한 대한이 연지에게
눈인사를 하고 평소처럼 창가에 앉아 카프리 맥주 한 병을 주
문한다. 연지가 주문받은 맥주를 대한에게 가져다주며 대한의
앞자리에 잠시 앉는다.

연지 - 저기… 대한아! 어제는 내가 경황이 없어서 휴대폰을 충전하지
못했어. 그래서 전화기가 꺼져 있었거든. 미안… 이해하지?

대한이 '갑자기 이게 무슨 소리지?' 하고 속으로 생각하며 아
무 말도 하지 않고 담배를 꺼내 피워 문다. 잠시 뜸을 들이던 대
한이 알겠다는 듯 미소를 지으며 연지를 바라본다.

대한 - 아~ 그랬어? 근데 어쩌지? 난 어제 전화 안 했는데… 어제 술을
많이 마셔서 늦게까지 잤거든. 일어나자마자 곧장 여기로 온 거야. 그랬
으니 내가 누나한테 전화할 일은 없었겠지? 근데? 누나! 혹시 내 전화
기다린 거야?

순간 '아차' 싶었는지 연지의 눈이 가볍게 흔들린다.

연지 - 으응? 아니! 내가 왜? 내가 니 전화를 기다릴 이유가 없지! 아무튼 너 남자답게 약속은 꼭 지켜라! 괜히 우리 형부한테 이상한 소릴랑 하지 말고… 약속한 거다! 알았지?

대한 - 그런 건 걱정 마! 누나! 근데? 내가 누나한테 관심이 있다는 건 알고 있지?

연지 - 지랄한다! 야! 난 연하는 딱 질색이거든! 너처럼 개폼 잡는 스타일은 특히 더 싫어해! 알았냐?

대한 - 뭐? 개폼을 잡다니? 내가 누나 앞에서 무슨 개폼을 잡았다고 그래?

연지 - 니 후배들이 너한테 조폭처럼 인사하는 것도 그렇고… 커피숍에 와서 대낮부터 술 마시는 너나 니 친구도 내가 딱 싫어하는 스타일이야!

대한 - 그러니까 누나 말은 내가 무조건 싫다는 거잖아? 그치?

연지 - 어~ 그래! 그러니까 제발 헛꿈 꾸지 말고 일찌감치 포기해라! 응?

대한 - 그러면 누나 이상형은 어떤 스타일이야? 혹시 대학생 스타일?

연지 - 당연히 내가 대학생이니까 대학생이 좋지!

대한 - 아하! 그러시구만! 하하하! 그래서? 남자는 만나 봤어?

연지 - 야! 장난하니? 당연히 만나 봤지! 넌 지금 그걸 말이라고 하냐?

대한 - 아~ 그러셔? 그럼 최근에 누나 남친이랑 헤어진 게 언제야?

연지 - 어… 그게… 어… 대학교 CC였는데… 한 1년 정도 사귀었나? 지금은 헤어진 지 한 6개월 정도 지난 거 같은데… 야! 갑자기 그건 왜 묻는데!

대한 - 와아~ 그래? 남친이 누나같이 지랄 같은 성격의 여자하고 1년씩이나 사귀었다고? 거 참 신기하네! 근데? 왜 헤어진 거야?

연지 - 글쎄… 그냥… 모… 야! 내가 이런 걸 왜 너한테 일일이 말해야 되냐? 됐어! 넌 몰라도 돼!

연지가 갑자기 버럭 소리를 지르며 자리에서 일어나 가버린다.

그때였다. 커피숍 스피커를 통해 익숙한 노래가 흘러나온다. 연지가 스피커에서 흘러나오는 노래를 따라서 흥얼거리며 카운터로 걸어간다. 대한이 노래를 부르며 걸어가는 연지의 뒷모습을 바라보며 무슨 생각에서인지 슬며시 미소를 짓는다. 때마침 우석(배꼽)이 커피숍으로 들어온다.

우석 - 대한아~ 내가 너무 늦게 왔냐?

대한 - 아니! 나도 방금 전에 왔어!

우석 - 야! 근디… 좀 전에 성효형님이 건너편 4층 커피숍으로 올라가시던디? 건너편 한번 봐 봐!

대한 - 어? 그러네~ 저기 건너편 창가에 앉아 계시는구만! 하하하!

우석의 이야기를 듣고 그는 자신들이 앉아 있는 2층 커피숍에서 건너편 4층 커피숍 창가를 쳐다본다. 홀로 앉아 있던 성효와 눈이 마주치자 그들은 일어나 인사를 한 뒤 손을 흔들어 아는 체를 한다. 그러자 갑자기 자리에서 벌떡 일어난 성효가 핸드폰을 꺼내 대한에게 전화를 한다. 어떻게 성효가 연지를 보았는지 연지에 대해 묻기 시작한다.

성효 - 대… 대한아! 형… 형인데! 조… 조금 전에 니 앞에 있던… 여…

여자 분은 누구냐? 딱 형 스타일이던디!

대한 - 아~ 여기 알바입니다! 형님!

대한이 성효(도끼)의 전화를 받으며 전화한 의도를 알겠다는 듯 우석(배꼽)을 보고 배시시 웃는다. 우석이 대한의 웃는 이유를 알아채고 따라 웃는다.

우석 - 성효형님! 또 시작했구먼! 저 형님은 어째서 여자만 보면 저러시냐? 아이구~ 머리야!

성효와 통화 중인 대한이 우석의 목소리가 성효에게 혹시라도 들릴까 싶어 황급하게 우석의 입을 틀어막는다.

성효 - 옆에 배배… 배꼽은 뭐라고 지껄인다냐? 시끄러 죽겄네! 거… 거기 알바 좀 불러서 전화 좀 잠깐만 바바… 바꿔 줘 봐!

대한 - 아… 형님! 저한테 불편하게 왜 그러십니까?

성효 - 아아… 알았으니께 그냥 전화만 바바… 바꿔 달라는데 뭐가 부부… 불편하다는 겨? 빠빠… 빨랑 좀 바꿔 봐….

대한 - 푸하하! 아~ 형님도 참! 알았어요! 그럼 잠시만 기다려 보세요!

대한이 갑자기 연지를 부르더니 자신의 휴대폰을 그녀에게 건넨다.

연지 - 야! 누군데 갑자기 전화를 나한테 바꿔 주는 거야! 에이~ 짜증나! 여보세요? 여보세요? 에이씨~ 뭐야? 장난해? 아무 말도 없잖아!

얼떨결에 대한으로부터 휴대폰을 건네받은 연지가 성효(도끼)와 첫 통화를 하게 되었지만 막상 연지의 목소리가 들리자 너무 긴장한 성효는 심하게 말을 더듬으며 '어버버' 하고 할 말을 제대로 못 하는 바람에 두 사람 간에 제대로 된 통화는 할 수 없었다. 그러자 연지가 짜증을 내며 전화를 뚝 끊어버린 것이다. 이 모습을 지켜보던 대한과 우석(배꼽)이 배꼽을 잡고 깔깔거리며 웃는다.

연지 - 니들 자꾸 누나한테 장난칠 거야? 방금 전화 바꿔 준 사람은 누군데 말도 안 하고 '어버버'거리기만 하냐? 무슨 말 벙어리냐? 짜증나서 통화를 못 하겠더라! 그래서 그냥 전화 끊어버렸어! 그 사람은 또 누구야! 어? 말해 봐!

대한 - 푸하하! 진짜 너무 웃긴다! 웃겨 미치겠어! 어쨌든 잘 했어! 누나!

연지 - 누나는 바빠 미치겠는데! 니들은 이게 지금 재미있냐? 응?

우석 - 누나! 저쪽 건너편 4층 커피숍 좀 봐 봐요~ 저기 창가에 보면 정장 입고 있는 분 보이죠?

연지 - 누구? 아! 저 사람? 그래. 보여! 그런데 저 사람이 뭐? 저 사람이 나를 전화로 바꿔 달라고 했다는 거야? 미친 놈 아냐? 지가 날 언제 봤다고 전화를 바꾸래? 쟤는 또 몇 살인데?

몹시 기분이 나빴는지 연지의 표정이 좋지 않다. 이때 성효로부터 대한에게 다시 전화가 걸려온다.

성효 - 혀… 형인디… 가… 갑자기 전화를 바꿔 주니까 다… 당황했잖어! 거기 알바 이… 이름하고 휴… 휴대폰 번호 좀 받아서 혀혀… 형한테 문자 좀 보내 줘 봐!

대한 - 예? 알바 이름하고 연락처를 형님 문자로 보내라고요?

대한의 전화 통화 내용을 옆에서 듣고 있던 연지가 화가 나는지 대한의 휴대폰을 가로채 소리를 지르기 시작한다.

연지 - 야! 이 미친 새끼야! 너 누구야? 니까짓 게 뭔데 내 연락처를 물어보는 거야? 넌 예의도 없냐? 나보다 나이도 어린 것이… 싸가지 없이 이게 뭐 하는 짓이야! 내 연락처를 알고 싶으면 니가 직접 찾아와서 물어보든지 해야지 후배 통해서 연락처를 보내라고 그러는 건 뭐야! 짜증나게… 뭐 이런 거지 같은 새끼가 다 있어?

정신없이 쏘아붙이던 연지가 갑자기 전화를 뚝 끊어버린다. 대한과 우석이 전화로 통화하고 있는 연지와 건너편 커피숍의 성효를 번갈아 보며 신나게 낄낄거리며 웃는다. 멀리서 보기에도 전화를 받고 있는 당황한 성효의 표정이 가관이다. 말을 더 듣는데다가 연지가 숨도 쉬지 않고 퍼붓는 바람에 한마디도 할 수 없었던 성효가 애꿎은 전화기만 쳐다보며 어이가 없다는 표정이다. 대한과 우석은 웃느라 눈물이 날 지경이다. 연지가 대한과 우석을 이상하다는 표정으로 바라보다 대한의 휴대폰을 돌려주고는 짜증이 나는지 '홱' 하고 몸을 돌려 카운터로 가버린다.

잠시 후 성효가 대한과 우석이 있는 커피숍으로 두리번거리며 들어온다. 연지가 주문을 받으러 대한 일행이 있는 자리로 오더니 눈살을 찌푸리며 성효의 행색을 아래위로 훑어본다. 성효가 눈치를 살피더니 조심스레 연지에게 주스 한 잔을 주문한다. 그녀가 주방으로 돌아가 주스를 준비하고 있는 모습을 말없이 바라보더니 성효가 대한에게 묻는다.

성효 - 대… 대한아! 시시… 씨발! 저 알바는 며… 몇 살인데 나… 나한테 요요… 욕을 하고 그런다냐? 여여… 여자한테 욕 먹긴 생전 첨이네!

성효가 투덜거리며 말을 꺼내자 자신에 대한 뒷담화를 들었는지 연지는 주문한 주스를 가져와 테이블에 '탁' 하고 내려놓으며 다짜고짜 성효의 뒤통수를 보기 좋게 후려갈긴다. '퍽!' 하고 뒤통수를 맞은 성효도, 이를 지켜보는 대한과 우석도 깜짝 놀란 토끼눈이다.

연지 - 이 나이도 어린 놈이… 야! 니가 방금 전에 전화해서 날 바꾸라고 한 놈이냐? 넌 내가 이런 데서 알바나 하고 있으니까 사람이 우습게 보여?

연지가 또다시 성효의 뒤통수를 때리려는 듯 손을 들었다 안되겠는지 그냥 거둔다. 연지의 기세에 눌린 성효가 뒤통수를 쓰다듬으며 겸연쩍게 웃는다.

성효 - 그… 근데… 왜 머머… 머리를 때리고 그러세요? 그… 그쪽은 며며… 몇 살인데요?

대한과 우석이 연지와 성효의 하는 꼴을 보고 있으려니 우스워 미칠 노릇이다. 하지만 성효의 입장을 생각해서 억지로 웃음을 참느라 애를 쓴다.

연지 - 넌 내 나이가 왜 궁금한데! 어? 난 스물두 살이다! 왜?

대한이 슬그머니 끼어든다.

대한 - 누나! 살살해라! 옆에 나하고 우석이도 있는데 누나가 그렇게 성효형님을 쪽 주면 우리가 좀 당황스럽지! 안 그래?

연지 - 야! 됐거든! 니들은 이 일에 대해서는 신경 꺼! 근데! 아휴~ 답답해 미치겠네! 넌 왜 그렇게 말을 더듬냐?

성효 - 아… 그… 그게… 초초… 초등학교 다닐 때 도… 동네에 말 더듬는 아아… 아저씨가 있었는데 그 아저씨를 따라서 휴휴… 흉내 내다가 그만 버… 버릇이 돼버렸어요.

갑자기 커피숍에 손님이 몰리기 시작한다. 연지가 못마땅한 표정으로 성효를 슬쩍 흘기더니 손님을 맞으러 돌아간다.

연지는 한동안 정신없이 일을 하느라 대한 일행과 더는 마주칠 시간이 없었다. 조금 있자니 저녁 먹을 시간이다. 대한은 우석, 성효와 함께 커피숍을 나와 인근에 있는 식당으로 향한다. 식당에 들어서자 식당 이모가 대한 일행을 반기며 방으로 안내한다.

대한 - 와~ 여기 진짜 오랜만이네. 그치?

우석 - 난 가끔 외상값 주러 몇 번 들리기는 했어. 헤헤!

성효 - 이… 이런 씨부랄 새끼는 아아… 아직도 식당에 대대… 대포나 치고 다니는 거여?

우석 - 아니! 형님은 무슨 그런 소리를 하십니까! 지역사회에 살면서 돈이 없으면 가끔 외상도 하고 그러는 거지. 뭘 그런 걸 가지고 맘 상하게 욕까지 하십니까? 형님!

성효 - 어… 어쭈? 이이… 이 새끼가… 잘하면 형 한 대 치겠다. 응? 치겠어!

우석 - 동생한테 말끝마다 '이 새끼', '씨부랄 놈'이 뭡니까? 형님! 서운합니다!

성효 - 얌마! 헤헤… 형이 말하면 그냥 '예~' 그러면 되지. 넌 그렇게 사… 사사건건 따… 따지니까 욕 먹는 거여. 알어? 헤헤… 형이 탁구공이 빠… 빨갛다면 빨간 거여. 알었어? 내… 내가 너만 보면 소소… 속에서 천불이 나! 임마!

식당 이모가 주문한 음식을 가지고 들어오자 우석이 술을 따르며 성효가 술을 못하는 것을 은근히 걸고 넘어간다.

우석 - 형님은 술을 잘 못하시께 저희들하고 같이 술 좀 마시면서 조금씩 주량을 늘려 보는 건 어때요?

대한 - 그래 그거 괜찮다! 형님! 그렇게 하세요! 그래도 명색이 액션(건달)인데 술을 그렇게 못 마셔서 어쩝니까? 이참에 한번 배워 보시죠~ 형님!

성효 - 형도 그… 그러고는 싶은디… 내가 소주를 세 잔 이상만 마시면 기절을 하니까 거거… 겁이 나! 피피… 필름 끊길까 봐서… 히히히!

평소 술을 잘 못해서 고민이던 성효가 대한이 권해 주는 대로 조금씩 소주를 마셔 본다. 성효는 소주에 물을 섞어 마시면 부드럽다는 대한의 말을 듣고 소주에 물을 조금 섞어 마셔 본다. 목 넘김이 생각보다 부드럽다. 대한이 시계를 슬쩍 올려다본다. 잠시 후면 연지가 커피숍 아르바이트를 끝낼 시간이다. 대한이 연지에게 전화를 걸어 식당으로 부른다. 아르바이트를 끝낸 연지가 그들이 있는 식당 방의 문을 열고 들어온다. 비어 있는 자리라고는 혼자 앉아 있는 성효의 옆자리뿐이다. 연지가 별 생각 없이 성효의 옆자리를 비집고 앉는다. 성효는 연지가 자신의 옆자리에 앉는 것을 보며 금세 기분이 좋아져 싱글벙글 오버하기 시작한다.

성효 - 누… 누나! 바바… 밥 안 먹었지?

연지 - 당연히 못 먹었지! 커피숍에서 일하면서 어떻게 밥을 먹냐? 아~ 배고프다!

우석 - 내가 그럴 줄 알고 고추장찌개에다 공깃밥 시켜 놨어. 누나! 헤헤!

연지 - 어머! 그랬어? 고마워! 맛있겠다! 잘 먹을게! 우석아!

우석이 소주잔 하나를 들어 연지에게 건넨다. 그러자 연지가 난처한 듯 우석을 바라본다.

연지 - 사실은 난 술을 전혀 못하는데 어쩌지? 일단 니가 주는 잔이니까 받아 놓기는 할게! 미안….

우석 - 진짜요? 여기서 술을 못하는 건 성효형님뿐인 줄 알았는디… 이제 보니 누나도 술을 못 마시나 보네!

대한 - 누나가 술을 못한다니 아쉽구만! 그러면 우석아! 어쩔 수 없다. 너하고 나하고 우리 둘이서 마셔야겠다. 우리나 잔뜩 마시자! 하하하!

연지 - 그러면 난 이거 한 잔만 가지고 조금씩 나눠서 마실게! 아! 성효 넌 뭔데 잔을 안 드냐? 술은 너 혼자 다 마셨냐? 혼자만 얼굴이 빨개 가지고 말이야. 하하하!

성효 - 그그… 그랴~ 누나! 마… 마셔! 그럼!

저녁식사를 하면서 반주로 술을 함께 마시다 보니 어느덧 저녁 8시가 다 되어가고 있었다.

기분 좋을 만큼 적당히 술이 오른 대한과 일행이 식당을 나와 성효의 삼촌이 운영하는 노래방으로 향한다. 노래방 문을 열고 들어서자 카운터에는 철용 삼촌이 앉아 있다가 성효 일행이 들어오는 것을 보고 이들을 반긴다. 오늘도 대한은 가장 큰 대형 룸을 빌려 일행들을 데리고 들어간다. 성효는 연지가 같이 온 것에 기분이 좋았는지 맥주와 술안주를 바리바리 가지고 돌아온다. 성효가 캔맥주를 하나씩 나눠 주며 연지를 곁눈질로 흘 끗 보고 일어나더니 갑자기 건배사를 시작한다.

성효 - 자! 수수… 술 좀 들어 봐! 내… 내가 술은 못하지만 오… 오늘은 이이… 이빠이 마셔 볼 테니께… 우… 우리 이 밤을 신나게 불태워 보자! 거거… 건배!

성효의 얼굴이 빨갛게 변한 것을 보니 식당에서 소주 몇 잔을 마신 취기가 벌써 오르는 것처럼 보인다. 하지만 연지가 함께 있 다는 것에 고무된 성효가 분위기에 취해 일행들에게 연거푸 술을 권하며 허세를 떤다. 성효는 허세를 떨면서도 연신 연지의 눈치를 살핀다. 맥주 한 캔을 단숨에 비운 대한이 선배인 성효에게 노래방 책자와 함께 마이크를 제일 먼저 건넨다. 성효는 익숙하게 책자는 찾아보지도 않고 바로 곡의 번호를 누른다. DJ DOC의 '런투유'라는 댄스곡이다. 성효가 빠른 리듬의 랩과 노래를 부르며 춤을 추기 시작하자 분위기가 후끈 달아오른다. 평소에는 말을 심하게 더듬는 성효지만 그것과는 다르게 랩을 하면서는 전혀 가사를 더듬지 않는다. 이런 성효의 완전히 다른 모습에 노래가 끝나자 일행들이 모두 일어나 앙코르를 외친다. 기분이 좋아진 성효가 마이크 하나를 대한에게 건네주며 육각수의 '흥부가 기가 막혀'라는 곡을 선곡한다. 전주가 나오기 시작하자 성효와 대한이 두루마리 화장지를 서로의 머리와 몸에 감고 우스꽝스러운 몸짓을 하며 듀엣으로 노래를 부르기 시작한다. 성효와 대한의 노래하는 모습이 신기했는지 연지가 두 사람이 노래하는 내내 박수를 치며 깔깔거리고 웃는다. 그들의 노래가 끝나자 이번에는 우석이 마이크를 잡는다. 음치인 우석이 그나마 잘할 수 있다고 생각하는 노래라고는 김종환의 '존재의 이유' 밖에는 없다. 우석이 갖은 폼을 다 잡으며 노래를 부르기 시작한다.

"♬ 언젠가는 너와 함께하겠지… ♪"

연지의 표정이 갑자기 묘해진다. 우석의 노래를 들으며 더 이상 못 참겠다는 듯 모두 박장대소를 한다. 하지만 우석은 아랑곳하지 않고 계속 노래를 부른다. 옆에서 듣고 있던 성효가 도저히 못 들어 주겠는지 리모컨을 들고 갑자기 반주를 꺼버린다. 웃음보가 터진 것처럼 대한과 연지가 마주 보고 정신없이 웃는다.

우석 - 너무하십니다! 형님! 아는 노래라고는 이거 하나밖에 없는디…
아직 1절도 안 끝났는데 꺼버리면 전 어떡합니까? 형님! 아….

성효 - 미… 미안하다! 우석아! 하지만 니니… 니 노래는 도… 도저히 못
들어 주겠어. 화화… 화가 나서 말이야. 히히히! 니가 이해햐!

우석 - 하긴 저도 노래 부르는 게 제일 싫어요! 형님! 히히히!

성효가 맥주를 한잔 마시더니 노래방 책자를 연지에게 건네
며 노래 한 곡을 해 보라고 권한다. 연지가 노래방 책자를 뒤적
거리더니 김현정의 '멍'이라는 곡을 선곡한다. 전주가 흘러나오
자 성효는 연지 앞으로 튀어나가 촐싹거리며 춤을 추기 시작한
다. 그렇게 한참 동안을 쉼 없이 노래를 부르던 일행이 잠시 노
래를 멈추고 자리에 앉는다.

성효 - 노노… 노래도 부르고 추… 춤도 추고 그러니까 술이 좀 깨… 깨
는 거 같은디?

우석 - 저는 더 취하는 거 같습니다. 형님! 흠… 근디요? 연지누나 한
사람을 두고 형님이랑 대한이랑 삼각관계가 되는 거 같지 않아요? 누
나?

연지 - 장난하냐! 내가 지난번에도 분명히 말했지만 난 연하는 딱 싫다!
응?

대한 - 헐~ 그럼 누나는 나이 많은 사람이 좋다는 거야? 무슨 그런 노인
네 같은 소리를 하냐?

성효 - 그… 그니께 나… 나이는 수… 숫자일 뿐인데 말이여!

연지 - 야! 됐어! 니들은 뭘 자꾸 이상한 방향으로 분위기를 몰고 가냐? 난 그냥 누나 동생 관계가 편하고 좋아! 니들이 자꾸 그러면 내가 불편해!

우석 - 아녀… 누나! 남녀관계는 빨리 매듭을 짓는 게 좋은 겨! 이참에 대한이랑 성효형님하고 삼각관계 경합이나 한번 해 볼까? 히히히!

성효 - 오~ 그… 그거 좋겠네! 대… 대한아! 형이랑 페페… 페어플레이 해 보는 거 어뗘? 응?

대한 - 하하하! 에이~ 형님… 진짜로요?

성효 - 그랴~ 우리가 하… 하는 걸 보고 여여… 연지 누나가 최… 최종 선택하는 걸로 깨… 깨끗이 겨겨… 결정하면 되지. 어… 어뗘?

대한 - 저야 뭐… 형님이 정 그러시다면야… 예! 저도 좋아요!

연지 - 야! 니들 증말 뒈지고 싶냐? 어? 난 관심도 없는데 뭘 니들끼리 함부로 경합을 정하고 말고 그러냐? 짜증나게!

우석 - 그거야… 누나가 둘 다 싫으면 둘 다 선택을 안 하면 되는 겨! 뭘 그렇게 심각하게 그려? 난 재미있겠구먼! 하하하! 한 일주일 정도의 시간을 주고 다음 주 월요일에 만나서 누나가 깔끔하게 결정하기로 하는 겨! 어뗘? 누나!

연지 - 니들 정말 웃긴다! 지들끼리 북 치고 장구 치고 난리네! 난 몰라! 됐어! 난 안 해!

우석 - 그럼 어쨌든 지금부터 경합은 시작된 겨! 누나! 선택은 누나한테 달린 거니께… 절대로 모른 척 하지 말어! 다음 주 월요일에 선택하기여! 잉? 그때 가서 딴소리하기 없기여!

난데없이 우석이 삼각관계를 매듭짓기 위한 경합을 하자고 제의한다. 연지는 갑자기 무슨 경합이냐며 극구 반대했지만 우석이 고집스럽게 밀어붙여 연지를 설득한다.

술자리가 끝나자 연지와 우석이 먼저 택시를 타고 귀가한다. 노래방에는 대한과 성효 두 사람만 남아 맥주를 홀짝거리고 있다.

성효 - 대한아! 혀… 형이랑 삼각관계 경합도 추… 추억이니까 괜히 부… 부담 갖지 마! 그냥 페어플레이 하자! 헤헤!

대한 - 그래도 저는 형님이랑 그건 좀… 뭐… 일단은 알겠습니다! 형님!

우석이 갑작스럽게 연지와 대한, 성효 간의 삼각관계를 정리하겠다며 경합을 제의하고 성효가 적극적으로 받아들여 대한도 어쩔 수 없이 경합에 참여하기로 했지만 대한의 마음은 영 불편하다. 혹시라도 여자 문제로 선후배 관계가 불편해지기라도 하면 어쩌나 하는 마음에 신경이 쓰인다. 성효와 헤어진 대한이 집에 도착해 침대에 눕자마자 연지에게 전화를 한다.

대한 - 누나! 집이야?

연지 - 응! 넌 이제야 집에 들어간 거야?

대한 - 어~ 방금 전에 들어와서 씻고 이제 막 누웠어! 오늘 재미있었어? 누나?

연지 - 그래! 엄청 재미있었어! 걔… 니 선배 성효인가? 걔는 너무 웃기더라! 근데 너 있잖아… 누나를 진짜로 좋아하기는 하는 거야? 장난하는 거 아니었어?

대한 - 사실은 누나가 생각했던 것보다 훨씬 많이 좋아했었지.

연지 - 정말? 그랬구나! 야! 근데 좋아했었지는 뭐냐?

대한 - 이제부터는 아니야! 아까 얘기했던 경합은 내가 그냥 포기하려고 그래. 생각해 보니까 선배랑 삼각관계라는 것 자체가 불편하기도 하고… 그래서….

듣고 있던 연지가 갑자기 화난 사람처럼 목소리를 높인다.

연지 - 야! 그까짓 게 뭐가 중요하냐? 그리고 왜 니가 포기를 해야 하는데? 너 바보야?

연지가 갑자기 목소리를 높이자 대한이 머리를 굴리기 시작한다. 대한은 이것으로 연지가 마음속으로 어떤 생각을 하고 있는지 대충 짐작할 수 있을 것 같았다. 대한은 머릿속으로는 상황을 파악하면서 연지의 마음을 사로잡기 위한 계략을 세운다. 대한은 연지의 마음을 역으로 활용하기로 한다. 대한이 시침을 뚝 떼고 아무렇지도 않게 대답한다.

대한 - 난 그냥 복잡한 관계는 딱 싫어! 아무튼 일주일 뒤에 보자!

연지 - 너는 그래서 성효한테 양보하겠다는 거야? 너 정말 재수없다! 증말!

대한의 반응이 못마땅했는지 연지가 갑자기 전화를 뚝 끊어버린다. 하지만 연지는 대한과 전화를 끊고도 대한이 한 말을 생각하며 쉽게 잠을 이루지 못한다.

다음 날 저녁. 대한이 우석과 선배 성효를 차에 태우고 영동 서라파 조직과의 약속장소인 야식집으로 향한다. 야식집에 들어서자 영동 서라파 1년 선배 지수, 범진, 준수, 대식과 진산 한양파의 1년 선배 일석, 동수, 영직, 진우 등이 모여 술판을 벌이고 있다. 대한과 우석은 평소에도 안면이 있는 영동 서라파의 선배들과 인사를 가볍게 나누고 자리를 뜬다. 영동 서라파의 또래 친구들을 처음 소개받은 성효가 친구들과 악수를 나누고 자리에 앉는다. 다른 사람들과는 달리 타 조직원들과의 모임에 처음 참석한 성효는 어쩐지 자신이 이방인처럼 느껴진다. 그래서인지 술을 잘 못하는 성효가 마치 자존심을 세우기라도 하려는 듯 허세를 부리며 영동 서라파의 또래 친구들에게 연거푸 술잔을 건넨다. 성효의 평소 주량을 잘 알고 있는 진산 한양파 또래 친구들이 성효를 자제시켜 보려고 하지만 통제가 되지 않는다. 아나나 다를까, 술이 몇 순배 돌지도 않았는데 성효의 얼굴은 빨갛게 물들었고 눈빛이 서서히 풀리기 시작한다. 영동 서라파 친구들과 대작하느라 그들과 같은 양의 술을 따라 마신 성효가 벌써 자신의 주량을 한참 오버한 것이다.

그때였다. 갑자기 성효의 호흡이 거칠어지기 시작한다. 성효는 자신의 몸 상태가 조금 이상하다는 것을 느끼고는 친구들의 눈치를 살피며 비틀비틀 식당 밖으로 나와 대한에게 전화를 한다. 성효의 전화를 받은 대한이 황급히 차를 몰고 야식집 앞으로 성효를 데리러 온다. 한눈에 보기에도 성효의 호흡이 심상치 않아 보인다. 과다음주로 인해 호흡곤란 증세가 조금씩 악화되자 성효는 대한의 차량 뒷좌석에 앉아 있으면서도 고통을 호소하기 시작한다. 대한이 룸미러로 성효의 상태를 확인하며 쏜살같이 병원 응급실을 향해 달린다.

병원 응급실에 도착한 대한이 성효를 부축해 응급실 침대에 눕힌다. 그러자 곧장 당직의사가 달려와 증세를 물어보고는 응급처치를 한다. 성효의 소식을 전해 들은 그의 친구 일석이 걱정됐는지 후배 대한에게 전화를 한다. 대한이 성효가 응급처치를 받고 있는 상황과 상태에 대해 일석에게 상세히 설명한다. 그리고 채 10분도 지나지 않아 병원 응급실이 소란스러워지기 시작한다. 성효의 상태를 듣고 그의 친구들이 급히 술자리를 정리하고 모두 응급실로 달려온 것이다. 성효는 산소 호흡기를 꽂은 채 당직의사로부터 무언가 의료적 조치를 받고 있다. 성효가 걱정되는지 친구들의 표정이 침통하다.

성효의 친구들 - 의사 선생님! 환자 상태는 어떻습니까? 상태가 심각한가요?

의사 - 아니요! 심각하거나 그런 거는 아닙니다! 환자분은 지금 많은 양의 술을 마실 수 있는 사람이 아닌데 갑자기 과도한 음주를 해서 일시적인 호흡곤란 상태가 온 겁니다. 여기서 링거주사 맞고 한두 시간 정도만 안정을 취하면 곧 괜찮아질 겁니다. 너무 걱정 마세요!

의사의 대답을 듣고 있던 성효의 친구들이 황당하다는 표정이다.

동수 - 아이고~ 참나! 씨발! 쪽팔려서… 저 새끼! 진짜 가지가지 한다. 진짜!

영직 - 난 또 응급실에서 산소 호흡기까지 꽂고 있다고 그래서 크게 잘못된 줄 알고 걱정했는데… 어이가 없구먼! 도끼야! 객지 친구들 초대해 놓고 이게 뭐하는 짓이냐? 병신 새끼야!

일석 - 어쩐지… 저 씨발놈이 오늘 존나게 오버하는 거 같더라고… 아….

범진 - 이야~ 오늘 성효 친구 덕분에 좋은 구경 하는구만! 그려~ 하하하!

성효의 친구들이 누워 있는 그에게 한마디씩 하고는 쓴웃음을 지으며 응급실 밖으로 나가버린다. 나가는 선배들의 뒷모습과 산소 호흡기를 쓴 채 숨을 헐떡거리고 있는 성효를 번갈아 바라보며 대한과 우석이 깊은 한숨을 내쉰다.

대한과 연지가 마지막 통화를 하고 며칠이 지난 주말. 커피숍에 출근한 연지가 손님이 뜸한 틈을 타 창가에 홀로 앉아 며칠 전 대한이 했던 말을 떠올리며 깊은 생각에 잠겨 있다. 마지막 통화를 한 이후로 며칠째 대한은 커피숍에 발걸음도 하지 않는다. 대한이 아무런 연락도 없고 커피숍에도 오질 않자 연지는 자꾸만 신경이 쓰이는지 휴대폰을 만지작거리며 대한에게 전화라도 걸어 볼까 하고 고민한다. 때마침 연지의 휴대폰이 울린다. 대한의 전화인가 싶은 마음에 연지가 얼른 전화기를 들고 목소리를 가다듬으며 전화를 받는다. 하지만 대한의 목소리가 아니다.

성효 - 저… 전화를 걸자마자 바… 받아서 까… 깜짝 놀랐네! 뭐뭐… 뭐 해? 누나!

그녀가 기다리던 대한이 아니라 성효의 전화였다. 연지가 갑자기 짜증을 낸다.

연지 - 왜! 뭘 하기는! 내가 알바하고 있는 거 뻔히 알면서 그걸 왜 물어 보냐? 귀찮게! 전화는 왜 했어?

성효 - 왜왜… 왜 그래? 누나! 기기… 귀찮게가 뭐여? 서… 서운하게….

연지 - 야! 나 지금 너하고 말장난할 기분 아니거든! 짜증나니까 전화 끊 어!

연지가 애꿎은 성효에게 짜증을 부리고 전화를 뚝 끊어버린 다. 연지가 성효의 전화를 끊고 조금 있자니 성효가 헐레벌떡 커피숍으로 들어온다. 연지가 자리를 잡고 앉은 성효를 본체만 체하고 재떨이를 가져다주며 기계적으로 주문을 받는다.

연지 - 뭐 마실 거야? 주문해!

성효 - 아… 아니… 누나는… 내… 내가 말하려고 하는디… 그… 그렇게 전화를 끊어버리면 어… 어쩌라는 겨? 난 전화가 끊어진지도 모르고 호 호… 혼자서 미친놈처럼 떠들고 있었잖어.

연지 - 야! 그러면 니가 용건을 빨리 빨리 말하든가 했어야지! 내가 여기 서 놀고 있는 것처럼 보이냐?

성효 - 와아~ 내내… 내가 그런 식으로 말했어? 누… 누나! 왜 이렇게 서서… 성격이 급하?

연지가 성효를 무섭게 째려본다. 연지는 성효에게 무슨 말을 하려고 하다 입을 다문다.

성효 - 무… 무섭게 왜 그려? 누나! 왜 그… 그런 눈으로 나를 째려보는 겨? 누누… 누나! 부부… 불편하게 갑자기 왜 그려?

별 수 없다는 듯이 연지가 성효에게 짜증스럽게 되묻는다.

연지 - 야! 너는 도대체 내가 왜 좋은 거냐? 응? 말해 봐!

성효 - 으응? 가가… 갑자기 훅 들어오니까 다다… 당황스럽네!

연지 - 너! 솔직하게 말해 봐! 나도 니들이 한다는 그 경합에 대해서 결정을 하려면 니들 생각은 들어 봐야 하잖아. 안 그래?

성효 - 그… 그렇지. 나나… 나는 겉으로 보이는 누누… 누나의 순수함에 끌렸고… 사실 누… 누나의 까칠한 매력에 빠진 거지. 최… 최종적으로는 쌍꺼풀진 눈하고 오… 오뚝한 코, 앵두 같은 입술… 와와… 완벽하잖어! 히히히….

연지 - 그러니까 결국 넌 내 외모 때문에 좋다는 거잖아? 그치?

성효 - 꼬… 꼭 집어서 마… 말하자면 외모 때문인데… 누… 누나는 매력이 많으니까… 뭐.

연지 - 만약에 니가 대한이하고 나하고 둘 중에서 평생 한 사람하고만 인연을 맺어야 한다면 넌 누구를 선택할 거야?

연지는 제법 진지한 표정으로 성효가 답변하기 곤란한 질문을 던져 본다. 잠시 머뭇거리던 성효가 미소를 지으며 대답한다.

성효 - 누나는 가… 갑자기 어… 어려운 질문을 던지고 그랴? 그야 다…

당연히 누누… 누나를 선택해야지. 안 그라?

연지 - 너! 진짜지? 의리보다는 배신, 차라리 사랑을 선택하겠다. 이거

지?

성효 - 배… 배신? 배신은 아니지! 어쨌든 배… 배신이라고 하니까 조금

찝찝하긴 하지만 난 누… 누나의 로… 로맨틱 가이가 될 거여!

연지 - 그러면 나랑 사귀게 되면 평생 동안 대한이하고는 인연을 끊고 평

생 안 볼 수 있다는 거지?

성효 - 당연히… 그… 그렇다니께. 내… 내가 누나한테 추추… 충성할 테

니께 나랑 사귀자고! 누나! 응?

연지 - 야! 시끄럽고… 무슨 말인지 알겠으니까! 다음 주에 내가 어떤 결

정을 해도 결과에 승복하는 거다! 뒤끝 없이… 알겠지?

성효 - 아… 그럼~ 나나… 남자가 한 입으로 두말할 수 있나? 누… 누나

결정에 쿨하게 승복할 테니께… 그건 거… 걱정 말어!

연지는 대한과는 정반대의 생각을 가진 성효에게 크게 실망한

다. 자신의 생각에 못 미치는 성효의 답변을 듣고 연지의 마음

이 은근히 대한에게로 기울기 시작한다. 하지만 성효는 자신에

게 이런 질문을 하는 것은 연지의 마음이 자신에게 있기 때문

에 그러는 것이라고 착각하고 연지가 자신을 선택하게 될 것이

라고 은근히 기대하기 시작한다.

삼각관계를 정리하기 위한 경합이 있기 이틀을 앞둔 날이었다. 성효는 연지의 환심을 사기 위해서 꽃다발과 선물을 준비해 그녀에게 전한다. 뿐만 아니라 매일매일 연지에게 연락을 하고 그녀가 일하고 있는 커피숍을 찾아가 눈도장을 찍기에 여념이 없다. 하지만 대한은 성효와는 달리 그녀에게 전혀 전화를 하지도, 찾아가는 일도 없이 그저 자신의 일에만 몰두하고 있다.

하루 일을 마치고 집에 들어온 연지가 아무 연락도 없는 대한의 소식이 궁금한지 전화기를 만지작거린다. 연지의 마음을 역으로 활용하겠다는 대한의 무신경 작전이 슬슬 효과를 내기 시작한 것이다. 일주일 뒤에 삼각관계 정리를 위한 경합이 있기로 한 직후부터 성효는 날마다 연지를 쫓아다니며 환심을 사기 위해 갖은 노력을 다하고 있는 것과는 달리 대한은 코빼기도 볼 수 없었다. 그렇다고 대한이 경합에 참가하지 않겠다고 선언한 것도 아니다. 그녀의 마음을 얻기 위해서 상식적으로 대한이 연지에게 자주 연락도 하고 이런저런 방법으로 자신을 어필하기 위해 노력도 해야 하는데 그는 오히려 그녀를 잊기라도 한 것처럼 행동한다. 그의 무심한 행동에 신경이 쓰였는지 연지가 참지 못하고 대한에게 전화를 한다. 전화기에서 평소와 다름없이 대한의 목소리가 흘러나온다. 연지의 가슴이 갑자기 콩닥거리기 시작한다.

연지 - 대한아! 연지 누나야! 밥은 먹었어?

대한 - 밥? 갑자기 밥은 왜? 나야 벌써 먹었지! 근데? 갑자기 왜 전화했어?

연지 - 얘는… 왜라니? 누나가 너한테 전화하면 안 되는 거냐? 섭섭하게….

대한 - 아니… 그런 뜻은 아닌데… 누나! 지난번에도 내가 말했듯이 난 누나 한 사람을 두고 선후배끼리 서로 삼각관계로 얽힌다는 게 아무리 생각해도 좋은 모습은 아닌 거 같아. 난 이런 난처하고 어색한 상황이 너무 싫어! 그러니까 그렇게 알아!

연지 - 야! 너 정말 바보니? 그러면 넌! 내가 싫다는 거야?

대한 - 난 누나가 싫다고 말한 적은 없는데?

연지 - 답답해 미치겠네! 그럼 그게 무슨 뜻인데? 너! 지난번에는 날 좋아한다고 그랬잖아! 그럼 그때는 장난한 거였어? 말해 봐!

대한 - 당연히 진심이었지! 그리고 난 지금도 누나를 좋아해! 하지만 지금 이런 상황은 선후배끼리 누나를 두고 싸우는 거 같아서 말이야. 사내들이 한 여자를 두고 이러는 거 모양 빠지잖아! 그래서 난 기권하려는 거야!

연지 - 야! 나는 가만히 있는데 니들끼리 삼각관계니 경합이니 하면서 누나를 힘들게 하더니… 이제 와서 넌 기권을 하겠다고? 대한이 너! 정말 못됐다! 짜증나 증말!

연지가 대한에게 짜증을 내 보지만 대한의 반응은 여전히 시큰둥하다.

삼각관계를 정리하기로 한 경합일이다. 성효는 연지가 일하는 커피숍에 일찌감치 도착해서 대한에게 전화를 한다. 하지만 대한은 집안일 때문에 바쁘다는 핑계를 대며 약속장소에 나타나지 않을 것처럼 이야기한다. 성효는 대한의 이야기를 연지에게 그대로 전한다. 그러자 연지가 성효에게 화를 '벌컥' 내며 경합 결과는 모두가 있는 자리에서 밝히겠다고 한다. 성효는 다급한 마음에 다시 대한에게 전화를 한다.

성효 - 대한아! 혀… 형인데 10분이면 되니까 자자… 잠깐만 왔다 가! 빨리!

대한이 자신의 작전이 잘 먹히고 있다는 생각을 하며 시치미를 뚝 떼고 성효를 좀 더 자극한다.

대한 - 저 지금 집에서 부모님하고 같이 일하고 있는 중이라서 밖에 나가기가 곤란합니다! 형님!

성효 - 너… 너 지금 형이랑 한 약속을 깨깨… 깨자고 하는 겨? 자… 잔소리 말고 빨리 와! 너 오오… 올 때까지 기… 기다릴 테니까 빠빠… 빨리 나와!

대한이 도착하기만 하면 연지가 자신을 선택하게 될 것이라고 굳게 믿고 있던 성효의 언성이 높아진다. 대한의 전화를 듣고 있는 연지의 이맛살이 잔뜩 찌푸려진다. 대한은 어쩔 수 없다는 듯이 성효의 전화를 받은 뒤로도 한 시간이나 지난 뒤에야 연지가 일하는 커피숍에 모습을 나타낸다.

드디어 대한이 커피숍에 도착하자 이제는 연지가 자신의 결정을 밝혀야 할 때다. 연지는 나란히 앉아 있는 대한과 성효의 맞은편에 자리를 잡고 앉더니 두 사람을 번갈아 바라본다. 그러더니 신중한 목소리로 천천히 자신의 생각을 말하기 시작한다.

연지 - 니들이 서로 동의했던 경합이니까 내가 어떤 결정을 내리든 내 결정을 존중해 줬으면 좋겠어! 내 결정을 얘기해 주면 두 사람 모두 두말없이 내 결정을 인정해 주는 거야! 알았지?

연지가 잠시 눈을 감는다. 그리고는 고민이 되는지 한참을 망설이듯 고개를 숙인 채 가만히 앉아만 있다. 조바심이 나는지 성효가 고개 숙인 연지에게서 눈을 떼지 못한다. 연지가 다시 고개를 들어 성효를 바라본다. 성효의 얼굴이 연지의 대답을 기다리며 기대감으로 조금씩 상기되기 시작한다.

연지 - 성효야! 누나가 정말 미안해! 너한테는 미안하지만 난 대한이를 선택하기로 했어! 정말 미안해! 성효야.

그럴 줄 알고 있었으면서도 대한이 발끈한다.

대한 - 난 분명히 기권할 거라고 했잖아! 누나! 입장 곤란하게 나한테 왜 그래? 누나가 이럴 것 같아서 여길 안 오려고 했던 거야! 그러면 성효형님 체면이 뭐가 돼! 아~ 미치겠네!

연지가 자신을 선택할 것이라고 굳게 믿고 있던 성효는 한방 얻어맞은 것처럼 멍한 표정으로 연지를 바라본다. 그러더니 힘없이 일어나 아무 말도 없이 커피숍을 나가버린다. 대한은 예상했던 결과이기는 했지만 마음이 여린 성효가 상처라도 입었으면 어쩌나 하는 마음으로 성효를 따라나선다. 하지만 성효는 어느새 차를 타고 휑하니 떠나버린다. 대한이 떠나는 성효의 차량을 물끄러미 바라본다.

집에 돌아온 대한이 방바닥에 홀로 누워 담배 한 대를 피워 문다. 그때 잠시 동안 아무런 연락도 되지 않던 성효에게서 전화가 걸려온다.

성효 - 혀… 형이야! 대한아! 아까는 형이 부… 부끄러운 모습을 보여서 저… 정말 미… 미안하다! 혀… 형이 돼 가지고 쪽팔리게 니 마음도 몰라주고… 미… 미안하다!

대한 - 아닙니다! 형님! 저는 이런 난처한 상황이 오는 것이 싫어서 기권하려고 했던 겁니다! 저는 아무래도 상관없으니까… 오늘 일은 그냥 없던 일로….

성효 - 아… 아녀! 깨… 깨끗하게 결과에 승복해야지! 혀혀… 형은 걱정하지 말고 여… 연지 누나하고 자… 잘해 봐! 대한아! 이건 지… 진심이다!

성효는 결국 경합 결과를 흔쾌히 받아들이고 대한과 연지가 진심으로 잘되기를 빌어 준다.

경합이 있은 후로 한 달이 지났다. 대한과 연지는 매일같이 만나 데이트를 즐긴다. 어느덧 두 사람의 사이도 꽤 가까워지고 있었다. 하지만 다른 때와는 달리 대한의 연애 진도는 영 더디기만 하다. 연지의 철저한 단속으로 대한은 아직도 연지와의 은밀한 첫날밤을 이루지 못하고 있었다. 대한은 연지에 대한 욕구불만이 가득했다. 어느 날 늦은 저녁때쯤이었다. 그녀의 집 앞까지 바래다주던 대한이 차 안에서 연지에게 불만을 토로하기 시작한다.

대한 - 누나! 혹시 몸에 무슨 문제라도 있어? 아니면 과거에 첫날밤에 대한 트라우마나 뭐 그런 게 있는 건 아냐?

연지 - 야! 그런 건 아니고⋯ 나중에 말해 줄게! 그러니까 조금만 참아 줘! 대한아!

대한 - 참기는 뭘 자꾸 참으라는 거야? 내가 신데렐라하고 사랑하는 것도 아니고⋯ 12시만 '땡' 하면 집으로 들어가니⋯ 도대체 누난 정체가 뭐야!

연지 - 야! 우리가 사귄 지 고작 한 달밖에 안 됐잖아~ 그리고 니가 날 사랑하면 아껴 줘야지! 그거 못 한다고 안달이라도 난 것처럼 그러면 어떻게 하니? 그러니깐 누나가 마음의 준비가 될 때까지 기다려! 제발!

대한 - 기다려! 기다려! 내가 무슨 애완견도 아니고⋯ 그놈의 기다리란 소리만 한 달 내내 듣고 있어야 돼? 빨리 속궁합을 맞춰 봐야 된다고!

연지 - 야! 너 자꾸 더럽게 속궁합 얘기할 거야? 넌 첫날밤이 그렇게 중요해?

대한 - 뭐라고? 그걸 지금 말이라고 해? 이건 남자의 본능이라는 걸 몰라? 아유~ 답답해!

연지는 대한의 불만을 어느 정도는 알 수 있었지만 자신이 모태솔로라서 두려워하고 있다는 사실을 대한에게 고백하기가 부끄러웠다.

다음 날. 평소에는 술을 입에도 대지 못하는 연지가 결심한 듯 친구 선혜와 함께 맥주 몇 잔을 마시고 거의 만취상태가 되어 술김에 대한에게 전화한다. 그 시각 대한은 술에 만취가 되어 성효와 함께 시내에 있는 모텔에서 잠을 자고 있었다.

연지 - 대한아! 누난데… 너 지금 어디야?

대한 - 술을 좀 많이 마셔서 계룡장에서 자고 있어. 어? 그런데 누나 목소리가 왜 그래? 혹시 술 마셨어?

연지 - 그래! 술 좀 마셨다. 왜! 어쨌든 누나가 그쪽으로 갈 테니까 거기서 기다려!

대한 - 술도 못 마시는 사람이 갑자기 술은 왜 마셨어~ 조심해서 와! 누나!

평소 연지는 술도 마실 줄 모르고 모텔 근처에는 가기도 싫어했다. 하지만 오늘은 평소에 마시지도 않던 술을 마신 것도 그렇고 모텔에 있다는데도 오겠다고 하는 것도 어쩐지 조금 이상한 생각이 든다. 술김에서인지는 모르지만 갑자기 적극적인 연지의 태도에 대한이 당혹스럽다는 생각을 하면서도 은근히 가슴이 설레는 것을 느낀다.

대한은 연지와의 전화를 끊자마자 모텔 카운터로 내려가 빈 방을 달라고 해 보지만 주말이라서 그런지 모텔에는 빈 객실이 하나도 없다. 어쩔 수 없이 성효가 잠들어 있는 방에서 연지를 맞이해야 할 판이다. 연지가 술에 취해 비틀거리며 모텔 방으로 들어온다. 대한이 연지에게 성효와 같은 방 침대에서 잠들어 있다는 사실과 어쩔 수 없이 이곳에서 두 사람의 첫날밤을 치러야 한다는 것을 설명한다. 하지만 어쩐 일인지 연지도 순순히 대한의 말을 따른다.

대한이 침대 아래에 이부자리를 펴고 연지와 함께 나란히 눕는다. 잠시 망설이던 대한이 연지에게로 돌아누우며 술에 취한 연지에게 키스한다. 평소 같았으면 소리부터 질렀을 연지가 평소와는 다르게 적극적으로 대한을 받아들인다. 연지가 입술을 벌려 대한의 혀를 빨다 이내 자신의 혀를 대한의 입 안으로 '쑤욱' 밀어 넣는다. 대한의 몸이 조금씩 뜨거워지기 시작한다. 흥분한 대한이 연지의 바지 단추를 풀고 지퍼를 내린다. 대한의 품에 안긴 연지의 심장 뛰는 소리가 터질 것처럼 들려온다. 대한이 연지의 바지를 잡고 벗기려고 하자 연지가 대한의 손을 잡고 잠시 저항한다. 하지만 곧 손에 힘을 풀고 자신의 엉덩이를 들어 올려 대한이 바지와 속옷을 벗길 수 있도록 허락한다. 대한이 연지의 티셔츠를 말아 올려 그녀의 머리 위로 벗겨내고 브래지어를 풀어버린다. 하얗고 탐스러운 연지의 젖가슴이 어둠

속에서도 눈부시게 탱글거린다. 대한이 연지의 다리 사이를 헤집고 그녀의 은밀하고 깊은 곳에 다가가자 흥분한 연지의 몸이 꿈틀거리기 시작한다. 어느새 연지의 은밀한 곳에서 뜨거운 샘물이 흘러내려 이불을 적신다. 대한이 연지의 몸을 애무하며 조련하기 시작하자 그녀가 대한의 귀에 대고 신음을 토한다.

연지 - 아흐윽~ 아! 대한아! 아파! 잠깐만… 아아….

대한의 남성이 연지의 깊은 곳으로 밀고 들어간다. 연지가 순간 고통에 몸을 비틀며 대한을 거부하듯 손으로 대한의 가슴을 밀어낸다. 대한이 찡그린 연지의 얼굴을 지그시 내려다보며 그녀의 위에서 천천히 몸을 움직이기 시작한다. 대한이 부드럽고 섬세하게 연지의 몸 안으로 조금씩 들어가기 시작하자 그녀도 고통이 잦아드는지 몸에 힘을 빼고 대한을 받아들인다. 대한이 조금씩 힘을 주며 허리를 움직이기 시작하자 두 사람이 하나가 되어 절정에 이른다. 대한이 그녀의 안에서 화산처럼 폭발한다. 연지가 대한의 불처럼 뜨거운 사랑을 온몸으로 받아들이고는 기진맥진하여 다리를 부들부들 떤다. 한바탕 폭풍이 지나가자 대한이 지쳐 있는 연지를 끌어안으며 뜨겁게 키스한다. 첫 경험의 고통에도 연지의 얼굴에 기쁨이 가득하다.

대한과 연지가 첫 사랑의 여운을 느끼며 키스하고 있는데 갑자기 침대에서 자고 있던 성효가 벌떡 일어나더니 화장실로 들어가 소변을 본다. 대한과 연지가 깜짝 놀라 황급히 옷을 입는다. 대한이 일어나 불을 켜자 이불에는 첫 사랑의 흔적인 듯 선홍색 핏빛이 빨갛게 물들어 있다. 부끄러웠는지 연지가 얼른 새 이불을 꺼내 바닥에 펴고 피가 묻어 있는 이불을 대충 구겨 한쪽 구석으로 치운다. 성효는 입가에 웃음을 머금고 화장실에서 나오며 두 사람을 바라본다.

성효 - 아… 지지… 진짜! 너… 너무들 하네! 내… 내가 오… 오줌 참느라고 얼마나 힘들었는지 알어?

대한 - 아~ 형님! 주무시는 줄 알았더니… 주무시다 말고 언제 깨신 거예요?

성효 - 자다가 오… 오줌이 마려워서 잠이 깼는데… 니… 니들이 미… 밑에서 낑낑거리고 있는디! 아~ 오줌은 마렵지… 이… 일어날 수는 없지… 씨발! 하… 하마터면 치치… 침대에다 오줌 쌀 뻔했어! 진짜! 히히히!

연지가 창피해서 이불을 뒤집어쓰고 얼굴을 가린 채 아무 말이 없다. 성효가 대한에게 '찡긋' 윙크를 하더니 담배를 산다며 밖으로 나간다. 성효가 방문을 닫고 나가자 연지가 이불을 걷어내며 대한에게 걱정스럽게 칭얼거린다.

연지 - 야아~ 어떡해! 성효가 우리 하는 거 다 본 거 같은데… 창피해서 어뜩해! 아~ 미치겠네! 증말! 앞으로 쪽팔려서 성효 얼굴 어떻게 보냐!

대한 - 뭘 어떡해! 어쩔 수 없지. 뭐… 근데! 누나! 설마… 내가 첫 남자였어?

연지 - 야! 창피하니까 더 이상 묻지 마! 쪽팔리니깐!

이 모든 상황이 웃긴 듯 대한이 창피해서 어쩔 줄을 모르는 연지를 바라보며 낄낄거리며 웃는다. 그러자 연지가 대한을 쏘아본다.

연지 - 넌 이 상황이 재미있냐? 이제 이 난감한 상황을 어떡할 거야! 아 근데… 다리가 풀려서 힘이 하나도 없다. 걷지도 못하겠어. 어떡해?

대한 - 하하하! 처음이라 그래. 조금 지나면 괜찮아질 거야!

이때 성효가 담배와 음료수를 사들고 방문 앞에서 노크한다.

성효 - 대한아! 혀… 형은 시골집에 급한 일이 있어서 가 봐야 하니까… 대한이 너는 그… 그냥 여기서 펴… 편하게 자! 오늘은 주말이라 방 잡기도 힘들 겨!

대한 - 아니 형님! 갑자기 왜여? 시골집에 가시게요? 그럼 잘됐네요. 형님! 아까 그렇지 않아도 연지누나 오기 전에 카운터 이모한테 물어봤더니 방이 없다고 하더라고요.

성효 - 히히히! 대한아! 그… 그럼 이걸로 내가 지… 지난번에 너한테 들켰던 굴욕은 이… 이렇게 투… 퉁친 거다!

대한 - 아이고~ 머리야! 아니… 근데! 형님은 도대체 언제부터 보고 있었던 거예요?

성효 - 소… 솔직히 깜깜해서 아… 아무것도 보지는 못하고 소… 소리만 들었어. 혀… 형은 니들한테 바… 방해될까 봐서 그냥 자… 자는 척하려고 했는데 지지… 진짜로 오줌이 너… 너무 마려워서 어… 어쩔 수 없었어! 히히히!

늘 당당하기만 하던 대한도 성효에게 은밀해야 할 연지와의 정사장면을 들켰다는 생각에 조금 부끄러운 생각이 든다. 성효는 자신이 좋아했던 연지가 대한과 사랑을 나눈 것이 부럽기도 하고 한편 씁쓸한 기분이 들기도 한다. 성효는 시골집을 간다며 급히 방을 나선다.

성효가 떠나고 모텔 방에는 대한과 연지 두 사람만 남아 있다. 대한이 일어나 방문을 잠그고 샤워를 하기 시작하자 연지가 대충 방을 정리한다. 잠시 후 샤워를 마친 대한과 연지가 침대에 나란히 눕는다. 이미 한 번의 사랑으로 서로를 확인한 두 사람이 욕망으로 이글거리는 눈빛으로 서로를 바라본다. 대한이 고개를 들어 연지의 입술에 또다시 키스하기 시작하자 연지가 입술을 열고 대한의 혀를 받아들인다. 두 사람의 몸이 다시 뜨겁게 달아오르기 시작한다. 대한이 연지의 입술과 목에 키스하며 그녀의 온몸을 손가락 끝으로 애무하자 연지가 흥분되는지 몸을 비틀기 시작한다. 연지의 호흡이 다시 거칠어지며 신음 소리를 토해낸다. 대한의 현란한 손끝이 연지의 몸을 구석구석 스치며 애무하자 극도의 쾌감을 느낀 그녀의 몸이 땀으로 흥건해진다. 대한이 다시 천천히 그녀의 위로 오르며 그녀를 길들이기 시작한다. 대한이 허리를 거세게 움직이기 시작한다. 자신의 위에 올라앉아 있는 대한을 바라보는 연지의 눈빛에 욕망이 가득하다. 처음과는 다르게 이번에는 연지도 절정에 이르는 대한을 따라 함께 절정에 오르기 시작한다. 서로 극한의 절정을 느끼며 최고의 순간에 이르자 미친 듯 서로를 부둥켜안고 서로를 향해 뜨겁게 폭발한다.

절정의 순간이 지나자 생애 처음 오르가즘을 느낀 연지가 가쁜 숨을 몰아쉬며 사랑이 가득한 눈으로 대한을 바라본다.

연지 - 대한아! 이상하게 처음엔 정말 아프더니 지금은 소름끼치도록 느낌이 좋아! 마치 내 몸이 부웅 하늘에 떠 있는 거 같아! 너무 이상해!

대한 - 그래? 그럼 내가 누나를 홍콩으로 보내 준 거야? 하하하!

연지 - 치! 비아냥거리지 마! 야~ 그런데 밑에가 뻐근하고 아파! 다리에 힘도 풀린 거 같고….

대한 - 신기하게 대학생인데 모태솔로라니깐 어색하다 진짜! 이제부터 누나는 내 덕분에 진짜 여자가 된 거야! 내가 누나를 진정한 여자로 만들어 줬으니까 앞으로 누나라는 호칭은 생략하자! 어때?

연지 - 장난해? 그래도 누나는 누나지!

대한 - 또 노인네 같은 소리 한다! 나한테 누나 소리 듣고 싶어? 아~ 됐어!

연지 - 아… 아니야! 알았어! 니 마음대로 해! 누나라는 말은 빼도 돼!

대한 - 진짜? 그래! 그러면… 연지야! 이리 와 봐! 하하하!

연지 - 뭐야~ 너! 완전 느끼하거든! 헤헤!

대한과의 첫날밤으로 연지는 22년간 곱게 지켜왔던 순결을 깨고 모태솔로에서 진정한 여인으로 다시 태어난다. 이날을 기회로 대한과 연지는 자연스럽게 본격적인 연인관계로 발전하기 시작한다. 침대에서 일어서려던 연지가 연이은 정사의 후유증으로 완전히 다리가 풀려 자리에 주저앉는다.

대한 - 힘들면 그냥 잠시 좀 누워 있어!

연지 - 아… 그래. 그래야겠어!

대한 - 우리 출출한데 야식이나 시켜 먹을까?

연지 - 그래. 그러자! 근데? 대한아! 혹시 내 몸에 무슨 문제가 생긴 건 아니겠지? 아직도 다리에 힘이 하나도 없어!

대한 - 하하하! 아무 문제없어! 괜찮아! 괜찮을 거야. 근데… 야식은 뭐 먹을래?

연지 - 음… 시원한 냉면이나 콩국수 먹을까?

대한 - 오케이! 그게 딱이겠다!

대한과 연지가 첫날밤을 보내고 한 달이 지난 어느 날. 연지의 임신 소식을 듣고 대한이 깊은 고민에 빠진다. 이제 갓 스무 살이 된 대한과 대학교 2학년에 재학 중인 연지는 아직 경제적으로 독립하지 못한 상황이라 아이를 낳아서 키울 수 있는 형편이 아니었다. 한참을 고심하던 대한과 연지는 어쩔 수 없이 현실적인 문제를 고려하여 임신 중절수술을 결심하게 된다. 결국 연지가 임신 중절수술을 하게 되자 대한은 그녀가 얼른 몸을 회복할 수 있도록 지극정성으로 돌본다. 하지만 이 둘의 사랑은 그리 오래 가지는 못했다. 어느 순간부터 두 사람의 마음이 조금씩 식어가더니 대한에게 지나치게 집착하는 연지에게 힘들어하던 대한이 결국엔 이별을 통보하고 헤어진다. 우석의 뜬금없는 제안으로 시작된 성효와의 삼각관계 경합에서 지략으로 승리하며 연지를 쟁취한 대한의 사랑도 얼마 가지 않아 막을 내리게 된 것이다.

서진호텔
(더 큰 세상을 향해)

가을이 막 시작될 무렵. 대한이 커피숍 창가에 홀로 앉아 있다. 무언가 깊은 상념에 빠진 대한이 창밖으로 지나는 차량들을 무심히 바라보며 혼잣말을 중얼거린다.

"나도 이제 성인이다. 앞으로의 인생을 어떻게 살아야 할까? 이런 시골구석에서 성공을 한다고 해도 기껏해야 장사꾼 수준을 벗어날 수 없을지 모른다. 더 넓은 세상으로 나가야 보는 눈도 넓어질 것이고 기회도 생길 것인데… 좁아 터진 동네에서 이대로 머물다가는 우물 안 개구리 신세를 영영 면할 수 없을 것이다. 세상은 넓고 할 일은 많다는데 여기서 내가 할 수 있는 일이라고는 별반 없다. 있다고 해도 큰 성공을 이루기는 어려울 것이다! 사내가 성공을 한다는 건 돈과 권력이 조화를 이루어야 한다. 하지만 이곳에서는 돈도 권력도 크게 이루기가 쉽지 않다. 어쩐다? 이곳을 떠나서 큰 세상으로 나가야 하나? 아니면 우물 안 개구리가 되어 이대로 여기에서 머물러야 하나? 그래! 일단 무엇이든 시작해 보자! 시도하지 않으면 한 발자국도 앞으로 나갈 수 없다. 나는 실패할 권리를 가지고 있는 청춘이다. 설사 넘어지고 깨어진다고 하더라도 많은 일을 도전하고 경험해 보자. 그래야 돈이든 권력이든 만들 수 있는 기회가 생기게 될 것이다!"

대한의 얼굴에 비장함이 서린다. 지금까지는 어린 치기로 좌충우돌하며 살아왔지만 이제는 더 이상 그렇게 살아서는 안 된다고 스스로 굳은 다짐을 한다. 온 마음을 다해 사랑했던 백장미와의 이별의 아픔과 이런저런 일들로 겪었던 가슴 저린 마음의 상처들을 경험하면서 대한은 지역사회를 벗어나 큰 세상으로 나가 반드시 성공을 해야겠다고 마음속으로 다짐하기 시작한다.

대한이 넓은 세상으로 나가고자 하는 새로운 꿈을 꾸기 시작할 무렵, 평소에 대한에게 지대한 관심을 가지고 오랫동안 지켜보아왔던 최춘삼이 호텔 관계자에게 대한을 소개시킬 기회를 마련한다. 최춘삼이 대한과 커피숍에 마주 앉아 있다.

최춘삼 - 대한아! 내 친구가 곧 호텔을 인수하게 됐는데… 그 친구가 똑똑하고 야무진 사람이 필요하다고 그러네? 혹시나 니가 그쪽에서 경험을 좀 쌓아 보는 건 어떨까 싶은데… 니 생각은 어떠냐?

대한 - 호텔이요? 저는 아직 그런 쪽 일은 해 본 경험이 없어서… 조금 부담스럽긴 하지만 만약에 그렇게만 된다면 저에게도 좋은 기회가 될 수 있겠네요. 까짓것 한번 해 볼게요! 최사장님!

대한의 결심을 듣고 최춘삼이 그 자리에서 바로 휴대폰을 꺼 내 호텔을 인수한 친구에게 전화를 한다.

최춘삼 - 어~ 윤사장 나야! 지난번에 얘기했던 동생 있지? 내일쯤 자네 한테 올려보낼 테니까 내 친동생처럼 생각하고 잘 좀 돌봐 줬으면 좋겠 어! 부탁하네! 친구!

최춘삼이 통화를 마치고 대한에게 호텔 관계자의 연락처와 이 름을 적어 건네준다.

최춘삼 - 이건 그 호텔 사장의 휴대폰 번호야! 형하고는 아주 절친한 사 이니까 만나더라도 너무 부담은 갖지 말고… 아~ 참! 그리고 내일 출발 하기 전에 미리 윤사장한테 연락하라고 하더라고.

대한 - 네 알겠습니다! 최사장님! 저한테 이렇게까지 신경 써 주셔서 정 말 감사합니다!

최춘삼 - 형이 그동안 대한이 널 유심히 지켜봤는데! 어린 나이에도 불 구하고 니가 사람을 끌어당기는 흡인력도 있고 무엇보다도 주변 애들에 비해서 존재감이 남달라 보였지! 그래서 형 친구 윤사장한테 너를 몇 번 추천을 했었던 거야. 난 니가 상남에 올라가서도 틀림없이 니 능력을 발 휘할 수 있을 거라고 생각한다. 대한아!

대한 - 예! 감사합니다! 최사장님! 상남에 올라가서도 제 밥값은 충분히 할 테니까 너무 염려하지 않으셔도 됩니다.

최춘삼이 손에 들고 있던 손가방의 지퍼를 열더니 미리 준비해 두었던 흰 봉투 하나를 꺼내 대한에게 건네준다.

최춘삼 - 아우야! 이거는 올라가서 혹시 돈이 필요할 수도 있을 것 같아서 준비한 거니까! 부담 갖지 말고… 가지고 가서 꼭 필요할 때 비상금으로 사용해라! 호텔에 도착하면 나한테 꼭 전화하고… 알았지?

대한 - 예! 사장님! 꼭 그리 하겠습니다! 정말 고맙습니다!

최춘삼이 동생 대한에게 100만 원짜리 수표 한 장을 봉투에 넣어 준다. 대한과 최춘삼, 그리고 그의 친구 윤사장과의 새로운 인연은 이렇게 시작된다.

다음 날. 대한은 선후배 친구들과 간단한 작별인사를 나누고 진산역으로 향한다. 대한의 친구 우석과 용식, 선배 성효가 떠나는 대한을 역사까지 따라나와 배웅한다. 대한이 기차에 올라 아쉬운 표정으로 손을 흔들고 있는 친구들과 선배에게 손을 흔든다. 이대로 헤어지면 언제 이들을 다시 보게 될지 모르는 일이었다.

어느새 대한을 태운 기차가 상남역에 도착한다. 대한이 여행용 가방을 끌고 새마을 열차에서 내려 홀로 플랫폼을 빠져나온다. 역 앞에는 목련색 에쿠스(세단) 차량이 비상등을 켜 놓은 채 대한을 기다리고 있다. 인상이 험상궂게 생긴 사내 셋이 대한을 맞는다. 대한보다 10살이 많은 윤사장은 110kg 정도의 거구였고, 영주파 출신의 김중배와 성동파 출신의 최준석은 친구 사이로 대한과는 20년의 나이터울이 있는 서진관광호텔의 이사 임원이었다. 대한이 앞으로 생활하게 될 상남에서 처음으로 만난 세 사람과 인사를 나눈다. 대한이 이들의 차량을 타고 서진호텔로 향한다.

호텔에 도착한 그들이 서진관광호텔 이대산 회장을 만나고 있다.

이회장 - 윤사장한테 얘기 많이 들었어요. 반가워요! 서진호텔 회장 이대산입니다!

대한 - 인사드리겠습니다! 회장님! 박대한입니다!

이회장 - 박대한씨? 오~ 인물이 아주 훤하구만 그래. 꽤나 힘 좀 쓰겠어! 하하하!

윤사장 - 저… 회장님! 호텔에서 대한씨의 직위를 어떻게 하면 좋을까요?

이회장 - 대한씨는 우선! 우리 호텔 상무로 임명하고 윤사장을 도와서 지하 나이트클럽까지 맡아서 관리해야 하니까 상무로서 대한씨의 품위가 절대로 빠지지 않도록 각별히 신경 쓰세요!

윤사장 - 예! 알겠습니다! 회장님!

최준석 이사 - 그러면 회장님! 오늘 저녁식사는 어떻게 할까요?

이회장 - 9층 레스토랑에서 합시다! 이제부터 대한씨는 박상무라고 부를게! 박상무는 대충 숙소로 가서 짐 정리하고 좀 쉬다가… 저녁 6시까지 레스토랑으로 와요!

대한 - 네! 알겠습니다. 회장님!

윤사장 - 그럼 저는 박상무랑 객실 좀 안내해 주고 저녁시간에 맞춰서 레스토랑으로 올라가겠습니다!

대한이 깊이 고개를 숙여 이대산 회장에게 정중히 인사를 드리고 윤사장을 따라 숙소로 사용하게 될 객실로 향한다. 객실 앞에 도착하자 윤사장이 열쇠를 건네주며 간단히 사용방법을 알려 준다. 대한이 안내받은 객실 문을 열고 들어선다. 객실 안에는 화이트 톤으로 깔끔하게 정돈된 침대와 화장대가 놓여 있고 큼지막한 거실에 손님 접대용 소파도 놓여 있었다. 그는 객실 내부를 여기저기 둘러보고 창가로 다가가 커튼을 열어젖힌다. 창밖으로 호텔 주차장이 훤하게 내려다보인다. 대한은 긴장감과 함께 알 수 없는 기대로 가슴이 두근거리는 것을 느낀다. 그는 가방에 있던 짐을 대충 풀어서 정리를 마치고 약속된 만찬 시간이 다가오자 호텔 9층에 위치한 레스토랑으로 올라간다. 레스토랑 안으로 들어서자 여직원이 대한을 알아보고 다가와 정중하게 인사를 건넨다. 어색한 듯이 대한도 여직원에게 가볍게 고개를 끄덕여 답례한다.

여직원 - 안녕하십니까? 박상무님! 김유리 팀장입니다. 호텔 임원진께서 기다리고 계십니다. 제가 만찬 자리로 안내해 드리겠습니다!

대한이 여직원의 안내를 받아 레스토랑 VIP실로 들어서자 이회장을 비롯한 호텔의 주요 임원급 10여 명이 먼저 도착해 만찬 테이블에 앉아 있다. 대한이 호텔 임원들에게 가볍게 목례하고 안내받은 이대산 회장 바로 옆자리에 앉으며 주위를 둘러본다. 그에게는 아직 모든 것이 새로웠다. 마치 영화 속에서나 보아왔던 것 같은 새로운 세계를 경험하는 대한은 호텔 임원들과의 첫 만남에 묘한 설렘을 느낀다. 이회장이 만찬에 참석한 임원들을 둘러보며 천천히 인사말을 시작한다.

이회장 - 자! 내 옆에 있는 이 사람은 이제부터 우리 서진관광호텔의 상무직을 맡아 지하 나이트클럽까지 관리하게 될 박대한 상무입니다. 이제부터 여러분들과 한 식구가 되었으니까 나중에 혹시 만나더라도 서로 어색하지 않게 상견례가 필요할 것 같아서 이렇게 만찬을 준비했습니다. 자 그럼~ 박상무! 일어나서 간단히 인사 좀 하지!

대한 - 안녕하십니까? 금일부로 상무직을 맡게 된 박대한이라고 합니다! 앞으로 잘 부탁드리겠습니다!

호텔임원들 - 인사말이 간단해서 좋습니다! 박상무님! 서진호텔 가족이 되신 걸 진심으로 환영합니다! 자~ 박수!

윤사장 - 저… 이사님들! 오늘 인사드린 박상무는 앞으로 회장님을 가까이에서 보필하면서 나이트클럽 재오픈 준비에 집중할 수 있게 할 계획입니다! 여러 임직원께서 양해를 좀 해주셨으면 좋겠습니다. 아무래도 저 혼자 힘으로는 역부족이라서 박상무의 도움이 필요합니다!

김중배 이사 - 그래! 좋아! 윤사장 뜻대로 하지!

윤사장 - 고맙습니다! 이사님!

김중배 이사 - 그리고 윤사장! 밑에 있는 지하 나이트클럽 말이야. 뉴타운파 그 새끼들한테 돈이나 몇 푼 쥐어 주고 빨리 내보내든지… 아니면 전쟁을 시원하게 하든지… 빨리 결단을 내리란 말이야! 언제까지 그놈들 편의를 봐줄 건가?

윤사장 - 이사님 뜻은 잘 알지만 물리력으로 해결하는 건 서로에게 출혈이 너무 큽니다. 박상무도 왔으니까 잘 상의해서 조치하겠습니다. 조금만 더 시간을 두고 기다려 보시죠!

최준석 이사 - 그래~ 김이사! 그러자고! 윤사장! 급할수록 돌아가라는 말 있잖아? 아직 시간이 좀 있으니까 서두를 거 없어. 저기… 박상무는 편하게 술 한잔 하고 오늘은 푹 쉬라고….

대한 - 네! 알겠습니다! 근데요… 이사님! 아직 제가 호텔 실정을 잘 몰라서요~ 지하 나이트클럽은 지금 영업을 하고 있습니까?

최준석 이사 - 영업은 하고 있지. 그런데 월세, 전기세도 밀려서 말이야… 정리도 못 하고 있고… 계약기간이 끝난 지가 벌써 몇 달이 지났는데도 나가래도 나가지도 않고 그 새끼들 아주 막무가내로 그냥 버티고 있는 거야.

김중배 이사 - 뉴타운파 건달이란 놈들이 지저분하게 붙잡고 늘어지고 있어서 말이야. 전쟁을 치르는 한이 있더라도 빨리 내보내야지. 영 모양새가 안 좋단 말이지.

대한 - 그러시면 이사님! 저녁식사 끝나고 제가 나이트클럽에 내려가서 술 한잔 하면서 그쪽 상황을 살펴봐도 되겠습니까?

최준석 이사 - 오~ 그래? 박상무가 역시 젊으니까 씩씩해서 좋구먼! 그럼 윤사장하고 둘이 내려가서 술 한잔 해부러!

윤사장 - 예! 그렇게 하겠습니다! 이사님!

이회장 - 저… 박상무 자네 말이야. 혹시라도 성급하게 행동하면 문제가 생길 수 있으니까… 먼저 윤사장하고 상황을 잘 파악하고 난 다음에 방법을 찾아보도록 하라고… 시간은 충분히 있으니까 말이야.

대한 - 예! 회장님! 염려 마십쇼!

호텔 임직원들과의 상견례 자리에서 눈치가 빠른 대한은 이대산 회장의 고충을 금세 파악한다. 만찬이 끝나고 대한이 윤사장, 최준석과 함께 지하에 있는 호텔 나이트클럽으로 내려간다. 최준석 일행이 엘리베이터에서 내리자 기다리고 있던 웨이터가 그들을 나이트클럽에서 제일 큰 룸으로 안내한다. 호텔 임원들이 클럽에 들어왔다는 소식을 들었는지, 갑자기 룸 담당웨이터를 급사장(급사장은 웨이터 중에서 가장 직위가 높은 웨이터를 지칭하는 말로 급사장이 영업과 모든 웨이터들의 조정, 통제를 담당한다)으로 바꾸고 테이블에 고급 양주와 안주를 세팅한다. 급사장(박정희)이 고급 양주를 개봉해서 최준석 일행에게 정중히 술을 따르고 인사를 한 후에 룸을 나간다.

최준석 이사 - 윤사장하고 박상무도 편하게 주량껏 마시라고… 괜히 내 눈치 보지 말고… 오늘은 편하게 자리하자고… 응?

대한 - 예! 이사님! 여기 나이트클럽은 누가 운영하는 겁니까?

윤사장 - 그건 내가 말해 주지. 뉴타운파 김정을이란 사람인데, 초창기에는 영업도 잘 되고 돈도 잘 벌고 그랬다고 하네. 그런데 왜 그렇게 된 건지는 잘 모르겠지만 갑자기 영업진이 모두 바뀌면서부터 손님이 줄어들기 시작했어. 나이트클럽을 마치 룸살롱을 운영하듯이 하다 보니까⋯ 홀 손님이 자연적으로 줄어들게 된 거지. 그래서 지금은 직원들 월급에 전기세까지 밀려서 거의 파산 직전까지 오게 된 거야.

대한 - 아~ 그렇군요! 그렇게 경영상태가 좋지 않으면 영업진을 교체하면 되는 거 아닙니까?

최준석 이사 - 그래도 그건 아니지. 그게 그렇게 말처럼 쉽지가 않아! 왜냐하면⋯ 김정을이라는 사람 자체가 건달인데다가 나이트클럽에는 본인의 체면도 걸려 있다는 거야. 또 그 사람 밑에는 챙겨야 할 부하들도 있고⋯ 내가 들은 정보에 의하면⋯ 클럽은 매일 적자가 나고 있는데 김정을의 부하들은 꼬박꼬박 월급만 챙겨가고 있다는 거야. 골 때리는 상황인 거지.

대한 - 저는 그 김정을 사장이 오히려 잘 이해가 안 갑니다. 혹시 그 사람이 부하들에게 무슨 책잡힌 것이라도 있는 건 아닐까요?

윤사장 - 글쎄? 그건 아마도 아닐 거야. 내 생각엔 김사장한테 빨대 꽂고 있는 놈들만 제거하면 손쉬울 것 같은데⋯.

대한 - 그러면 그 김사장 부하들만 처리하면 되는 거 아닙니까? 제가 어떻게든 처리해 보겠습니다. 방법을 한번 찾아 볼게요!

윤사장 - 괜히 무력으로 상대하려고 하면 조직들 간의 큰 싸움으로 번져서 자칫 일이 커질 수도 있어 박상무! 신중해야 돼!

대한 - 알겠습니다! 저는 조직의 힘은 빌리지 않고 그냥 저 혼자서 처리

하겠습니다. 어차피 뉴타운파 애들은 명분을 가지고 제가 상대하는 것
이 맞을 것 같습니다.

윤사장 - 음… 그렇지! 그렇다면 박상무가 생각하고 있는 방법은 뭐지?

대한 - 지금 뉴타운파 김사장 식구들은 경영악화로 회생불능 상태고 저
희 호텔 측과 계약기간도 끝났기 때문에 명분으로나 힘으로도 저를 이
길 수는 없습니다! 다만 김사장 식구들도 건달인데 그쪽 체면이 크게 상
하지 않도록 모양새를 잘 갖춰 주는 것이 좋지 않을까 하는 생각이 듭니
다.

윤사장 - 그래? 모양새라….

대한 - 제가 며칠 동안 지켜본 다음에 좀 더 구체적인 해결 방법을 말씀
을 드리겠습니다.

최준석 이사 - 오~ 그래! 박상무가 말을 시원시원하게 하니까 내 속이
뻥 뚫리는구먼! 나이는 어리지만 꽤 믿음이 가네! 그려!

대한 - 최악의 경우에는 조직 간에 큰 싸움이 날 수도 있지만 저희 호텔
측에는 성동파 최준석 이사님과 영주파 김중배 이사님이 계시니까 그
힘을 조금만 빌린다면 저 혼자서도 충분히 끝낼 수 있습니다!

최준석 이사 - 역시 박상무가 핵심을 쉽게 잘 짚는구먼. 그려… 무슨 말
인지 나는 살짝 알아들었네. 저기… 난 내일 스케줄이 있어서 먼저 일어
날 테니까 편하게들 자리하게나!

최준석이 술잔을 비우고 일어나 그들과 악수를 하고 룸 밖으
로 나간다.

잠시 후 뉴타운파 김정을 사장이 노크를 하고 룸으로 들어온다. 윤사장이 자리에서 일어나 김사장에게 인사하고 옆에 있는 대한을 소개한다. 뉴타운파 김사장은 큰 조직의 중간보스답게 크고 탄탄한 체구와 날카로운 눈매를 가지고 있었다. 대한과 김사장이 서로의 속마음을 감추고 눈빛을 교환하며 상대방을 탐색하기 시작한다. 김사장 생각에 대한과 자신의 나이 차이가 많다고 생각했는지 불편한 기색을 보이며 곧 자리를 뜬다.

잠시 후 스테이지에서 춤을 추고 있던 늘씬한 몸매의 러시아 아가씨 두 명이 룸 안으로 들어온다. 대한의 옆에 앉은 나탈리아는 19세였고 건너편 윤사장 옆에 앉은 소피아는 22세였다. 처음으로 러시아 아가씨와 파트너가 된 대한이 옆에 앉아 있는 무용수 나탈리아를 신기한 눈으로 바라본다. 이 모습을 지켜보던 윤사장이 빙그레 웃는다.

윤사장 - 여기는 관광호텔 나이트클럽이라서 해외 외국인 무용수와 밴드를 채용할 수 있지. 또 이렇게 러시아 아가씨들을 손님 테이블에 앉히면 TC가 5만 원 정도인데 그 중에서 아가씨들에게 차지비로 2만원이 돌아가고 나머지 3만원은 관리자의 몫이 되는 거야. 거기다가 애프터 비용까지하면 훨씬 수익이 크지… 우리 호텔 나이트클럽에 소속된 무용수 숫자만 해도 한 40여 명 정도가 되니까… 그럼 계산이 나오지? 여기서 아가씨 한 명당 보통 한두 테이블 정도는 매일 들어가니까 꽤 큰 수익이 나오는 거지.

대한 - 와~ 규모가 꽤 크네요! 그러면 에이전시하고 러시아 무용수들 관리는 누가 하나요?

윤사장 - 아까 만났던 뉴타운파 김정을 사장이 그쪽을 꽉 잡고 있어.

대한 - 그렇다면 김정을 사장을 아주 무시할 순 없다는 것인데… 차라리 저희 쪽으로 합류시키는 방법도 고려해 봐야겠군요.

윤사장 - 그렇지! 우리 쪽으로 합류를 시킬 수 있다면야 좋을 수도 있겠지만… 만약 그렇게 할 수 없다면 어쩔 수 없지만 잘라내야지.

대한 - 그 문제는 제가 한번 머리를 잘 굴려 보겠습니다. 윤사장님!

윤사장 - 그래! 신중하게 움직여 보자고….

윤사장과 대한의 대화를 멀뚱거리며 쳐다보던 러시아 무용수 나탈리아가 대한에게 얘기는 그만 하고 술을 마시자며 투정을 부린다.

나탈리아 - 헤이! Mr. Park 오빠! 우리 술 마셔! 같이!

윤사장 - 박상무! 나탈리아가 자네를 맘에 들어하나 보네. 내가 듣기로는 콧대 높은 아가씨라던데… 하하하!

대한 - 설마요~ 윤사장님! 나탈리아! 그래. 알았어! 원샷!

나탈리아 - Mr. Park! 우리 노래해! 오빠!

갑자기 나탈리아가 장국영의 'To You'를 부르며 대한의 손을 잡아끈다. 소피아도 윤사장을 안고 나탈리아의 노래에 맞춰 블루스를 추기 시작한다. 간주가 나오자 나탈리아가 대한에게 노래 선곡 책자를 건네주며 노래를 하라고 보챈다.

나탈리아 - 오빠! 노래해! 나탈리아 오빠 노래 듣고 싶어! 빨리!

윤사장 - 그래. 박상무! 한 곡 불러 봐!

소피아 - Mr. Park! 노래! 빨리빨리!

어쩔 수 없다는 듯 대한이 Michael Learns to Rock의 'That's why'라는 곡을 예약하자 이 곡이 어떤 곡인지를 잘 알고 있는 나탈리아와 소피아가 소리를 지른다. 간주가 흐르기 시작하자 나탈리아가 대한에게 마이크를 건네주고 대한이 노래하기를 기다리며 뚫어져라 대한을 바라본다.

"♪ Baby, won't you tell me why, There is sadness in your eyes···. ♫"

대한의 감미로운 노랫소리가 룸을 감싼다. 지그시 눈을 감고 읊조리듯 노래하는 그를 바라보며 나탈리아가 대한에게 조금씩 호감을 느끼기 시작한다. 어느덧 술자리가 거의 끝나간다. 대한의 서진호텔 상무로서의 첫 일정도 이렇게 끝나가고 있었다. 윤사장과 대한이 술자리를 끝내려고 하는데 나탈리아가 대한에게 볼펜과 메모지를 건네더니 휴대폰 번호를 적어 달라고 조른다. 그 상황이 난처했는지 대한이 윤사장을 멈칫하며 바라본다. 그러자 윤사장이 미소를 지어 보이며 눈을 찡긋한다. 대한에게서 휴대폰 번호를 적은 쪽지를 건네받은 나탈리아가 메모지를 잘 접어 앞가슴에 챙겨 넣으며 웃음이 가득한 얼굴로 그를 바라본다. 이런 나탈리아의 적극적인 모습이 쑥스러웠는지 대한의 얼굴이 조금 불그스름해진다.

호텔 나이트클럽 룸에서 나온 대한이 윤사장과 함께 엘리베이터를 타고 객실로 향한다. 그에게는 긴 하루였다. 대한은 이곳 서진호텔에서 앞으로 어떤 일들이 있을지 미래를 알 수는 없었지만 나이도 어린 자신에게 상무라는 제법 중요한 직함을 준 것도 그렇고, 호텔의 임직원 중 한 사람으로 중용한 것도 그렇고, 그가 호텔에서 해야 할 책임이 결코 가볍지 않다는 것을 짐작할 수 있을 것 같았다. 대한이 고향을 떠나오기 전 생각했던 성공을 위한 기회와 경험의 의미를 다시 한번 생각한다.

객실로 돌아온 대한이 샤워를 마치고 나이트가운을 걸친 채 머리를 말리고 있다. 그때였다. 방금 전까지 술자리를 함께했던 나탈리아로부터 전화가 걸려온다.

나탈리아 - Mr. Park 오빠! 나 나탈리아! 오빠 지금 보고 싶어!

대한 - 오빠 지금 많이 피곤해! 다음에 보자! 나탈리아!

나탈리아 - 오빠 어디 있어요? 룸 몇 호예요?

대한 - 나? 여기 701호! 근데 그건 왜…?

나탈리아 - 701호? Okay! Wait! Mr. Park!

전화 통화가 끝나고 얼마 지나지 않아 그의 객실 초인종이 울린다. 대한이 '누구지?' 하고 궁금해하며 객실 문을 열자 나이트클럽 룸에서 만났던 나탈리아와 소피아가 소주와 마른안주를 들고 객실 앞에서 환하게 웃고 있다. 대한은 나탈리아와 소피아의 갑작스런 방문에 어리둥절한 표정이다. 대한이 어색하게 미소를 지으며 나탈리아와 소피아에게 들어오라고 손짓을 한다. 나탈리아가 객실로 들어서자 향기를 맡으며 향기가 좋다고 너스레를 떤다.

나탈리아 - 흐음… Wow! VIP room 대박 좋아요! 오빠! 나 여기 향기 좋아요!

대한 - 그래? 근데… 니들은 잠도 안 자고 여기는 왜 왔어?

소피아 - Mr. Park! 내 친구 friend 나탈리아 많이많이 좋아해! 그래서 술 가져왔어. 오빠 괜찮아요?

대한 - 하하하! 그래! 땡큐다! 이왕 이렇게 된 거 술이나 같이 마셔 보자.

나탈리아와 소피아가 익숙하게 거실장으로 가더니 온더록 유리잔과 얼음통을 꺼내 거실 테이블 위에 올려놓는다. 그리고는 거실 테이블 주변에 의자를 가져다 놓고 둘러앉더니 유리잔에 소주를 반쯤 채워 마치 음료수를 마시듯 소주를 벌컥벌컥 마신다. 그녀의 모습에 놀란 대한의 눈이 휘둥그레진다.

대한 - 와아~ 니들 진짜 술 잘 마신다! 그렇게 마시면 금방 취하지 않아?

나탈리아 - Hey Mr. Park. 우리 Russia에서 Bacardi 마셔요~ 독한 술! 한국 술 하나도 안 독해요!

소피아 - 소피아 Bacardi 한 병 마셔요! 그것이 보통입니다.

대한 - 그래? 요것들 완전히 알콜들이네! 이거! 와….

나탈리아 - 알콜? 그게 무슨 말?

대한 - 어? 아니야. 나탈리아! 한잔 해!

대한은 고향 진산을 떠나 상남으로 올라온 첫날부터 술자리를 함께한 인연으로 러시아 무용수 나탈리아, 소피아와 밤새도록 술을 마시며 조금씩 가까워진다. 대한은 나탈리아와 소피아로부터 러시아에서 먼 이국땅인 한국까지 건너와 돈을 벌기 위해 어쩔 수 없이 야간업소 일을 해야만 했던 가슴 아픈 사연을 듣는다. 인정이 많은 대한은 그녀의 이야기를 들으며 어려움을 겪었을 이들의 사연에 마음이 찡해지는 것을 느낀다. 대한은 나탈리아와 소피아를 격려하고 아무도 없는 이국땅에서 외롭게 생활해야 하는 이들의 좋은 오빠가 되어 주기로 약속한다.

다음 날 아침. 휴대폰 알람 소리에 깨어난 대한이 커튼을 걷으려 하다 바닥에서 술에 취해 자고 있는 나탈리아와 소피아를 발견한다. 대한이 측은한 마음에 이불을 가져와 덮어 준다. 대한이 정장으로 갈아입고 지하 1층에 있는 사우나로 향한다. 라커룸에 옷을 벗어 넣고 사우나실로 들어가자 언제 왔는지 윤사장이 땀을 흘리고 있다.

윤사장 - 박상무! 이제 일어났구만 그래. 하하하!

대한 - 예! 사장님! 새벽까지 술을 마시다가 조금 늦었습니다! 죄송합니다.

윤사장 - 아니… 아니… 늦은 거 아니야! 박상무는 매주 월요일 오전 9시에 있는 임직원 회의에만 잘 참석하면 되고, 그 외 시간은 나이트클럽이나 회장님의 특별업무 지시가 없으면 그냥 편하게 쉬면서 할 일을 하면 돼!

대한 - 알겠습니다! 저한테 너무 과분하게 배려해 주시니까 조금 부담스럽긴 합니다. 윤사장님!

윤사장 - 부담가질 거 없어! 받은 만큼 밥값 하면 되는 거니까… 우리 호텔은 4성급이야! 그러니까 격에 맞도록 처신 잘 하고… 내 말뜻 알겠지? 이제 슬슬 아침식사나 하러 가자고….

사우나를 마친 윤사장과 대한이 레스토랑으로 향한다. 테이블에는 이미 조식이 준비되어 있었다. 테이블에 앉으며 윤사장이 총지배인을 부르더니 대한에게 인사를 시킨다. 조금 있자니 웨이트리스가 스프를 가져온다.

윤사장 - 따뜻한 스프가 술 마신 다음 날 아침에 속을 진정시키는 데는 제법이지.

대한 - 그런가요? 그럼 저도 스프에 샐러드로 간단하게 먹어야겠어요.

윤사장 - 레스토랑에 있는 건 마음껏 챙겨 먹어도 돼! 조식은 여기서 챙겨 먹고 필요한 거 있으면 총지배인한테 얘기해서 한식이든 뭐든 챙겨 먹으라고. 알겠지?

대한 - 예! 윤사장님! 잘 알겠습니다!

조식을 마친 윤사장과 대한이 호텔 사무실에 들러 직원들과 상견례를 마치고 이사실로 간다.

최준석 이사 - 그래… 박상무! 어제는 편히 잘 쉬었나? 자~ 이거 받게!

대한 - 예! 최이사님! 덕분에 잘 쉬었습니다! 그런데 이건 뭐죠?

최준석 이사 - 이거는 에쿠스 차량 리모컨하고 법인카드일세. 명색이 호텔의 상무라면 갖출 것은 갖추고 있어야지. 업무 볼 때 필요한 지출은 법인카드로 하고 한도는 월 500만 원이니까 그거면 충분할 걸세. 개인적으로 돈이 필요하면 나한테 언제든지 얘기하고….

대한 - 네? 이걸… 받아도 되는 겁니까?

최준석 이사 - 부담 갖지 말고 받아두게. 호텔 측에서 제공하는 거니까! 그럼 나가 보게!

대한 - 예! 최이사님! 감사합니다! 그럼 먼저 일어나겠습니다.

최준석 이사 사무실에서 나온 대한이 로비 옆 커피숍에 앉아 커피를 마시고 있다. 대한이 차량 리모컨을 만지작거리며 잠시 생각에 빠진다. '내가 이렇게 과한 대접을 받아도 되는 건가? 대형 세단 차량에 법인카드까지… 내가 과연 이 정도로 가치가 있는 존재인가? 마치 꿈을 꾸는 거 같다!' 그때였다. 혼자 커피숍에 앉아 있는 대한을 보고 윤사장이 다가온다.

윤사장 - 음… 여기에 있었구먼! 방금 최준석 이사님 만나고 내려오는 길이야. 업무에 필요한 것들을 주신 거니까 부담은 갖지 말고… 각자의 위치에서 최선을 다하면 되는 거다. 알겠지? 박상무?

대한 - 예! 하긴 제 미래의 가치에 비하면 이 정도의 처우는 당연할지도 모르겠습니다. 윤사장님~ 하하하!

윤사장 - 하하하! 그래~ 그렇지! 박상무! 아! 그리고 이거는 옷값이야. 의류는 법인카드로 결제하면 안 된다고 하니까 현찰로 사용해.

대한 - 예! 알겠습니다! 그러면 아직 시간도 좀 여유 있고 그러니까 잠시 백화점에 다녀와도 되겠습니까?

윤사장 - 그럼. 물론이지! 그렇게 해!

대한에게는 서진호텔에서 겪는 모든 것들이 낯설다. 하지만 상황 판단력이 뛰어난 대한은 그때그때의 상황을 보아가며 적절하게 처신한다.

윤사장과 헤어진 대한이 커피숍을 나와 객실로 돌아온다. 대한이 인터폰을 들고 프런트를 호출한다.

호텔직원 - 네! 상무님! 혹시 필요한 게 있으신가요?

대한 - 제가 이쪽 지리를 잘 몰라서 그러는데 정장이나 옷을 구입할 만한 곳이 있나요?

호텔직원 - 그러시면 호텔에서 가까운 강남으로 가시는 것이 좋을 것 같습니다. 강남에는 백화점이 몇 군데 있습니다! 상무님!

대한 - 아~ 그래요? 알겠습니다! 고마워요!

대한이 정장을 구입하기 위해 막 객실을 나서는데 나탈리아에게서 전화가 걸려온다. 나탈리아가 배가 고프다며 투정을 부린다. 대한이 '씽긋' 웃으며 나탈리아에게 주차장으로 내려오라고 한다. 잠시 후 청바지와 흰색 긴팔 나이키 티셔츠를 입고 갈색 톤의 구찌 선글라스를 쓴 나탈리아가 금발의 긴 생머리를 찰랑거리며 주차장으로 내려온다. 대한이 운전석 창문을 열고 나탈리아를 부른다. 나탈리아가 조수석 문을 열고 쌩긋 웃으며 차에 오른다. 신장 175㎝의 늘씬한 나탈리아가 앉기에는 조수석이 다소 비좁아 보인다. 대한이 보조석 전동시트를 움직여 나탈리아가 편히 앉을 수 있도록 자리를 조정해 준다. 이런 대한의 배려가 고마웠던지 그녀는 그윽한 눈으로 바라본다. 대한이 호텔 주차장을 벗어나며 나탈리아에게 먹고 싶은 것을 묻는다.

대한 - 와우~ 나탈리아! 오늘 뷰티풀하네! 하하하! 근데 뭐 먹고 싶어?

나탈리아 - 나요~ 삼겹살! 아니… 음… 스파게티? 김치찌개?

대한 - 그래. 그러면 삼겹살 먹자! 근데 나탈리아 오늘 시간은 괜찮아?

나탈리아 - 나! 괜찮아요! 저녁 7시까쥐….

대한 - 그게 반말이냐? 존댓말이냐? 하하하! 어쨌든 시간은 충분하다는 거네? 그럼 지금 강남 갈 건데 강남 백화점 근처에서 삼겹살 먹고 쇼핑… 어때?

나탈리아 - 백화점 shopping? Okay! 나 괜찮아요!

대한이 나탈리아를 태우고 강남 방향으로 차를 몬다. 강남에 도착한 대한이 백화점에 가기 전 식사를 먼저 할 생각으로 백화점 부근에 있는 한 삼겹살집으로 들어간다.

잠시 후 대한과 나탈리아가 삼겹살을 구워 상추쌈에 싸서 맛있게 먹고 있다. 식당에 있는 사람들이 대한과 나탈리아 커플을 부러운 시선으로 연신 흘끔거린다. 나탈리아가 이런 분위기에는 이미 익숙하다는 듯 자신을 바라보는 사람들과 눈이 마주칠 때면 미소를 지으며 '안녕하세요?'라고 먼저 인사를 한다.

대한 - 나탈리아가 삼겹살에 김치를 맛있게 먹고 있으니까 모두들 신기한가 봐!

나탈리아 - 오빠! Mr. Park! No! No! 나탈리아 예뻐서 사람들 데이트하고 싶어 해! 사람들 나탈리아 예쁘다고 말했어. 오빠 예쁘다 왜 안 해요?

나탈리아가 대한이 예쁘다는 말을 해주지 않는다며 투정을 부린다. 나탈리아가 투정을 부리는 모습을 보며 평소 무뚝뚝하던 대한도 입가에 절로 미소가 지어진다. 대한이 나탈리아의 투정이 아직은 어색한지 겸연쩍게 웃으며 나탈리아의 미모를 칭찬한다.

대한 - 아~ 내가 그랬어? 나탈리아 예뻐!

나탈리아 - Really? 오빠! Mr. Park! 예뻐~ 말! 매일매일 많이 듣고 싶어요!

옆 테이블에서 그들의 대화를 듣고 있던 중년의 아주머니가 부럽다는 듯 한마디 한다.

아주머니 - 아이고~ 두 분 너무 잘 어울린다~ 외국인 아가씨가 예쁘다는 말 많이 듣고 싶다고 그러잖아요~ 사랑은 국경도 초월한다던데… 두 분은 초월하셨네! 부러워요!

아주머니가 자신들을 부럽다고 하는 말을 들으며 대한과 나탈리아가 서로 마주 보며 웃는다. 나탈리아는 늘씬한 몸매와는 다르게 먹성이 좋았다. 어느새 주문한 삼겹살 3인분을 게눈 감추듯 다 먹어치웠다. 대한이 한국 음식을 잘 먹는 나탈리아가 신기한 듯이 삼겹살을 추가로 주문한다.

대한 - 여기요! 삼겹살 2인분 추가해 주세요! 와~ 근데 나탈리아! 한국 음식 잘 먹으니까 예쁘네! 많이 먹어!

나탈리아 - Okay… 우리 Russia… 삼겹살 돼지고기 비싸 못 먹어. 소고기 안 비싸요. 그래서 삼겹살 좋아요.

대한 - 아~ 그렇구나! 러시아는 우리나라하고 정반대다. 그치? 나탈리아 덕분에 하나 배웠네. 하하하!

나탈리아 - 소고기 Russia에서 자주 먹을 수 있어요. 돼지고기 Russia에서 비싸 못 먹어.

대한 - 거~ 참! 신기하네! 나탈리아 이거 다 먹고 백화점 가서 오빠 슈트 사야 돼!

나탈리아 - 알았어요! 오빠! 일할 때 옷 사러 가?

대한 - 넌 꼭 존댓말로 시작했다가 끝은 반말로 끝난다. 하하하!

대한과 나탈리아는 둘이서 삼겹살 5인분을 먹고도 김치찌개와 공깃밥까지 먹고 나서야 식당을 나선다.

백화점에 도착한 대한과 나탈리아가 신사복 정장코너로 가고 있다. 건장한 체격의 청년과 늘씬한 몸매의 금발 미녀 조합은 백화점 어디를 가도 사람들의 뜨거운 시선을 끌기에 충분한 조합이다. 대한은 백화점을 오가는 사람들의 시선이 자신과 나탈리아에게 쏠리는 것이 왠지 거북스럽다. 하지만 나탈리아는 마치 다른 사람들의 시선을 즐기기라도 하듯 생글생글 웃고 있다.

대한은 나탈리아의 이런 여유가 은근 부럽기도 하고 나탈리아의 속마음이 어떤 것인지 궁금하기도 하다.

대한 - 나탈리아! 사람들이 우리를 쳐다보는데 창피하지 않아?

나탈리아 - 나 괜찮아요! Mr. Park 같이 있어 좋아!

대한은 나탈리아가 자신에게 좋은 감정을 가지고 있는 것 같은 기분이 든다.

대한 - 여기가 남성복 매장이네. 어디로 갈까?

나탈리아 - 따라와요! Mr. Park!

나탈리아가 대한의 손을 잡고 거침없이 한 신사복 매장을 골라 들어간다. 사실 나탈리아는 러시아에서 의상디자인을 전공한 재원이다. 나탈리아가 몇 벌의 슈트를 골라 입어 보라며 대한에게 권한다. 매장 여직원들이 그녀의 남다른 패션 감각에 놀라는 눈치다.

여직원 - 어머~ 애인 분께서 패션 센스가 탁월하시네요! 손님에게 어울리는 슈트를 저희들보다 훨씬 더 감각적으로 코디해 주시는 것 같아요. 너무 멋지시고 두 분 참 보기 좋으세요~ 손님! 정말 부럽네요!

대한 - 아… 그래요? 감사합니다! 하하하!

여직원 - 두 분 모두 키도 크시고 인물도 좋아서 모델인 줄 알았어요!

대한 - 에이~ 설마요… 정장 한 여섯 벌 정도 살 건데… 상품권 혜택은 많이 주실 거죠? 헤헤!

여직원 - 그러세요? 그럼 저희 매니저님께 잘 말씀드려 볼게요. 아! 그리고 손님! 저희 매장에서는 평일 100만 원 이상 구매하시는 고객께만 드리는 혜택이 있어요. 고객카드에 연락처 좀 적어 주시겠어요?

나탈리아 - 오빠! 옷 괜찮아요? 맘에 들었어? Mr. Park?

대한 - 응! 내 맘에 쏙 드네! 나탈리아! 고마워!

구매한 옷을 수선하는 사이 대한이 나탈리아를 데리고 1층에 위치한 명품 매장으로 간다. 남성복 매장에서 구매한 정장에 어울리는 벨트와 구두를 구매한 대한이 나탈리아에게 고가의 운동화를 골라 선물한다. 생각지도 않았던 운동화 선물에 그녀의 얼굴이 환해지며 대한의 볼에 가볍게 입맞춤을 건넨다. 그 모습을 지켜본 매장 여직원들이 그녀를 부러움이 가득한 눈으로 바라본다.

쇼핑을 마친 그들이 양손에 한가득 짐을 들고 차에 오른다. 몇 시간 되지는 않았지만 단둘이 식사도 하고 쇼핑을 하는 동안 제법 두 사람 사이가 가까워지고 있음을 느낀다.

대한 - 나탈리아! 오늘 정말 수고 많았어! 오빠 때문에 많이 피곤하지? 고마워! 땡큐!

나탈리아 - Me too~ Mr. Park! 선물 정말로 고마워요! Thank you!

그녀가 해맑게 웃으며 운전하고 있는 대한의 팔짱을 낀다. 대한이 나탈리아의 천진난만함에 슬며시 미소를 짓는다.

대한 - 나탈리아! 오빠가 선물한 거 절대 비밀이야! 응? 비밀 알지?

나탈리아 - No! No! 내 친구 소피아 비밀 없어요! 거짓말 안 돼요!

대한 - 아! 그래? 하긴 그렇겠다. 알았어!

해가 지고 어두워진 뒤에야 호텔에 도착한 그들이 양손에 짐을 한가득 들고 객실로 향한다. 객실 문을 열고 대한이 거실 한쪽에 짐을 내려놓자 갑자기 나탈리아가 그에게 안기며 대한의 입술에 기습적으로 키스를 하더니 함께 침대에 눕는다. 그의 얼굴이 빨개진다. 혹시 누구라도 보면 어쩌나 하는 생각에 당황한 대한이 황급히 침대에서 일어나 커튼을 닫고 거실 등을 끈다. 그녀가 묘한 눈으로 대한을 유혹하듯이 바라본다. 그러자 대한이 섹시한 자태를 보이며 손짓하는 그녀에게 다가가 키스한다.

얼마나 지났을까? 그들은 서로 벌거벗은 채로 잠들어 있다. 그때였다. 호텔 인터폰이 울리자 잠에서 깨어난 나탈리아는 소피아로부터 걸려온 한 통의 전화를 받는다. 그녀는 시간을 확인하더니 벌떡 일어나 급하게 옷을 차려입는다. 어느덧 저녁 7시 30분이 지나고 있었다. 출근 준비가 늦어진 그녀는 대한의 입술에 키스하며 애교스럽게 손을 흔들며 방을 나간다. 방을 나서는 그녀의 매혹적인 뒷모습을 바라보던 대한이 담배를 꺼내 입에 문다. 그의 입가에 알 수 없는 미소가 흐른다.

저녁식사를 간단히 마친 대한이 나이트클럽 출입구에 서서 클럽으로 드나드는 손님들의 상황을 예의주시하고 있다. 한참 동안이나 상황을 주시하던 대한이 나이트클럽 안으로 들어가 조금은 한가해 보이는 웨이터 백두산에게 다가간다.

대한 - 백두산 씨! 안녕하세요~ 오늘은 손님이 좀 있나요?

백두산 - 아직 초저녁이라서 그런지 별로 없어요. 그런데 혹시 오늘 호텔에 첫 출근하셨다는 박상무님 맞으시죠?

대한 - 아~ 네! 소문 참 빠르네요! 맞아요. 박대한 상무입니다. 혹시 시간 좀 있으시면 저하고 밖에서 담배나 한 대 태우시죠?

클럽 밖으로 나가자 대한이 웨이터 백두산에게 담배 한 개비를 건네 불을 붙여 준다. 대한은 백두산의 얼굴과 표정, 행동을 조심스럽게 관찰하며 왠지 그가 신뢰할 만한 사람이라는 느낌을 받는다. 대한이 그에게 웃어 보이며 나이트클럽 운영 상황에 대해 조심스럽게 묻기 시작한다.

대한 - 많이 힘드시죠? 나이트클럽 운영 상황이 상당히 어렵다고 하던데….

백두산 - 그렇죠. 요즘은 거의 매일같이 적자 운영이라고 봐야 합니다. 그래서 저도 철수하려고 급사장님한테 구좌(보증금)를 좀 빼 달라고 부탁했는데 어려운지 자꾸 미루시더라고요… 아! 죄송합니다! 이 말은 그냥 못 들은 걸로 해주세요. 제가 괜한 말을 했습니다. 박상무님!

대한 - 아니에요. 괜찮습니다. 제가 비밀은 확실하게 지켜 드릴 테니까 좀 더 구체적으로 말씀해 보세요.

백두산 - 아… 아닙니다! 그냥 못 들은 척 해주세요. 제가 괜한 소릴 했다가 김사장님 부하들이 알기라도 한다면… 아이구! 생각만 해도 끔찍합니다. 전 그게 너무 두렵습니다! 상무님!

대한 - 아니… 괜찮아요! 그건 걱정 마시구요~ 지금 백두산 씨는 구좌(보증금)만 받게 해주면 되는 거 아닌가요?

백두산 - 구좌를 받는 것도 중요하긴 한데요… 구좌를 돌려받고 여길 떠나 다른 클럽에서 일하게 되더라도 뉴타운파 김사장 동생들이 쫓아와서 행패를 부릴까 봐 조심스럽습니다. 사실 계약기간도 지나고 해서 구좌금을 좀 빼 달라고 했더니 김사장 부하들이 찾아와서 반 협박을 하더라고요. 솔직히 겁도 나고 두렵기도 해요~ 그래서 이러지도 저러지도 못하고 있습니다. 상무님… 어찌해야 할지 모르겠어요! 괜히 섣불리 행동했다가는 구좌도 못 받고 개털 될까 봐… 큰 걱정입니다!

대한 - 아… 무슨 뜻인지 잘 알겠어요! 제가 어떻게든 도와드릴 테니까 너무 겁먹지 말고… 저를 믿고 말씀해 보세요! 분명히 백두산 씨에게 도움이 될 수 있을 겁니다.

백두산 - 그러시면… 박상무님! 이곳은 보는 눈이 너무 많으니까 뒤쪽 주차장으로 자리를 옮기시죠!

웨이터 백두산이 두리번거리며 주위를 살피더니 대한을 호텔 뒤쪽 직원 주차장으로 안내한다.

백두산 - 사실 이건 나이트클럽의 내부적인 상황인데요… 지금 김사장님이 데리고 있는 부하들이 아주 골칫덩어리에요. 왜 그러냐면요… 적자 운영은 계속되고 있는데 김사장 부하 두 명은 하는 일 없이 따박따박 월급만 챙겨 가고 있는 실정이거든요. 그 사람들은 영업에는 전혀 신경도 쓰지 않고 오히려 우리 같은 구좌 웨이터들과 외상 관련해서 분란만 생기고 있는 상황입니다.

대한 - 그렇군요! 혹시나 그들이 저희 쪽 관계자들에 대해서는 어느 정도 알고 있는지 아시나요?

백두산 - 예~ 꽤 많이 알고 있는 거 같던데요? 어제 김정을 사장하고 그 부하들이 모여서 얘기하는 걸 슬쩍 들어 봤는데… 분위기가 심상치 않아 보였어요!

대한 - 아~ 그렇겠네요! 아무래도 저희 쪽 사람들의 뒷조사를 많이 했겠죠?

백두산 - 그랬던 거 같아요. 분위기가 아주 살벌했었는데….

대한 - 백두산 씨! 이제부터는 저를 믿고 김사장과 부하들의 움직임을 잘 지켜봐 주세요. 그러다가 혹시라도 그 사람들에게서 이상한 조짐이 보이면 저한테 연락 좀 해주시고요….

백두산 - 네! 그렇게 할 수는 있지만 박상무님! 그저 저한테 피해만 오지 않게만 도와주십시오!

대한 - 염려 마시고 저 사람들 정보만 저한테 확실하게 전해 주세요. 저도 불필요하게 조직 간 전쟁까지 일을 크게 키우고 싶지는 않습니다!

대한의 입에서 전쟁이라는 말이 나오자 그는 크게 놀란 표정을 지어 보인다. 몹시 긴장한 백두산이 걱정스럽게 말을 꺼낸다.

백두산 - 저… 전쟁이요? 상무님! 지금 전쟁이라고 하셨습니까?

대한 - 네! 최악의 상황엔 무력으로 밀어낼 수도 있어요. 백두산 씨가 절 도와주시기만 한다면 조직 간의 싸움이 되기 전에 타협으로 좋게 끝날 수도 있습니다. 저는 항상 이기는 싸움이 아니면 시작도 하지 않습니다. 믿으실 수 있겠어요?

백두산 - 아… 미… 믿어야죠! 상무님! 그렇다면 상무님께서 필요하신 정보는 제가 다 드리겠습니다!

대한 - 좋아요! 그럼 오늘부터 김사장 부하들 움직임을 저한테 실시간으로 상세히 알려 주세요!

웨이터 백두산을 통해 나이트클럽 김사장 일당들에 대한 개략적인 정보를 파악한 대한이 깊은 생각에 잠겨 호텔 주변을 홀로 걷고 있다. 어느 정도 생각을 정리한 대한이 윤사장에게 전화를 걸어 호텔 측 이사들과의 긴급회의 소집을 요청한다. 잠시 후 대한이 이사실로 들어가자 사무실에는 김중배(영주파) 이사, 최준석(성동파) 이사, 윤사장(대전파)이 소파에 앉아 커피를 마시고 있다.

김중배 이사 - 어서와! 박상무! 근데? 갑자기 무슨 일이야?

대한 - 나이트클럽 관련해서 몇 가지 제 생각을 말씀드리려고 합니다. 이사님!

최준석 이사 - 음… 좋지! 그러면 어디 박상무 생각부터 들어 보자고.

윤사장 - 그래. 박상무! 편하게 말해 봐!

대한 - 이사님 가장 우선적으로 뉴타운파 김정을 사장 부하 두 명을 먼저 처리하는 것이 첫 번째 과제인 듯합니다. 쉽지는 않겠지만 위험을 무릅쓰고라도 저 혼자 힘으로 그 두 놈을 상대해 보겠습니다. 제 계획은 일부러 불리한 상황 속으로 들어가 우연을 가장해 싸움을 걸고 그 두 놈을 꺾어버린 후에 나이트클럽에서 철수하라고 요구할 생각입니다! 제 생각엔 김사장 부하 두 놈은 절대 저를 꺾을 수는 없을 겁니다. 또 뉴타운파 조직이 아무리 크다고 해도 그들에게 제대로 된 명분이 없다면 함부로 저를 치거나 조직을 동원할 수도 없을 겁니다. 그렇게 되면 저 혼자만의 단독 행동이었기 때문에 저와 김사장 부하 두 사람간의 싸움이 조직간의 큰 싸움으로 번질 확률도 그리 높지는 않을 것입니다! 이사님!

김중배 이사 - 그렇더라도 최악의 상황은 미리 생각해 봤나?

대한 - 최악의 상황이라면 그들에게 역으로 당하는 것입니다. 그것 외에 더 나쁜 상황은 없을 겁니다. 앞에서 제가 말씀드렸던 상황은 제가 두 놈과의 싸움에서 이겼을 때를 가정해서 말씀드린 겁니다. 이사님!

윤사장 - 그래~ 좋아! 박상무가 말한 대로만 진행된다면 생각보다도 손쉽게 일을 앞당길 수 있겠어. 한참 어린 박상무한테 꺾이면 그것처럼 망신스러운 것이 어딨겠어!

대한 - 네~ 맞습니다! 제가 알아본 바에 의하면 뉴타운파 김사장과 그 부하들의 사이가 좋지 않을 가능성도 있습니다. 이럴 때 제가 강하게 밀어붙여야 김사장과의 타협점이 생기지 않겠습니까? 제가 김사장의 부하 두 놈을 처리하고 난 후에 김사장을 이사님께서 품어 주시기만 한다면 김사장도 분명히 저희 쪽으로 합류하게 될 겁니다!

최준석 이사 - 우연을 가장한 싸움이라… 그래! 그거 좋구만! 어쨌든 뉴타운파 김정을 사장은 여러모로 쓸모가 있는 사람이니까 잘 활용해 보자고… 윤사장 생각은 어떤가?

윤사장 - 박상무! 뉴타운파 김사장 부하들하고 괜찮겠어? 걔들 절대로 쉬운 놈들 아녀!

대한 - 까짓것 부딪혀 봐야죠! 어차피 김정을 사장을 윤사장님 발밑으로 두려면 김사장 부하들의 무릎부터 꿇려 놔야 손쉽게 컨트롤할 수 있습니다!

윤사장 - 그래? 그렇다면 시기는 대략 언제쯤으로 보고 있나?

대한 - 전 늦어도 이틀 안에는 처리할 계획입니다! 지금 웨이터 백두산이 저한테 정보를 주고 있습니다. 만약 제가 움직이게 된다면 미리 윤사장님께 연락을 드리고 행동할 겁니다! 그때 이사님들께서는 아무렇지 않게 김정을 사장을 따로 불러서 차 한잔만 하시고 계시면 그 동안에 일 처리 끝내고 연락을 드리겠습니다!

최준석 이사 - 그래. 좋아! 박상무! 화끈해서 좋구만 그래.

김중배 이사 - 하지만 김사장 부하들도 쉽게 무시할 수 있는 놈들은 아니니까 절대로 방심하지 말고!

대한 - 네! 명심하겠습니다! 말씀 끝나셨으면 먼저 일어나겠습니다!

이사실에서 나온 대한은 그 길로 나이트클럽으로 향한다. 테이블에 홀로 앉은 대한이 양주 한 병을 주문하고 무대에서 공연하고 있는 팀들을 유심히 관찰한다. 무대 위에서는 DJ가 물러나고 다음 순서로 3인조 외국인 혼성 밴드를 소개하자 그들이 'Hotel California'를 연주하기 시작한다. 연주를 듣고 있는 대한이 곡에 심취하여 양주를 온더록 잔에 따라 홀로 마신다. 멀리서 나탈리아와 소피아가 홀에 있던 대한을 발견하고 반갑게 손을 흔들며 다가와 테이블 앞에 앉는다. 나이트클럽에 들어올 때부터 대한을 주시하고 있던 뉴타운파 김정을 사장과 그의 부하 황이사, 강부장이 담배를 바닥에 던져 끄고는 그를 멀리서 쏘아본다. 순간 대한과 김사장 일파들의 눈이 마주친다. 네 사람 사이에 팽팽한 긴장감이 감돈다. 김사장 일파들과 대한이 상대방을 극도로 견제하며 날카로운 눈초리로 눈싸움을 하듯 서로를 쏘아보다 김사장 일파들이 슬그머니 고개를 돌리며 자리를 피한다. 뉴타운파 김사장의 부하 황이사는 키 180㎝, 몸무게 85kg 가량의 제법 날렵해 보이는 체구였고 강부장은 키 170㎝, 몸무게 120kg 정도는 돼 보이는 거구였다. 대한은 극히 짧은 순간에도 김사장 부하 두 놈들의 신체조건을 유심히 살피고 이들을 확실하게 때려눕힐 수 있는 여러 가지 경우의 수를 머릿속으로 시뮬레이션하고 있었다. 술잔을 비우며 잠시 김사장 부하들과의 일전에 대해 생각에 빠진 대한을 지켜보던 나탈리아가 시끄러운 음악 소리 때문에 그의 귀에 대고 큰 소리로 말을 꺼낸다.

나탈리아 - 오빠! 왜 혼자 술 마셔? 외로워요?

대한 - 아니! 그냥 앞에서 공연 좀 보려고….

소피아 - Wow! 진짜로? 나탈리아 보고 싶어 온 거 아니야?

대한 - 일 때문에 온 거야. 밴드 실력 좀 보려고… 오빠 신경 쓰지 말고 일해!

나탈리아, 소피아 - Okay! Bye bye!

대한이 홀로 남아 두 시간 정도 홀에 머물며 주변을 살피고 클럽의 분위기를 좌우하는 DJ의 진행 솜씨와 밴드의 연주 실력도 체크한다.

어느 정도 클럽의 분위기를 파악한 대한이 자신의 방으로 돌아와 샤워를 마치고 침대에 막 누우려는데 웨이터 백두산에게서 전화가 걸려온다.

백두산 - 조금 전에 황이사와 강부장이 룸 안에서 얘기하는 걸 살짝 들었어요! 박상무님을 어린 놈이 건방지다면서 막 화를 내더니 다음에 마주치면 혼내 주겠다고 하더라구요.

대한 - 그래요? 아주 잘 됐군요. 제가 그 사람들을 만나려면 몇 시쯤에 가야 만날 수 있을까요?

백두산 - 보통 10시쯤이면 옵니다. 제가 황이사랑 강부장이 들어오면 연락을 해 드릴까요?

대한 - 그래 주시면 좋지요. 반드시 그 두 사람이 같이 있을 때 연락 주세요.

백두산 - 네! 그렇게 하겠습니다. 아무튼 조심하셔야 할 것 같아요! 그놈들 정말 무서운 놈들이에요!

대한 - 예! 그런 건 걱정 마시고… 내일 저녁에 그놈들이 들어오면 바로 저한테 연락해 주세요.

통화를 마친 대한은 김사장 일파의 행동을 파악하기 위해 신경을 곤두세우느라 피곤했는지 잠깐 잠이 든다.

얼마나 잤을까? 초인종 소리에 잠이 깬 대한이 방문을 열자

문 앞에서 나탈리아가 술 냄새를 풍기며 빙그레 웃고 있다.

나탈리아 - 오빠! I miss you! I love you! Mr. Park!

대한 - 갑자기 왜 이래? 오빠 자야 하는데….

나탈리아 - 보고 싶어 왔어요! 오빠! 하하하!

대한 - 보고 싶어서 왔다고? 하하하! 그래 잘 왔다.

나탈리아가 방 안으로 들어오며 멀뚱히 서 있는 대한을 살며시 밀어 침대에 함께 눕는다. 그들은 한참 동안 격정적으로 사랑을 나눈다. 피곤했는지 그녀는 먼저 잠이 든다. 대한이 곤히 자는 그녀의 얼굴을 지그시 내려다본다. 대한은 돈 때문에 머나먼 타국 땅에서 고생하고 있는 그녀가 안쓰럽다는 생각을 한다.

다음 날 오후 12시. 해가 중천에 떴는데도 대한과 나탈리아는 늦잠을 자고 있다. 먼저 잠에서 깨어난 나탈리아가 사랑스러운 눈빛으로 그를 바라보며 그윽한 미소를 짓는다. 이때 대한이 잠에서 깨어난다. 나탈리아가 그에 입술에 가볍게 키스하고 대한을 꼭 끌어안는다.

나탈리아 - I love you! Mr. Park 오빠!

대한 - 아이고~ 살살해! 나탈리아! 숨을 못 쉬겠어! 응?

나탈리아 - 잘 잤어요? 오빠?

대한 - 응~ 나탈리아도 잘 잤어? 배고프지? 혹시 족발 먹어 봤어? 족발 먹을래?

나탈리아 - Okay! 나 족발 맛있어. 좋아해요!

대한과 나탈리아는 객실로 족발을 시켜 먹고는 밖으로 나가 데이트를 즐긴다. 이런저런 일로 며칠 함께 시간을 보내는 동안 두 사람은 어느새 연인처럼 가까운 사이가 되었다. 그들은 낯선 곳에서의 외로움을 서로를 통해 달래며 믿고 의지하는 사이가 된 것이다.

저녁 10시가 지날 무렵 웨이터 백두산에게서 전화 한 통이 걸려온다. 뉴타운파 간부 황이사와 강부장이 방금 나이트클럽에 출근했다는 소식이다. 대한이 전화를 받자마자 곧바로 윤사장에게 전화를 한다.

대한 - 박상무입니다! 지금 황이사하고 강부장이 출근을 했다고 합니다. 지금 처리하겠습니다!

윤사장 - 지금? 그래! 알았어! 몸조심하고… 확고한 우리의 의지를 보여주고 와! 박상무!

윤사장과 통화를 마친 대한이 서둘러 나이트클럽으로 향한다. 입구에 들어서자 웨이터 백두산이 대한을 안내하여 대형 룸으로 들어간다. 대한이 웨이터 백두산을 시켜 뉴타운파 강부장을 먼저 유인해 불러들인다. 대한이 강부장이 들어올 때를 기다리며 공격할 준비를 한 뒤 담배를 피우며 출입구 쪽을 유심히 살핀다. 잠시 후 강부장이 대한이 있는 룸의 문을 벌컥 열고 들어선다. 담배 연기를 내뿜는 대한과 눈이 마주치자 험악한 인상을 하며 강부장이 대뜸 욕설을 퍼붓기 시작한다.

강부장(뉴타운파) - 이 어린 놈의 새끼가… 건방지게 사람을 오라가라야? 너 이 새끼! 몇 살이야? 담배 빨리 안 끄냐!

대한이 강부장을 빤히 쳐다보며 천천히 일어나 담배를 바닥에 비벼 끄는가 싶더니 쏜살같이 강부장에게 쇄도하여 강부장의 얼굴을 구둣발로 순식간에 내려찍는다. 그러자 강부장이 맥없이 그 자리에 무릎을 꿇으며 주저앉는다. 대한이 주먹으로 강부장의 얼굴을 몇 차례 가격한다.

대한 - 인생을 무슨 나이로만 살았나? 이런 개새끼가! 내 나이가 왜 궁금해? 그런 건 당신이 알 필요 없고….

몸무게가 120㎏이나 나가는 제법 다부진 체격의 강부장도 대한에게는 힘 한번 써 보지 못하고 속수무책으로 당한 채 얼굴이 피투성이가 된다. 대한이 생각했던 것과는 달리 허망하게 승부가 끝나자 강부장을 보며 조소하듯 말한다.

대한 - 그러게 사람을 봐 가면서 까불어야지. 좆도 아닌 것이 어깨에 힘은 주고 그러냐? 어?

강부장 - 으으… 너 이 새끼! 죽으려고 환장했냐!

대한이 아직도 눈에 독기를 품고 자신을 노려보는 뉴타운파 강부장의 얼굴을 발로 걷어차버린다. 강부장이 바닥에 벌렁 나자빠지며 그대로 기절한다.

같은 시각 호텔 측 최준석 이사, 김중배 이사, 윤사장은 대한이 사전에 얘기한 대로 뉴타운파 김정을 사장을 불러 이사실에서 함께 차를 마시며 대화를 나누고 있다. 김중배 이사가 김정을 사장에게 나이트클럽의 계약이 만료되었으니 이제 가게를 정리하고 철수해 달라고 요구하지만 김사장은 시간을 조금만 더 달라며 똑같은 변명으로 일관한다.

대한이 있는 룸으로 웨이터가 쟁반에 양주를 담아 문을 열고 들어서다 강부장이 바닥에 쓰러져 있는 것을 발견하고는 급히 뉴타운파 황이사에게 무전을 한다.

웨이터 - 황이사님! 큰일났습니다. 대형 룸에 강부장님이 피 흘리고 쓰러져 있습니다. 빨리 좀 와 보셔야 할 것 같습니다.

웨이터가 황이사에게 다급히 무전을 하는 것을 알고도 대한은 웨이터를 제지하지 않는다. 황이사가 자신의 부하인 강부장이 바닥에 쓰러져 있다는 소식을 듣고 허겁지겁 그들이 있는 대형 룸으로 달려온다. 룸 바닥에 피를 흘리고 기절해 있는 강부장을 본 황이사의 인상이 험악하게 일그러진다. 대한이 소파에 편하게 앉아 다리를 꼬고 앉아 여유롭게 담배를 피우고 있는 모습을 바라보며 황이사가 적잖이 당황한 표정이다. 강부장이 약간 떨리는 목소리로 고함을 지르기 시작한다.

황이사 - 니가 지금 무슨 짓을 하고 있는지 알기나 해? 너 대체 누구 지시를 받고 온 거야? 어?

대한 - 전 그냥 강부장님께 인사나 드리러 왔을 뿐입니다. 그런데 갑자기

저한테 다짜고짜 욕설을 하시면서 거칠게 나오시기에 저도 어쩔 수 없이 최소한의 방어만 했을 뿐입니다.

황이사 - 어라? 이 새끼 봐? 니가 지금 우리 뉴타운파하고 전쟁이라도 하겠다는 거냐? 너 이 자식! 겁도 없이 여기가 어딘 줄 알고 함부로 설쳐 대는 거야?

대한 - 건달이 돼서 그까짓 전쟁 따위를 두려워하겠습니까? 더 큰 싸움이 일어나기 전에 차라리 이쯤에서 조용히 물러나 주시죠! 예?

황이사 - 허허! 이런 건방진 새끼 좀 보게? 나이도 나보다 한참은 어린 놈 같은데… 너 말 조심해라!

대한 - 아까 강부장도 나이를 들먹이더니… 뉴타운파는 나이로 사업하나? 계급장 떼고 여기서 우리 둘이 조용히 끝냅시다! 괜히 여러 사람 다치게 하지 말고… 예?

황이사 - 뭐라고? 이런 싸가지 없는 새끼가 뒈지려고….

대한이 뉴타운파 황이사의 자존심을 슬슬 자극한다. 그러자 대한의 자극에 휘말린 황이사가 자존심이 상했는지 흥분하여 테이블 위에 놓인 양주병을 집어들고 대한의 얼굴을 향해 휘두른다. 미리 예상하고 있었다는 듯이 대한이 황이사가 휘두르는 양주병을 허리를 숙여 가볍게 피하며 노출된 황이사의 옆구리에 속사포 같은 양 주먹을 연속으로 꽂아 넣는다. '으드득' 하며 갈비뼈에 충격이 가해지는 것이 대한의 주먹에도 그대로 느껴진다. 황이사가 고통스러워하며 옆구리를 붙잡고 허리를 숙인다. 그러자 대한이 연이어 무릎으로 황이사의 얼굴을 가격하고 충격에 젖혀지는 그의 얼굴을 뒷발로 돌려차버린다. 황이사가 벌러덩 룸 바닥으로 나자빠지며 피를 흘리기 시작한다. 하지만 황이사는 여전히 살기가 가득한 눈빛으로 대한을 쏘아보며 욕설을 내뱉는다.

황이사 - 너! 이런 개 같은 새끼! 절대로 용서 못 해! 어디 누가 죽는지 끝까지 해보자! 이 호로새끼야!

대한 - 용서? 용서는 강한 사람이 약한 사람에게 베푸는 겁니다. 지금 보니까 갈비뼈가 부러진 것 같은데 웬만하면 말 조심하시죠? 황이사님!

황이사 - 뭐라고? 새끼야! 이 개자식! 너 어디 두고 보자! 내가 이대로 그냥 끝낼 줄 알어? 가만 안 둔다 개자식아!

그때 기절했던 강부장이 깨어나더니 황이사가 피를 흘리고 있는 모습을 바라보며 발악하기 시작한다.

강부장 - 형님! 괜찮으십니까? 너! 이 새끼! 진짜 죽고 싶어? 니가 감히 우리 형님을 건드렸냐? 이 개 호로자식아!

강부장이 벌떡 일어서며 대한에게 달려들더니 대한의 허리를 잡고 집어 던진다. 대한은 낙법으로 한 바퀴 뒤로 구르고 튕겨져 일어나며 강부장의 머리채를 손으로 휘어잡아 무릎으로 강부장의 얼굴을 찍어버린다. '퍼억!' 소리와 함께 얼굴을 감싸는 강부장의 얼굴을 대한이 수차례 주먹으로 가격하더니 오른발을 높이 들어 강부장의 어깨를 강하게 내려찍는다. 그러자 강부장이 어깨의 충격을 견디지 못하고 대한의 앞에 무릎을 꿇으며 주저앉는다. 대한이 강부장의 얼굴을 축구공 차듯 가격하자 '퍽!'

하는 둔탁한 소리와 함께 강부장이 그대로 뒤로 쓰러지며 또다시 정신을 잃어버린다. 이 모습을 넋을 잃고 지켜보고만 있던 황이사가 대한에게 소리를 지른다.

황이사 - 그만! 그만해! 이 개새끼야! 우리가 졌다! 내 동생 강부장이 많이 다친 거 같으니까 여기서 그만 끝내자! 박상무!

대한 - 그러시면 남자답게 여기서 모든 걸 깔끔하게 끝내실 겁니까? 황이사님!

황이사 - 그래! 알았다! 그쪽에서 요구하는 것이 뭔지 말해라!

대한 - 오늘부로 뉴타운파는 나이트클럽에서 깨끗하게 철수하시면 됩니다.

황이사 - 그래… 좋다! 그렇다면 우리는 지금 이 시간부터 나이트클럽에서 철수할 테니까 내가 모시고 있는 김정을 형님의 체면만은 상하지 않도록 신경 써 주길 부탁한다.

대한 - 좋습니다! 그럼 저는 그리 알고 윤사장님께 말씀드리겠습니다!

대한으로부터 상황을 정리했다는 연락이 조금 늦어지자 걱정스러운 윤사장, 최준석 이사, 김중배 이사가 김정을 사장을 데리고 나이트클럽으로 들어온다. 대형 룸의 문을 여는 순간 룸 안에는 참혹한 장면이 펼쳐져 있었다. 이미 예상은 하고 있었지만 윤사장이 놀란 표정으로 대한에게 묻는다.

윤사장 - 박상무! 이게 대체 어떻게 된 건가? 어? 어떻게 이 지경까지….

대한 - 지금 이 시간부로 황이사님과 강부장님은 나이트클럽에서 철수하기로 저와 약속했습니다!

최준석 이사 - 그래? 역시 깔끔하게 혼자서 잘 처리했구만! 박상무!

대한의 말을 듣고 있던 뉴타운파 김정을 사장이 몹시 분노한 표정으로 눈을 치켜뜨며 자신의 부하들에게 재차 확인한다.

김정을 사장 - 이런 병신 같은 것들이… 뭐라고? 철수한다고? 야! 이 새 끼야! 황이사! 너! 지금 이 말이 사실이냐! 대답해봐 이 새끼들아! 어?

황이사 - 죄송합니다! 면목 없습니다! 형님!

최준석 이사 - 저기~ 김사장! 괜히 동생들한테 화부터 내지 말고… 우선 은 동생들 부상이 심각한 거 같은데 병원부터 데려가지 그래….

뉴타운파 김정을 사장은 자신의 부하들이 까마득히 어린 박 대한 상무 한 사람에게 형편없이 당한 것을 보고 울분을 터트렸지만 이 사건으로 인해 더 이상 나이트클럽에서 버텨야 할 명분을 잃어버렸다. 또한, 웨이터들의 부축을 받아 근처 종합병원 응급실로 실려간 뉴타운파 황이사와 강부장은 각각 전치 4주와 6주라는 골절상을 입고 병원에 입원하는 치욕을 감내할 수밖에 없게 되었다.

대한이 뉴타운파 김정을 사장의 수하인 황이사와 강부장을 때려눕힌 날 저녁 11시, 호텔 이사실에 윤사장, 최준석, 김중배가 앉아 대한으로부터 상황 설명을 보고받고 있다.

최준석 이사 - 아따~ 박상무가 단숨에 속 시원하게 일을 처리해 줬구먼 그려! 박상무가 머리도 쪼까 돌아가고 힘도 제법 쓰니께 가능했지. 딴 놈들 같으면 오늘 같은 일은 상상도 못 했을 일이랑게. 기가 막히는구만! 허허허!

김중배 이사 - 그래 맞아! 박상무가 오늘 큰일을 해준 덕분에 생각보다 일이 쉽게 풀리겠군 그래.

윤사장 - 회장님께서 내일 오전에 조찬을 같이 하자고 하시니까 그렇게 알고… 박상무는 피곤할 텐데 이사님들께 인사드리고 그만 일어나지!

대한 - 일어나기 전에 이사님들께 부탁드릴 것이 있습니다!

김중배 이사 - 그래? 그게 뭔지 말해 봐! 박상무!

대한 - 웨이터 백두산이 구좌를 돌려받지 못하고 있답니다. 그 부분에 대해서는 이사님들이 해결해 주셨으면 합니다. 또 김정을 사장을 이대로 내치는 것보다는 나이트클럽 에이전시 역할을 할 수 있게 끌어안는 방법이 어떨까… 조심스럽게 말씀드려 봅니다.

최준석 이사 - 무슨 말인지 잘 알겠으니까… 박상무는 들어가서 푹 쉬고 내일 조찬 때 보자고. 들어가 보게.

대한이 이사실에서 나오자 남아 있던 이사들이 대한을 칭찬하기 시작한다.

최준석 이사 - 박상무가 은근히 힘도 있고 머리가 잘 돌아가는구만!

김중배 이사 - 그러게 말이야. 젊은 친구가 대담한 면도 있고… 강부장 그 덩치 큰 놈이랑 황이사까지 혼자서 씹창 낼 정도 실력이라면 박상무는 전국 어디다가 내놔도 끄떡 없겠어! 허허허!

윤사장 - 예~ 이사님! 저희 호텔에 인물 하나 들어온 것 같습니다! 박상무는 마인드도 괜찮고… 호텔에 추천한 제 친구의 말로는 전국 1빠따랍니다! 이사님! 하하하!

다음 날 아침 서진호텔 이대산 회장이 레스토랑으로 향한다. VIP실에 먼저 도착해 있던 대한과 윤사장이 이회장과 함께 이사들이 문을 열고 들어오자 자리에서 일어나 인사한다. 환한 표정의 이회장이 대한을 보며 입을 연다.

이회장 - 박상무! 어제 큰일을 해냈다고 보고받았네! 어제 나이트클럽 뉴타운파 애들을 혼자서 정리했다면서? 생각보다도 빨리 끝내서 다행이구만. 그래. 정말로 수고했네!

대한 - 별말씀을요… 당연히 해야 하는 일인데요. 회장님!

그때였다. 뉴타운파 김정을 사장으로부터 최준석 이사에게 전화 한 통이 걸려온다.

최준석 이사 - 여보세요? 어~ 김사장! 뭐라고? 4주하고 6주나 나왔어? 아따~ 많이도 다쳐부렀네! 이따가 만나서 얘기하자고… 그래….

이회장 - 무슨 소린가? 최이사!

최준석 이사 - 어제 박상무한테 맞은 애들이요… 그 덩치 큰 강부장은 쇄골이 부러져서 6주라고 하고요. 황이사 그 친구는 갈비뼈 두 대가 부러져서 4주 정도 나왔다고 하네요.

이회장 - 하하하! 박상무가 그놈들 버릇을 아주 제대로 고쳐줬구먼 그래. 치료비는 회사 측에서 결제하도록 하고… 자! 이제 식사들 하지!

조찬을 마친 이회장 일행이 디저트로 커피를 마시고 있다. 이회장이 커피를 마시며 나이트클럽 문제에 대한 이야기를 꺼낸다.

이회장 - 그러면 나이트클럽은 이번 주까지 정리하라고 전달하고… 다음 주에는 완전히 문을 닫고 새롭게 오픈하기 위한 준비를 하도록 하지! 윤사장이 지금껏 준비를 해왔으니까 오픈 날짜를 정해서 비서실에 알려주게. 내가 뭐 특별하게 도와줘야 할 것이라도 있나?

윤사장 - 없습니다! 필요하면 회장님께 말씀드리겠습니다.

대한이 뉴타운파 김사장 일파의 문제를 해결하자 호텔에서는 본격적인 나이트클럽 재오픈을 위한 준비를 시작한다. 윤사장과 대한이 웨이터를 모집하고 연예인을 섭외하는 등 나이트클럽 오픈 준비로 분주하다. 가장 시급한 것은 나이트클럽의 영업진을 구성하는 문제다. 윤사장과 대한이 웨이터 급사장을 섭외하기 위해 대전으로 향한다. 대전호텔 커피숍에 도착한 윤사장과 대한이 새로운 웨이터 급사장을 만나 영업조건에 대한 조율을 마치고 계약서를 작성한다. 이후 곧장 청학사 주지 스님을 찾아 뵙고 개업식 날짜를 받아 호텔로 복귀한다.

윤사장과 대한이 호텔 커피숍에 마주 앉아 나이트클럽 개업식에 관한 문제를 상의하고 있다.

윤사장 - 박상무! 내 생각인데 말이야… 우리 클럽은 젊은 층을 주 고객으로 하는 게 어떨까?

대한 - 글쎄요…? 제가 보기에는 중년층을 대상으로 영업하시는 게 장기

적으로는 더 적합할 것으로 생각됩니다. 사장님! 그리고 나이트클럽의 기존 이미지를 탈바꿈하고 새롭게 오픈한 나이트클럽의 이미지를 홍보하려면 오픈하고 최소 3개월 정도는 매주 주 3회 정도는 연예인들이 계속 출연하도록 해야 할 것 같습니다.

윤사장 - 하긴 그렇지! 박상무 말이 맞을 것 같네. 그럼 그렇게 준비를 해 보자고.

윤사장과 대한이 정신없이 나이트클럽 재오픈을 위해 준비하는 사이 시간은 흘러 어느덧 개업식이 하루 앞으로 다가왔다. 대한은 나이트클럽 개업식에 자신의 고향 친구인 한양파 조직원 우석과 용식, 윤식과 1년 선배 성효를 초대한다. 윤사장과 최준석 이사, 김중배 이사는 개업식 소식을 여기저기 직접 전화로 알리느라 정신이 없다.

대한이 클럽 무대조명과 음향시설 설치 작업을 마치고 테스트를 하고 있다. 조명 담당자와 DJ, 밴드들도 영업 준비에 일손을 보탠다. 나이트클럽 재오픈 준비를 위한 실질적인 책임자 역할을 수행하고 있는 대한이 전 직원을 모아놓고 실전과 같은 나이트클럽 리허설을 진두지휘하고 있다.

대한 - 자~ 급사장님! 무전기부터 테스트해 보시죠. 지금부터는 실전처럼 똑같이 하는 겁니다! DJ! 10분 정도만 멘트하고 엔딩! 그 다음은 MC 갱구 형님이 바로 진행하세요!

MC갱구 - 예! 박상무님! 그러면 4인조 밴드 소개하는 것까지 들어가 볼게요!

대한 - 그러시죠! 급사장님은 직원들하고 무전기 테스트 계속 해 보세요.

박정희 - 오케이! 알겠습니다! 박상무님!

이때 윤사장이 이대산 회장, 이사 임원들과 함께 리허설이 한창인 나이트클럽으로 들어온다. 이회장이 오픈 준비를 위해 동분서주하고 있는 대한을 바라보며 흡족한 표정을 지어 보인다.

잠시 후 윤사장이 대한을 룸으로 따로 불러 내일 있을 나이트클럽 오픈 준비에 대한 상황을 최종적으로 점검한다.

윤사장 - 내일 오픈 준비는 차질 없이 준비된 거지?

대한 - 예! 사장님! 홍보포스터, 전단지는 어제까지 웨이터들이 직접 마무리했고요… 가수들은 3개월간 모든 스케줄 조율 다 끝냈습니다.

윤사장 - 고생했네! 주류하고 음료, 식자재는 예정된 수량대로 모두 들어왔나?

대한 - 예! 어제 술하고 냉장고, 제빙기, 컵, 재떨이, 세팅판까지 모두 차질 없이 준비 끝냈습니다.

윤사장 - 혹시 잊은 건 없는지… 각 파트별로 좀 더 체크해 봐! 난 밖에 있는 손님들 때문에 먼저 나가 볼 테니까….

윤사장이 나이트클럽 개업에 초대된 손님들 맞을 준비를 위해 나이트클럽 밖으로 나간다.

대한이 나이트클럽 오픈행사 최종 점검을 위해 무대 위로 올라가 마이크를 잡고 전 직원을 집결시킨다. 무대 앞에 나란히 모여 앉은 전 직원들이 대한에게 주목한다.

대한 - 자! 잠시 주목해 주세요! 저는 앞으로 여러분들과 함께 한솥밥을 먹게 된 서진관광호텔 박대한 상무라고 합니다!

대한이 특유의 카리스마 있는 목소리로 이야기를 시작하자 러시아 아가씨들이 휘파람을 불며 요란하게 박수를 친다.

대한 - 지금부터 이 자리에 계신 분들은 모두 한 가족입니다! 대략적으로 한 80명 정도가 되는 것 같은데요… 차후에 서로 만나게 되더라도 어색하지 않게 옆에 계신 분들과 인사 나누시고 사이좋게 지내 주시기 바랍니다! 내일이 드디어 오픈 첫날인데 초심 잃지 말고 다들 열심히 해주시기를 부탁드립니다! 마지막으로 각 파트별로 건의사항 있으면 손 들고 지금 말씀해 주세요!

대한의 말이 끝나기 무섭게 주방 이모가 손을 들고 벌떡 일어나며 모두를 향해 말한다.

주방 이모 - 주방은 24시간 개방해 줄 테니까 대신 밥 먹고 난 후에는 설거지 해 놓고 사용하신 물건은 항상 제자리에 놔 주면 좋겠어요. 잘 좀 부탁드려요.

대한 - 방금 주방 이모님께서 하신 말씀 다들 이해하셨죠?

전 직원 - 네!

대한 - 혹시 못 알아듣는 외국인들은 담당자가 잊지 말고 꼭 전달해 주세요. 또 다른 건의사항은 없나요?

박정희 - 평일에는 홀에 부킹해 줄 여성 손님이 없을 때가 있습니다. 그렇게 되면 부킹 문제로 남자 손님들한테 곤욕을 치루는 경우가 가끔 생기게 됩니다. 이럴 때 한국 아가씨들이 조금만 협조해 주시면 좋겠어요! TC는 저희가 따로 챙겨 드릴 테니까 부킹석에서 잠시 앉아서 술 한 잔 정도만 손님들하고 같이 마셔 주시고 일어나는 식으로 양해를 구했으면 좋겠는데요….

대한 - 그 부분은 아가씨 담당 실장님하고 개인적으로 협의를 하시는 것이 좋겠어요! 그럼 최종 점검은 여기서 끝내겠습니다. 오늘은 충분히 휴식을 취하시고 내일 최상의 컨디션으로 출근해 주세요. 자! 이상입니다! 수고하셨습니다.

대한이 나이트클럽 전 직원들과의 개업 준비를 위한 마지막 최종 점검을 마치고 주차장으로 향한다. 차량의 문을 열고 시동을 켜는데 나탈리아와 소피아가 어디에선가 나타나 대한의 차에 오른다.

소피아 - 박상무님! 나탈리아, 소피아 드라이브 하고 싶어!

대한 - 드라이브? 오케이! 좋아! 드라이브 하러 가자!

나탈리아 - 박상무님! 어디 가요?

대한 - 아산만에 가서 광어회하고 조개구이나 먹고 오자.

대한이 나탈리아와 소피아를 차에 태우고 아산만으로 향한다. 서진호텔 상무로 일을 시작한 이후로 지금까지 매 시간을 긴장 속에서 보냈던 대한도 오랜만에 긴장을 풀고 나탈리아, 소피아와 함께 아산만의 시원한 경치도 즐기고 회와 조개구이를 먹으며 즐거운 시간을 보낸다. 내내 나탈리아가 대한의 옆에 찰싹 달라붙어 떨어질 줄을 모른다. 이런 대한과 나탈리아를 소피아가 부러운 듯 쳐다본다.

　다음 날 아침 레스토랑에서 조식을 마친 대한이 1층 로비에서 윤사장을 기다리고 있다. 엘리베이터가 열리자 정장을 멋지게 차려입은 윤사장이 대한에게 다가오며 미소를 짓는다.

윤사장 - 박상무! 잘 잤어? 어제 저녁때 보니까 웬 금발의 아가씨하고 함께 들어오던데? 하나도 아니고 둘씩이나 말이야… 기운도 좋아~ 부럽네! 하하하!

대한 - 사장님이 그걸 어떻게…? 조심한다고 했는데… 헤헤헤.

윤사장 - 괜찮아! 그런 일 가지고 괜히 내 눈치 볼 거 없어! 하하하!

대한 - 네! 사장님! 그런데 오늘 손님은 몇 시부터 오십니까?

윤사장 - 아마 점심때부터 오기 시작할 거야. 박상무는 그런 건 신경 쓰지 말고 오늘 영업 준비에만 각별히 신경 쓰게! 부탁하네!

대한 - 예! 그 점은 걱정 마세요! 그리고 참! 어제부터 개업 축하화환이 계속 들어오던데… 화환은 웨이터들이 점심식사를 마치는 대로 오후에 말끔하게 정리해 놓도록 하겠습니다!

윤사장 - 그래. 그런 건 박상무가 알아서 해! 그럼 수고해!

윤사장이 대한에게 간단한 업무지시를 하고 밖으로 급히 나간다.

대한이 호텔 사무실로 들어가 여직원에게 방명록과 봉투를 지하 카운터에 비치해 놓으라고 지시한 뒤 객실로 돌아가 옷을 갈아입는다. 이때 대한의 친구 우석에게서 전화가 걸려온다.

우석 - 대한아! 나여! 우리는 오후 5시쯤이면 도착할 거 같은디… 성효 형님은 형수님이랑 같이 온다고 하네. 언제쯤 도착하시는지 물어보고 다시 전화할게!

대한 - 그래. 출발할 때 전화해라. 그럼 이따가 보자! 우석아!

전화 통화를 마친 대한이 바람이라도 쐴 생각으로 호텔 밖으로 나간다. 맑고 쾌청한 전형적인 가을 날씨다. 운전석에 앉은 대한이 담배를 피우기 위해 창문을 연다. 그러자 가을바람이 시원하게 차 안으로 들어온다. 대한이 시원한 가을바람을 느끼며 가끔 다니던 미용실 앞을 지날 무렵 그를 알아본 미용실 원장이 대한에게 손을 흔들며 말을 건넨다.

미용실 원장 - 대한 씨! 오늘 나이트클럽 오픈하는 거야?

대한 - 네! 원장님! 이따가 일 끝나시고 직원들하고 놀러 오세요!

미용실 원장 - 그러지 말고 잠깐 들어와서 차나 한잔 해!

대한이 차를 세우고 미용실로 들어간다.

미용실 원장 - 뉴스 봤어? 오늘 새벽에 동네에서 살인사건이 났다던데… 형사들이 이 근처에 살인 용의자가 있을 거라면서 주변을 탐문수사하고 아주 난리도 아니야.

대한 - 살인사건이요? 이 동네 땅값이 올라가니까 별일이 다 생기네요. 허구한 날 재산싸움에다 이젠 살인까지… 동네 분위기가 살벌하네요.

미용실 원장 - 그러게 말이야. 그나저나 오늘 일 끝내고 미용실 직원들이랑 회식하러 갈 거니까 멋있는 오빠들 있으면 부킹이나 신경 좀 쓰라고 해 줘!

대한 - 하하하! 걱정 마세요! 원장님이 오케이 할 때까지 부킹 이빠이 서비스하라고 지시해 놓을 테니까요. 주변에 입소문이나 좀 많이 내 주세요.

미용실 원장 - 그건 걱정 말아! 벌써 일주일 전부터 우리 여직원들이 입이 닳도록 손님들한테 홍보하고 있으니까… 믿어 봐!

대한 - 그럼… 원장님! 이따 봬요! 저는 할 일이 있어서 먼저 일어날게요.

미용실 밖으로 나온 대한이 다시 차를 타고 주변 상가에 들러 나이트클럽 오픈 소식을 알려 주고는 홍보차 다시 단골 주유소 사무실에 들러 사장을 만난다.

주유소 사장 - 박상무님! 오늘 나이트클럽 오픈하는 거 맞지요? 포스터랑 플랜카드가 엄청나게 붙어 있던데….

대한 - 네! 오늘이 오픈하는 날이라서 가수들도 많이 오니까 시간 되시면 놀러 오세요!

주유소 사장 - 그래요? 꼭 가야겠네. 혹시 러시아 아가씨랑 풀코스 되나요? 하하하!

대한 - 세상에 안 되는 일이 어디 있겠습니까? 하하하! 오시기 전에 저한테 미리 전화 주세요!

주유소 사장 - 그럼 저녁 9시쯤에 거래처 사장들하고 같이 갈게요!

대한 - 그러세요. 그럼 이따 저녁때 뵐게요! 사장님! 저는 그만 일어나겠습니다.

주유소를 나온 대한이 다시 호텔로 향한다. 얼마 있으면 나이트클럽 오픈을 축하하기 위한 손님들이 몰려올 시간이다. 대한이 웨이터 급사장 박정희와 함께 레스토랑에 올라가 간단한 점심식사를 마치고 손님 맞을 준비를 한다. 대한이 나이트클럽에 들어서자 오픈 준비를 위해 늦은 시간까지 일을 한 직원들이 잠에서 막 깨서 나왔는지 머리에 새집이 있는 줄도 모르고 식사를 하고 있다. 대한이 웨이터 급사장 박정희와 주방 이모에게 오픈 전에 고사 지낼 상차림을 준비하였는지 여부를 확인한다.

오후 2시. 호텔 1층 커피숍에는 일찍부터 인근 각지에서 개업식에 찾아온 손님들로 인산인해를 이루고 있었다. 같은 시각 지하 나이트클럽에서는 개업식 전에 전 직원이 모두 나와 손걸레를 들고 테이블을 청소하는 등 마지막 청소를 하고 있다. 잠시 후 호텔 로비에는 개업식에 참석하기 위해 호텔을 찾은 유력 정치인들과 유명 연예인, 전국 조직의 보스들로 발 디딜 틈이 없을 정도다. 모든 준비가 끝나고 고사 지낼 시간이 가까워지자 대한이 윤사장에게 전화로 모든 준비가 끝났음을 알린다. 이대산 회장이 임원들과 함께 나이트클럽으로 들어온다. 개업식 고사가 시작되고 윤사장이 가장 먼저 막걸리를 따라 올리며 큰절을 한다. 이어서 이회장이 막걸리를 따라 올리고 호텔 임원들이 다 함께 큰절을 한 뒤 음복을 하는 것을 끝으로 간단히 고사를 마친다.

드디어 나이트클럽의 개업시간인 저녁 6시가 되자 제일 먼저 DJ 손이 무대 위로 올라 신나는 클럽댄스 음악으로 나이트클럽 영업의 시작을 알린다. 전 직원들은 긴장된 마음으로 대한의 지시에 따라 모두 각자의 정해진 장소에 위치하고 있었다. 나이트클럽의 오픈 소식을 듣고 일찍부터 홀에 앉아서 기다리고 있던 죽돌이 죽순이들이 음악이 흘러나오자 스테이지로 한꺼번에 몰려나가 춤을 추기 시작한다. 초저녁인데도 500평이 넘는 나이트클럽 홀은 벌써 반 이상이 손님들로 채워졌다. 잠시 후 윤사장의 손님들이 저녁식사를 마치고 내려오자 금세 홀과 룸이 만석이 된다. 웨이터들이 손님들을 주시하며 정신없이 뛰어다니며 서빙을 한다.

그때 시골에서 대한을 만나기 위해 찾아온 친구들과 1년 선배 성효가 그의 여자 친구와 함께 호텔 근처에 도착 소식을 알린다. 잠시 후 대한의 친구들부터 윤식이 운전하던 차량이 경찰들의 불심검문에 걸려 인근 파출소로 연행되었다는 연락이 온다. 대한은 개업으로 인해 한창 바쁜 시간이지만 지체 없이 관할 파출소로 향한다.

　파출소에 도착한 대한이 친구들과 성효와 인사를 나누다 순간 낮에 미용실 원장에게 들었던 살인사건과 관련된 이야기를 떠올린다. 어쩐지 좋지 않은 예감이 든다. 대한이 파출소장에게 인사하고 명함을 건네주며 개업식에 초대한 자신의 지인들이라고 해명해 보지만 파출소장은 상부의 지시라며 오히려 대한에게 조사협조를 부탁한다. 경찰들이 대한의 친구들 인상이 험악하다고 생각했는지 윤식의 차를 수색하더니 트렁크에서 사시미 칼과 야구방망이, 비비탄 총, 수갑 등을 찾아내고는 살인사건의 용의자 혐의를 적용하여 조사를 시작하려고 한다. 파출소에 파견 나온 살인사건 담당형사는 대한의 친구들에게 불법무기 소지죄로 처벌받을 수도 있는 상황이고 트렁크에서 발견된 물품들은 어느 누가 봐도 살인사건 용의자로 의심받기에 충분하다며 사태의 심각성을 제기한다. 자칫하면 대한의 개업식을 축하해 주기 위해 참석했던 친구들과 선배 성효가 살인사건의 용의자로 몰릴 위기에 처하게 된 것이다. 대한이 억울하다며 소리를 지르는 친구들을 다독여 진정시킨다.

　대한 - 잠시만 소란피우지 말고 얌전히 기다려 봐! 내가 호텔에 보고해서 해결할 테니까.

윤식 - 그랴~ 대한아! 알았어! 그런데 여기까지 와서 살인 용의자라니…
참나! 어이가 없다! 진짜!

대한이 호텔 최이사에게 자신들의 친구들이 개업식에 참석차
왔다가 불심검문에 걸려 살인사건 용의자로 조사를 받게 될지
도 모른다는 사실을 통보한다. 난데없이 살인사건 용의자로 몰
리게 된 대한의 친구들이 파출소에 있는 형사들에게 신분확인
을 받기 시작한다. 형사들 중 한 명은 대한의 일행들이 진산에
서 온 것을 알고는 자신의 고향 사람들이라며 자신이 알고 있는
몇 사람의 이름을 대며 친근감을 표시하기도 하였지만 윤식의
차량 트렁크에서 발견된 불법무기로 인해 꼼짝없이 수사선상에
오를 처지에 놓인다. 일부 형사는 왜 차량에 불법무기를 소지하
고 다니느냐고 추궁하며 살인사건과의 연관성을 찾기 위해 끈
질기게 조사를 진행한다. 잠시 후 서진호텔 이대산 회장이 경찰
서장에게 전화를 하자 이회장으로부터 전화를 받은 경찰서장이
다시 대한의 일행이 연행되어 있는 파출소장에게 전화를 걸어
그들을 훈방 조치하라고 지시한다.

파출소장 - 일단 인적사항이 확인되었으니 이제 나가셔도 됩니다.

대한 - 예! 소장님! 감사합니다!

파출소에서 나오며 대한의 친구들이 투덜댄다.

윤식 - 뭐여? 갑자기 살인은 뭔 살인 용의자라는 거여? 존나 웃기네!

용식 - 그러게 말이여. 우리가 여기 사람들도 아닌데 갑자기 무슨 살인
을 했다는 거여?

우석 - 야! 그래도 대한이가 호텔에 얘기해서 다행히 이렇게 쉽게 풀려 날 수 있었잖아. 히히히!

대한이 파출소에서 풀려난 그들을 데리고 나이트클럽 영업이 한창인 호텔로 향한다. 호텔에 도착해 로비로 들어서면서부터 그들은 눈이 휘둥그레지며 여기저기를 두리번거리기 시작한다. 대한이 그들을 데리고 나이트클럽으로 안내한 뒤 양주와 안주를 미리 준비해 놓은 대형 룸으로 들어간다. 나이트클럽의 엄청난 규모에 놀란 친구들이 룸 여기저기를 여전히 두리번거리고 있다.

성효 - 와아~ 여여… 여기 거거… 겁나게 크네! 대… 대한아! 형은 니… 니가 자랑스럽다!

우석 - 여기 나이트클럽은 우리 동네하고는 사이즈 자체가 비교가 안 되는구먼! 와! 솔직히 놀랬다! 나는….

윤식 - 아~ 씨발! 근데 아까 그 짭새들 말이여. 왜 나한테 살인 용의자라면서 수갑까지 채우고 지랄이냐? 존나 열 받게….

대한 - 오늘 새벽에 살인사건이 있었다고 하니까… 니가 이해해라!

용식 - 야! 이 미친 새끼야! 넌 차 트렁크에 무슨 연장을 그렇게 많이 싣고 다니냐? 또 비비탄 총은 뭐냐? 그건 왜 들고 다니는 거여? 어?

성효 - 야! 시시… 시끄러 술이나 마셔!

용식 - 근데~ 대한아! 넌 여기에 어떻게 들어온 거냐? 넌 참 재주도 좋아!

대한 - 으응… 그냥 잘 아는 사장님 소개로 왔는데… 오자마자 전에 나이트클럽에서 장사했던 뉴타운파 애들하고 문제가 있어서 나하고 한바탕 붙었어! 그 일이 잘 해결된 덕분에 나이트클럽을 생각했던 것보다 조금 빠르게 오픈하게 된 거야.

우석 - 그라? 근디? 선배들이 대한이 너 혼자 여기에 있다고 시기나 안 하려나 모르겠다. 위에서 해주는 것도 없으면서… 씨팔!

성효 - 서… 설마 동생이 잘되면 좋은 거지 시시… 시기를 하면 그게 서서… 선배냐? 그건 아니지. 그… 그건 걱정 마! 대한아! 혀혀… 형이 있잖아.

대한 - 그나저나 우리 형수님! 정말 오랜만에 뵙네요!

성효 애인 - 네! 대한씨! 이렇게 잘 지내시는 거 보니까 보기 좋아요!

대한 - 이제 시작이죠! 우석아! 우리 진짜 오랜만에 같이 술 마시는 것 같다! 많이 마셔라! 하하하!

우석 - 응~ 그라! 야! 근디… 여기는 러시아 아가씨가 왜 이렇게 많은 겨? 소개 좀 시켜 줘 봐! 헤헤헤!

대한 - 그래. 알았어! 기다려 봐! 넣어 줄게!

성효 - 야! 이 시시… 씨부랄 놈들아! 니 형수도 옆에 있는디… 자자… 자기는 먼저 숙소에 올라가 있어! 히히히!

성효 애인 - 뭐야? 나 먼저 갈까? 알았어! 그동안 즐거웠어! 재밌게 놀아라! 칫!

성효 - 자자… 장난이여! 자자… 자기야! 그냥 해 본 소리여. 히히히!

대한 - 형수님도 계시니까… 그냥 데려다 술만 같이 마시면 되지요. 러시아 무용수들인데… 정말 착한 애들이에요. 형수님!

성효 애인 - 전 괜찮아요! 대한씨! 저는 신경 쓰지 마시고 노세요.

대한이 잠시 룸 밖으로 나가 담당 웨이터에게 러시아 아가씨 세 명을 넣으라고 말한다. 잠시 후 룸 안으로 러시아 아가씨 세 명이 들어와 그들 옆에 앉는다. 그들이 신기한 듯 러시아 아가씨들을 쳐다본다. 눈치가 보이는지 선배 성효와 그의 애인이 자리를 피해 준다. 대한이 이들을 위해 사전에 잡아 놓은 호텔 객실 열쇠를 성효에게 건네준다.

성효가 애인과 함께 객실에 도착해 문을 열려고 열쇠를 집어넣어 보지만 문이 열리지 않는다. 당황한 성효가 다급하게 대한에게 전화를 한다.

성효 - 야! 대… 대한아! 개개… 객실 문이 왜 안… 안 열리냐?

대한 - 하하하! 열쇠를 그냥 돌리지만 마시고 키를 돌리시면서 문을 미시면 열립니다. 그리고 나서 그냥 놔두면 문이 다시 자동으로 잠기니까 주의하십쇼. 형님!

대한이 윤사장의 손님들 테이블을 돌며 바쁘게 인사를 한다. 개업식이 잘 진행되고 있음을 확인한 대한이 다시 친구들이 있는 룸으로 향한다. 문을 열고 들어서자 꼴이 가관이다. 각자 러시아 아가씨 한 명씩을 끌어안고 블루스를 추고 있지만 어쩐지 서로의 조합이 부자연스러워 우스꽝스럽기까지 하다. 대한이 터져 나오는 웃음을 억지로 참는다.

대한 - 야! 여기에만 있지 말고 스테이지에 나가서 춤이라도 추고 와!

우석 - 그랴! 우리 다 같이 나가자!

대한의 친구들이 러시아 아가씨들과 함께 어울려 스테이지에서 춤을 춘다. 자기들 스스로도 꼴이 우스웠는지 서로를 쳐다보며 낄낄거리고 웃는다. 그때 갑자기 전화 한 통을 받은 윤식이 친구들에게 시골에 급한 사정이 생겨서 내려가야 한다고 전한다. 윤식의 차량으로 함께 온 우석, 용식도 윤식과 함께 내려갈 수밖에 없게 된 것이다. 대한이 친구들을 보내며 아쉬움에 포옹을 하고 친구들을 떠나보낸다.

친구들을 보낸 대한이 나이트클럽 안을 '휘이~' 둘러보고는 다시 룸으로 돌아가 홀로 앉아 술을 마시며 노래를 부르고 있다. 어떻게 알았는지 나탈리아가 대한이 있는 룸을 찾아 슬며시 들어온다. 나탈리아가 노래를 부르고 있는 그의 뒤로 다가가 대한의 허리를 끌어안는다. 대한이 뒤를 돌아보고 계속 노래를 부른다. 한참을 노래를 부르던 대한이 노래를 끝내고 뒤돌아서며 나탈리아의 입술에 감미롭게 키스한다. 때마침 소피아가 문을 열고 들어오다 두 사람이 키스하고 있는 것을 보고는 깜짝 놀라며 멋쩍게 웃는다.

소피아 - Oh my god! 박상무님! Sorry!

대한 - 괜찮아! 소피아! 이리 와! 앉아서 술이나 마시자!

나탈리아 - 소피아! Okay! 한잔 해! 박상무님! 호호호!

그들이 함께 술을 마시며 노래를 부르다 보니 어느덧 새벽 세 시가 지나고 있었다. 대한이 시계를 흘끗 올려다보더니 나이트클럽을 마감해야 할 시간이 가까워지자 나탈리아와 소피아에게 숙소로 돌아가라고 한다. 그러자 나탈리아가 대한의 말이 서운했는지 토라져 밖으로 나가버린다. 옆에 있던 소피아가 웃으며 대한을 바라본다.

소피아 - 박상무님! 나탈리아 삐졌어! 어떡해요?

대한 - 괜찮아! 소피아! 너도 피곤할 텐데 어서 들어가서 쉬어!

나탈리아와 소피아를 돌려보낸 대한이 클럽을 둘러본다. 홀과 룸에는 두어 팀 정도의 손님밖에는 남지 않았다. 대한이 급히 사장 박정희를 부른다.

대한 - 오늘이 개업 첫날인데 너무 무리하지 마시고 이제 슬슬 마무리하시죠?

박정희 - 저희는 매일 하던 일이라서 괜찮은데요. 박상무님!

대한 - 남은 손님들 마무리하시고 밖에서 삼겹살에 소주나 한잔 할까요?

박정희 - 저희들은 무조건 콜이죠. 상무님!

나이트클럽 영업을 마감하고 대한이 웨이터들을 데리고 인근 식당으로 향한다. 식당에 도착한 대한이 문을 열고 들어서자 언제 왔는지 나탈리아가 일행들과 함께 술을 마시고 있다. 대한이 웨이터들과 함께 나탈리아의 옆 테이블에 자리를 잡고 앉는다.

대한 - 오늘 첫날인데 다들 정말 수고 많으셨습니다! 식사하실 분들은 주문하시고… 술안주는 마음껏 시키세요! 오늘은 제가 사겠습니다. 하하하!

웨이터 까치 - 이렇게까지 신경을 써 주시니 감사합니다. 박상무님!

박정희 - 어쩌다보니 박상무님과 오늘 처음 술자리를 갖게 됐네요. 너무 고맙고요~ 앞으로 저희들도 열심히 하겠습니다!

대한 - 아이고~ 급사장님! 제가 한참 아래인데… 사석에서는 말씀 편하게 낮추세요.

박정희 - 에이! 그건 아닙니다. 상무님! 우리들 직업상 상무님께 편하게 대할 수는 없어요. 아무리 나이가 어리다고 해도 하대해서는 절대 안 되는 거죠.

대한 - 제가 이쪽 일은 처음이니까 많이 알려 주세요! 자! 그럼 다 같이 한잔 하시죠?

웨이터 까치 - 상무님! 나탈리아가 계속 이쪽을 쳐다보고 있는데 나이트 가족끼리 한 자리로 합치시죠?

대한 - 그렇게 하세요! 저기… 이모님! 고기랑 술 좀 더 주시고요. 저쪽 테이블이랑 계산 이쪽으로 합산해 주세요!

웨이터 까치 - 나탈리아! 왜 그렇게 얼굴 표정이 안 좋아? 어서 여기 박상무님 옆으로 와! 빨리!

대한 - 괜찮아요! 그냥 놔 두세요!

웨이터 까치 - 전 박상무님하고 나탈리아가 연인관계라는 것쯤은 다 알고 있습니다! 그 정도의 눈치는 있죠. 하하하!

대한 - 하하하! 그런가요? 나탈리아! 이리 와서 앉아!

대한이 웃으며 나탈리아를 부르자 그녀의 얼굴이 금세 밝아진다. 나탈리아와 함께 있던 한국계 우즈벡 출신의 쏘냐가 대한의 옆으로 다가와 앉으며 소주를 따라 준다. 나탈리아가 쏘냐를 대한에게 소개한다.

나탈리아 - 오빠! 내 언니! My boss! 인사해!

대한 - 아~ 그래? 근데 건달도 아닌데 보스는 무슨 보스냐? 그냥 언니라고 하지.

나탈리아 - NO! 마피아 아니요~ My boss! 쏘냐 언니야! 인사해!

쏘냐 - 박상무님! 제 이름은 쏘냐 안녕하세요! 내가 러시아 아가씨들 중에 한국말을 제일 잘 하고… 또 제일 언니라서 러시아 아가씨들 나를 보스로 불러요.

대한 - 그래요? 하하하! 저는 그냥 쏘냐라고 부르면 되겠죠? 잘 부탁드려요! 제 술 한 잔 하세요!

쏘냐 - 네! 상무님! 잘 부탁드려요! 파이팅!

대한 - 그래요. 어려운 일 있으시면 언제든지 저한테 말씀하시고요… 자 그럼 건배합시다!

쏘냐, 박정희 - 네! 상무님!

대한 - 내일부터는 저도 레스토랑에서 식사 안 하고 클럽 식당 밥을 이용해야겠어요. 그래야 여러분들과 한 식구가 되지요. 하하하!

박정희 - 그래 주시면 좋지요. 주방 이모가 상무님 때문에라도 음식에 더 신경을 써 주실 테니까요.

대한 - 그런가요? 하하하! 앞으로 우리 나이트클럽의 명운이 급사장님 한테 달려 있습니다. 영업홍보부터 매출, 고객관리까지… 밑에 딸린 식구들만 해도 벌써 몇입니까? 다 같이 힘내 보자고요.

대한이 주관한 술자리에서 주고받은 소주 몇 잔에 어색했던 관계가 벌써 한층 가까워진 느낌이다. 서서히 아침이 밝아오기 시작하자 모두들 얼큰하게 술에 취해 술자리를 마무리한다. 대한이 법인카드로 계산을 마치자 웨이터들이 콜택시를 불러 제일 먼저 대한과 급사장을 차에 태운다.

다음 날 오후. 잠에서 먼저 깨어난 대한이 옆에서 곤히 자고 있는 나탈리아를 바라보며 지긋이 웃는다. 대한은 혹시라도 나탈리아가 깰까 봐 조심스럽게 옷을 챙겨 입고 사우나로 향한다.

사우나에 들어서자 윤사장이 마사지실에서 대한을 부른다. 두 사람이 함께 누워 스포츠 마사지를 받고 있다.

윤사장 - 박상무! 어제 고생 많았어! 늦은 시간까지 직원들하고 뒤풀이까지 해줬다며? 이제는 내가 없어도 되겠는걸?

대한 - 아닙니다! 그래도 윤사장님이 계셔야 직원들이 책임감도 생기고 좀 더 조심하죠.

윤사장 - 하하하! 그런가?

대한 - 그나저나 뉴타운파 황이사하고 강부장한테 병문안이라도 가서 오해는 풀어야 하지 않을까요?

윤사장 - 듣고 보니 그렇구만! 찝찝하게 걔들하고 등지고 있을 순 없지.

대한 - 그래서 말인데요… 제가 시작한 싸움이니까 제가 찾아가서 오해를 풀고 오겠습니다. 사장님!

윤사장 - 글쎄… 자네가 그놈들한테 찾아가면 괜히 불씨만 만들게 되는 건 아닌지… 고민스럽네!

대한 - 그래도 제가 그들보다는 한참 아랫사람이니까 제가 먼저 찾아가서 사과한다고 하면 그 사람들도 쉽게 물리치지는 못할 겁니다.

윤사장 - 글쎄… 그놈들도 자존심이 있는 건달인데… 그렇게 박상무한테 당하고 자네의 사과를 쉽게 받아들일 수 있겠나?

대한 - 쉽지는 않겠지만 저하고의 오해를 풀지 않으면 반드시 저희 나이트클럽에도 그 화가 미칠 수 있습니다!

윤사장 - 그건 그럴 수도 있겠지. 어쩌면 조직 간의 전쟁이 벌어질 수도 있을지 몰라! 그렇다면 먼저 이사님들하고 상의를 해 보자고… 박상무!

윤사장과 대한이 마사지를 마치고 이사실로 향한다. 이사실에 모인 이사들이 매우 진지한 표정으로 윤사장과 대한의 말을 듣고 있다.

김중배 이사 - 괜히 일을 키우는 게 아닐까 싶은데… 내가 뉴타운파 애들한테는 충분하게 해명을 해서 별일은 없을 거 같은데 말이야.

최준석 이사 - 뉴타운파 애들은 전쟁을 피하기 위해서 그럴 수 있지만 지금 병원에 입원해 있는 당사자들은 또 다를 수 있지. 아마 보복을 준비하고 있을 수도 있어. 우리가 박상무의 판단을 믿어 줘 보자고… 다들 어떤가?

김중배 이사 - 음… 듣고 보니 그럴 수도 있겠네. 그럼 박상무 뜻대로 해 봐!

대한 - 예! 그러면 저는 먼저 일어나 보겠습니다!

이사실에서 먼저 나온 대한이 제과점과 죽집에 들러 문병 갈 준비를 한다. 병원 1층 로비에 도착한 대한이 안내 데스크 직원에게 황이사와 강부장이 입원해 있는 병실을 묻는다. 잠시 후 대한이 그들의 병실로 들어가자 뉴타운파 황이사와 강부장이 성난 표정으로 대한을 노려보며 울화통이 치미는지 침대에서 일어나려고 한다. 하지만 부상으로 붕대와 깁스를 하고 있는 처지인지라 일어나지는 못하고 미친 듯이 소리를 지르기 시작한다.

강부장 - 아악! 야! 이 새끼야! 니가 여길 왜 왔어! 어린 놈이 건방지게… 위아래도 없이… 너! 정말 죽고 싶어서 환장한 거냐? 어?

황이사 - 강부장! 그만해라! 여기는 병원이다! 응?

강부장 - 그래도 형님! 저 새끼는 씹어먹어도 시원찮을 판인데요. 형님!

황이사 - 자꾸 이런 모습 보이면 우리가 더 추해진다! 그래 박상무! 이쪽으로 와서 앉지!

대한이 한 아름 챙겨온 빵과 죽을 냉장고에 넣어 놓고는 황이사와 강부장에게 허리를 숙인다.

대한 - 황이사님! 제가 무례하게 굴었던 점 진심으로 사과드립니다! 그리고 강부장님께도 나이도 한참 어린 제가 건방지게 처신한 점 진심으로 사과드리겠습니다!

강부장 - 뭐야? 사과? 이런 개자식이… 죽을….

황이사 - 야! 강부장! 주둥아리 닫고 있어! 계속해 봐! 박상무!

대한 - 죄송합니다만 저는 업무적으로 최선의 선택을 할 수밖에 없었습니다! 아마 형님들도 제 입장을 충분히 이해하시리라 생각하고 이렇게 결례를 무릅쓰고 찾아왔습니다! 공적으로는 호텔 상무지만 사적으로는 타 조직의 선후배 관계입니다. 이 시간부로 형님들께 진심으로 용서받고 형님으로 잘 모시고 싶습니다! 제가 지은 잘못에 대해서는 어떤 처분이라도 달게 받겠습니다. 용서해 주십쇼.

대한의 진심 어린 사과가 끝나자 잠시 침묵이 흐른다. 황이사가 아무런 반응이 없다. 깊이 고민에 빠진 것처럼 보인다. 하지만 옆에 강부장이 못마땅한 표정으로 대한을 쏘아보며 딴죽을 건다.

강부장 - 오~ 그래? 어떤 처분도 달게 받겠다? 그러면 타 조직 선배한테 실수한 죗값은 치러야지. 안 그래? 내 밑에 있는 부하 한 놈을 부를 테니까 그놈한테 죽도록 빠따 맞고 끝내자! 너 이 새끼 감당할 수 있겠어?

대한 - 그렇게 해서 형님들이 용서하실 수 있다면 그렇게 하겠습니다!

황이사 - 야! 임마! 강부장! 진정해! 새끼야! 괜히 우리 뉴타운파 식구들까지 알게 되면 개망신이니까 창피하게 개입시키고 싶지 않다!

강부장 - 형님! 저 새끼 때문에 저는 며칠 밤을 악몽에 시달려서 잠 한숨도 못 자고 고통 속에서 지냈습니다. 전 저놈을 아무리 두드려패도 분이 풀리지 않을 것 같습니다. 형님!

황이사 - 강부장! 우리가 박상무를 때려 봐야 결과는 달라지지 않아! 박상무가 우릴 이긴 거야! 임마! 건달답게 인정할 것은 인정해! 차라리 박상무를 용서해 주고 조직의 식구를 떠나서 이번 기회에 형 동생으로 잘 지내 보는 것이 어떠냐? 박상무!

강부장 - 아니⋯ 형님! 형님은 어떻게 저 어린 놈이 지금 용서가 되신다는 겁니까? 아⋯.

황이사 - 강부장! 형의 명령이다! 박상무하고 서로 악수하고 지난 일은 잊는 거다! 더 이상 쪽팔리니까 말하지 말자!

대한 - 감사합니다! 황이사님! 강부장님! 좋은 동생이 되겠습니다! 용서해 주셔서 고맙습니다!

황이사가 대한에게 악수를 청하고 대한을 끌어안으며 용서한다. 불만스러운 표정을 하고 있던 강부장도 결국 그를 용서하기로 한다. 대한이 자신이 가져온 죽을 테이블에 꺼내 놓고 이들과 함께 나누어 먹는다.

대한 - 제가 병원 근처에 있으니까 혹시 형님들 필요하신 거 있으시면 저한테 언제든지 편하게 연락하세요. 동생이라고 생각하시고요.

황이사 - 그래. 아우야! 자네도 바쁠 텐데 그만 나가서 일 봐! 이렇게 병문안까지 와 줘서 고맙네! 어서 가 봐! 박상무!

대한 - 예! 형님! 먼저 일어나겠습니다! 강부장님! 또 찾아뵙겠습니다!

강부장 - 그래! 박상무! 조심히 가고 또 보자!

대한은 뉴타운파 황이사와 강부장을 찾아가 진심으로 용서를 빌고 불과 몇 시간 만에 그들로부터 용서를 받아낸다. 이후 대한은 황이사와 강부장과 서로 형제의 의를 맺는다. 대한이 병실 문을 닫고 나가는 뒷모습을 바라보며 황이사가 그의 담대함과 처세술에 감탄한다.

황이사 - 야! 강부장! 방금 박상무 처세하는 거 봤어? 이제 나이가 고작 스무 살인데 행동은 거의 우리 수준이야. 거기에다 이빨 까는 멘트도 수준급이란 말이야. 강부장! 잘 들어~ 이 새끼야! 박상무는 절대로 적으로 두어서는 안 될 놈이다. 저놈은 말 그대로 건달 기질을 타고난 놈이야. 난 저놈이 탐난다. 어떻게 저 어린 나이에 그 모든 것을 두루 갖추었단 말이냐⋯ 정말 무서운 놈이다!

뉴타운파 황이사와 강부장은 대한의 역량에 감탄하며 향후 그의 행보에 관심을 가지고 꾸준히 지켜보기로 한다.

호텔로 돌아온 대한이 이사실로 찾아가 뉴타운파 황이사와 강부장을 만나 오해를 잘 풀었다고 보고한다. 윤사장과 이사들이 기뻐하며 대한의 어깨를 두드려 준다. 대한이 이사실에서 나와 객실로 들어간다. 대한이 들어오는 소리에 깨어난 나탈리아가 옷을 벗고 침대로 올라오는 대한에게 어디에 갔었냐며 투정을 부리기 시작한다.

나탈리아 - 박상무님! 오빠! 어디 갔다 왔어?

대한 - 오빠냐? 박상무님이냐? 호칭 정리 좀 정확히 해! 하하하!

나탈리아 - 상무님이 부르기 좋아요! 어디 갔었어?

대한 - 황이사하고 강부장 만나고 왔어!

나탈리아 - 정말? 그 사람 Korea Mafia? 무서운 사람? Okay?

대한 - 오케이… 걱정 말아! 나탈리아! 오빠 지금 피곤해! 쉬잇!

피곤했는지 대한이 곧 잠이 든다.

　대한은 나이트클럽 개업식이 차질 없이 끝나고 뉴타운파 황이사와 강부장 사이에 벌어졌던 사건도 원활하게 해결되자 잠시 고향인 진산으로 내려간다. 대한은 차후 호텔 업무와 나이트클럽 관리가 바빠질 것을 대비해서 후배 한 명을 나이트클럽 부장으로 취직시킬 생각이다. 고향에 도착한 대한이 진산시내의 한 커피숍에서 후배들을 불러 모으고 은밀하게 면접을 본다. 대한이 제일 먼저 도착한 1년 후배 현민을 만난다. 평소 자주 마시던 카프리 맥주 대신 커피잔을 들고 있는 대한이 낯설다는 듯 현민이 호기심 가득한 표정으로 대한을 바라본다.

현민 - 이제 카프리 맥주는 끊으셨습니까? 형님!

대한 - 운전 때문에 끊었지! 근데 삼일이랑 상우, 경일이는 언제 온다냐?

현민 - 금방 올 겁니다. 형님! 혹시 호텔에 제가 있을 자리는 없습니까? 형님!

대한 - 그렇지 않아도 나이트클럽 영업부장을 한명 채용하려고 하는데… 왜? 일자리 구하고 있냐?

현민 - 예! 형님! 매일 노는 것도 지겹고 그렇고 해서 형님한테 부탁드리려고 했습니다.

대한 - 그렇구나! 잘 됐네. 그럼 형이 호텔 임원들하고 상의해서 연락할게! 삼일이랑 상우는 고등학교 복학해서 잘 다니고 있지? 경일이는?

현민 - 경일이하고 저는 학교 안 다닙니다. 형님!

잠시 후 1년 후배 삼일, 상우, 경일이 커피숍으로 들어오자 분위기가 시끌시끌해진다. 삼일은 얼마 전 교도소에서 출소해 진산공고에 복학을 했고 상우는 진산상고 3학년에 재학 중이었으며 경일은 백수였다. 후배들이 대한을 보자 반갑게 인사한다.

경일 - 대한형님! 진짜 많이 보고 싶었습니다!

상우 - 요즘 대한형님이 제일 잘 나가신다고 위에 형들이 시기하는 것 같습니다. 조심하십쇼. 형님!

삼일 - 지랄하고 있네! 지들이 뭘 해준 게 있다고… 씨발!

대한 - 야! 임마! 삼일아! 너 그런 말 함부로 하는 거 아니다. 어?

삼일 - 예! 죄송합니다. 형님! 근데… 형님들이 동생들한테는 신경도 안 쓰면서 형님이 쫌 잘된다 싶으니까….

대한 - 야! 시끄럽고! 그나저나 형이 먼저 길을 잘 닦아놔야 니들이 편하게 따라올 텐데… 잘 되려나 모르겠다. 형이 자주 오지 못하더라도 니들이 형 친구들한테 각별히 더 신경 좀 쓰고 잘 해라! 알겠지?

상우 - 예~ 형님! 안 그래도 매일 형님들 세탁소 심부름에, 숙소 청소에, 아주 그냥 힘들어 죽겠습니다!

경일 - 세탁소 심부름까지는 괜찮은데 택시비랑 세탁비도 안 챙겨 주시는 불편한 선배들 때문에 더 짜증납니다! 형님!

대한 - 그래. 니들 고충도 알지만 선배들하고 지내다 보면 가끔 그럴 수도 있는 법이니까 너무 불만 갖지 말고… 시간이 지나면 길이 보일 거다.

대한이 후배들과의 대화를 마치고 선배 성효와 친구 우석을 만나러 노래방으로 향한다. 노래방에 들어가자 성효와 우석이 대한을 반갑게 맞이한다.

성효 - 대… 대한아! 왜… 왜 이렇게 반갑냐?

우석 - 여기서 보니까 느낌이 이상한디? 잘 왔어. 대한아!

대한 - 너는 시내로 좀 나오라니까… 1년 밑에 애들하고 같이 차 한잔 하려고 했는데….

우석 - 성효형님이 같이 밥 먹자고 해서 너 기다렸지.

성효 - 시… 시끄럽고… 가… 가자! 바바… 밥 먹으러… 어디로 갈까?

우석 - 접때 보니께 진산아파트 쪽에 삼겹살집 새로 생겼던디… 그쪽으로 가시죠? 형님!

성효 - 그라~ 일단 여… 여기서 나가자!

대한이 성효, 우석과 함께 노래방에서 나와 주차장으로 간다. 성효와 우석이 주차되어 있는 대한의 차를 보며 부러운지 너스레를 떤다.

성효 - 와아~ 에에… 에쿠스구나! 대한아! 혀… 형이 운전 좀 해 봐도 되냐?

대한 - 예… 근데~ 형님은 보험이 안 되니까 조심해서 하세요. 형님!

대한이 차량 리모컨을 성효에게 건넨다. 운전석에 성효가 앉고 조수석에는 대한, 뒷좌석에는 우석이 앉는다. 성효가 차량의 시동을 걸며 말한다.

성효 - 와! 역시 나… 남자의 로망은 에… 에쿠스지. 거… 겁나게 조용하네! 비비… 비행기 타고 가는 거 같은디? 아! 형 좀 폼 나냐?

우석 - 형님은 그냥 레간자가 어울리십니다요. 히히히!

성효 - 저런 시… 씹새끼가! 아이구~ 저… 저걸 그냥….

대한 - 하하하! 형님은 여전하십니다.

성효 - 초초… 촌놈들 차… 차가 좋으니까 무… 무슨 차인가 하고 다들 쳐다보는 것 좀 봐라. 히히히! 우리 동네에 에에… 에쿠스가 지금 딱 한 대 있는데 대대… 대한이 니 차가 두 번째여.

대한 - 형님은 그런 쓸데없는 정보는 참 잘 아십니다. 하하하!

우석 - 형님! 이제 그만 좀 돌고 삼겹살집 앞에 차 좀 세우시죠? 배고픕니다!

성효가 식당 바로 앞에 주차를 하고 식당 안으로 들어가 자리를 잡고 앉는다.

성효 - 저저… 저기요! 이… 이모!

식당 이모 - 그래! 성효 왔구나! 뭘로 해줄까?

성효 - 사사… 삼겹살 사사… 삼 인분하고 모모… 목….

식당 이모 - 목살? 몇 인분 줄까?

성효 - 이이… 이….

식당 이모 - 이 인분? 아이구~ 성효야! 니 주문 받다가 이모가 숨 넘어 가겠어. 이놈아~ 하하하!

대한과 우석이 식당 이모의 농담에 낄낄거리며 웃는다.

성효 - 어라? 이런 시시… 씨부랄 놈들이! 웃냐? 어?

대한, 우석 - 크하하하! 아이고 웃겨! 하하하!

대한 - 우석아! 오랜만에 형님 말 더듬는 모습 보니까 왜 이렇게 웃기냐? 하하하!

우석 - 난 맨날 보는디도 볼 때마다 웃겨 미치겠다! 하하하!

대한 - 형님! 나무젓가락 물고 말하는 연습하면 고칠 수 있다는데요. 그렇게라도 해서 고쳐 보세요.

성효 - 시시… 씨발 거… 해 봤는디… 그게 잘 안 돼서 소소… 속 터진다!

대한 - 하긴 그렇지요. 우석아! 성효형님은 얼마나 답답하시겠냐?

우석 - 대한아! 접때는 성효형님이 다방 아가씨 꼬시겠다고 노래방에서 시간 티켓 끊어 주고서 같이 노래하시던데… 그 뭐냐 코요테 거 랩을 하시는디 하나도 안 더듬더라. 그런 건 또 진짜 신기햐.

성효 - 혀… 형은 여자랑 같이 있으면 마음이 펴… 편해져서 잘 안 더듬는데, 니들하고 서서… 선배들만 있으면 마마… 말을 못 하겄어.

대한 - 고것 참 희한하네요. 형님은 말 안 더듬으려면 여자가 옆에 있어야 한다니까요. 하하하!

우석 - 그랴~ 그래서 형님은 눈치 없이 낄 자리 안 낄 자리 안 가리시고 항상 옆에 여자를 끼고 다니시잖아.

성효 - 야! 이 개⋯ 개새끼야! 시⋯ 시끄러! 거 참 말 존나게 많네!

우석의 말을 듣고 성효가 버럭 화를 낸다. 대한과 우석은 이런 성효의 반응이 재미있는지 계속 낄낄댄다.

저녁식사를 마친 대한 일행이 이쑤시개로 이를 쑤시며 식당에서 나온다. 그때 갑자기 윤사장으로부터 대한에게 전화가 걸려온다. 무슨 급한 일이라도 생긴 모양이다. 윤사장의 목소리가 다급하다. 대한이 성효와 우석에게 인사를 하는 둥 마는 둥 하고 황급하게 차를 몰고 떠난다.

호텔에 도착한 대한이 나이트클럽으로 들어서자 웨이터가 머리에 피를 흘리는 사내를 업고 있다. 윤사장이 대한을 불러 급히 인근 병원으로 출발한다. 어떤 영문인지 몰라 대한이 윤사장에게 자초지종을 묻는다.

대한 - 윤사장님! 무슨 일이 벌어진 겁니까?

윤사장 - 방금 병원으로 실려 간 사람은 이 동네의 상남파 보스라는데⋯ 며칠 전부터 나이트클럽에서 웨이터하고 아가씨들한테 함부로 대하기에 보다 못한 김이사님께서 룸에 들어가 얘기를 하고 있었어. 그런데 그 상남파 보스라는 사람이 김이사님한테 건방지게 행동을 했나 봐. 김이사님이 그걸 참지 못하시고 양주병으로 그 사람 대가리를 때려서 저 지경이 됐다.

대한 - 상남파 보스가 잘못을 하기는 했네요. 사장님! 하지만 아무래도 이 일 때문에 한동안 시끄러울 수도 있겠는데요?

윤사장 - 그렇지 않아도 상황이 어떻게 될지 모르니까 영주파 쪽하고 성동파 쪽 이사님 부하들이 그것 때문에 비상대기 중인가 봐!

대한 - 아… 그렇군요! 근데 상남파 보스란 사람이 왜 저희 술집에 와서 진상 짓을 했을까요? 그런 짓 자체가 아무런 명분도 없는 건데… 그런 짓은 지들 동네 사람들한테나 먹히는 거지… 여기서는 어림도 없죠! 차라리 잘 됐습니다. 이번 기회에 다시는 이런 일이 생기지 않도록 정리해야겠습니다. 윤사장님!

윤사장 - 그래. 일단은 병원에 가서 상남파 보스 치료부터 시키고… 경찰서장님하고는 잘 얘기가 됐는데… 괜히 동네 애들하고 마찰이 생기면 영업에 방해가 되니까 그게 조금 걱정이야!

대한 - 윤사장님! 혹시 상남파 보스라는 사람을 뉴타운파 황이사님이 잘 알고 있지 않을까요?

윤사장 - 오~ 그래. 그럴 수도 있겠다. 한번 확인해 봐!

대한 - 그러면 제가 병원에 도착해서 황이사님부터 만나고 오겠습니다!

윤사장 - 그게 좋겠어! 한번 만나 보고 곧바로 전화 줘!

병원 응급실에 도착하자 윤사장은 상남파 보스가 치료를 받을 수 있도록 조치하고 대한은 뉴타운파 황이사가 입원하고 있는 병실로 향한다. 대한이 병실 문을 열고 들어가자 황이사와 강부장이 대한을 반갑게 맞이한다.

황이사 - 어? 갑자기 연락도 없이 무슨 일이야? 박상무!

대한 - 그동안 잘 지내셨지요? 몸은 좀 어떠세요?

황이사 - 아우 덕분에 잘 지내고 있다. 근데 무슨 일이 있는 거야?

대한 - 황이사님! 사람들이 상남파 보스라고 하던데… 혹시 그분 아십니까?

황이사 - 그 양반? 잘 알지! 그런데 갑자기 그분은 왜? 혹시 클럽에서 또 진상 짓 했냐?

대한 - 네… 클럽에서 진상 짓을 하고 있는 걸 저희 김이사님이 가서 말리다가 문제가 생겼나 봅니다. 저희 김이사님한테 건방떨다가 양주병으로 맞아서 지금 이 병원 1층 응급실에서 치료받고 있습니다.

황이사 - 그래? 그 양반 또 그랬구만! 내가 한번 가 봐야 하겠네. 야! 강부장! 따라나와 봐! 박상무도….

강부장 - 예! 형님!

황이사 - 예전에도 상남파 보스 때문에 전쟁 한 번 치렀지. 우리한테 개박살 나고 결국 그 양반이 사과하는 것으로 사건을 끝내기는 했는데… 다루기가 그리 쉽지는 않은 사람이야.

대한 - 지금 호텔에서 저희 이사님들 식구들이 비상대기 중이라고 합니다. 그쪽에서 싸움을 걸어오지만 않는다면 전쟁까지는 가지 않을 수 있을 텐데… 전면전을 해 봐야 서로에게 피해만 갈 것이라서… 제 생각에는 그들과 공존하는 방법을 찾는 것이 최선이 아닐까 생각합니다. 형님!

황이사 - 전쟁까지 가면 결국 다 죽는 거다. 신중하게 판단해라. 대한아! 형이 상남파 보스를 만나서 수습을 해 볼 테니까 넌 먼저 윤사장하고 호텔에 들어가 있어라. 결과는 형이 전화로 알려 줄 테니까.

대한 - 그럼 저는 황이사님만 믿고 먼저 들어가 보겠습니다.

대한이 뉴타운파 황이사, 강부장과 함께 응급실로 들어서자 윤사장이 반갑게 인사를 건넨다.

윤사장 - 아이고~ 황이사 서로 동갑내기 친구끼리 인사도 제대로 못 하고 지내는구만 그래….

황이사 - 그러게 말이야. 윤사장! 조금 전에 박상무하고 대충 얘기를 끝냈으니까 여기는 나한테 맡기고 먼저 들어가 보셔.

황이사에게 뒷일을 부탁하고 대한과 윤사장은 상남파 보스가 있는 응급실에서 나와 호텔로 향한다.

상남파 보스 사건 문제로 호텔 이사들이 뾰족한 대책이 없어 심각한 표정으로 담배만 피우고 있다. 대한과 윤사장이 이사들에게 인사하고 소파에 앉는다. 그러자 최준석 이사가 병원에 있는 상남파 보스의 상태에 대해 묻기 시작한다.

최준석 이사 - 그래… 윤사장! 그놈은 상태가 좀 어떤가? 많이 다쳤나?

윤사장 - 머리에는 큰 이상이 없다고 하네요. 그냥 서른 바늘 정도만 꿰매면 괜찮을 거라고 합니다. 이사님.

대한 - 제가 알아본 바로는 상남파 보스라는 사람은 예전에도 뉴타운파 식구들하고 전쟁을 치른 적이 있다고 합니다. 뉴타운파 황이사님의 말로는 이번 문제는 본인들이 대신 처리해 주겠다고는 합니다. 어차피 상남파 식구들이 저희 쪽하고는 상대가 되지 않겠지만 그렇더라도 불필요한 싸움은 하지 않는 것이 상책입니다. 이사님!

최준석 이사 - 그건 박상무 말이 맞네! 아무튼 언제 무슨 일이 생길지 모르니까 다들 긴장 늦추지 말고 황이사 연락을 기다려 보자고….

대한 - 예! 이사님! 아참! 윤사장님! 이번 추석명절 지나고 나서 영업부장급으로 똑똑한 동생 하나 채용했으면 하는데요. 사장님 생각은 어떻습니까?

윤사장 - 그 문제라면 박상무가 알아서 처리해!

상남파 보스 문제로 어수선한 틈을 타 대한이 마음속에 두고 있었던 한양파 1년 후배 현민의 영업부장 채용 문제를 넌지시 꺼낸다. 아나나 다를까 윤사장은 별 문제 없이 현민의 영업부장 채용을 쉽게 승낙한다. 대한이 적절한 타이밍에 얘기를 꺼냄으로써 자신의 생각대로 현민을 영업부장으로 채용할 수 있게 된 것이다.

잠시 후 뉴타운파 황이사에게서 전화가 걸려온다.

황이사 - 박상무! 나야! 방금 전에 상남파 보스 진사장을 만나고 왔는데 말이야. 진사장이 나를 보더니 클럽에서의 일이 자신도 명분이 없었던지 자기가 오히려 그 문제를 쉬쉬하는 분위기더라고… 그래서 아직 클럽 문제에 대해서 구체적인 얘기는 나눠 보지 않았지만 일단은 호텔에서 대기하고 있는 이사님 부하들은 철수시켜도 될 것 같아. 좀 더 구체적인 것은 내일 진사장을 같이 만나서 조율하자고….

대한 - 그렇다면 상남파 진사장이 우리 나이트클럽에 다른 어떤 의도를 가지고 일부러 문제를 일으켰다는 겁니까?

황이사 - 글쎄 좀 더 얘기를 해 봐야 알겠지만… 내가 볼 때는 아마도 음료와 안주 유통 문제하고 관계가 있는 거 같아. 정확한 것은 내일 호텔에서 직접 만나서 합의를 해 보자고… 내 말 무슨 뜻인지 알겠지?

대한 - 네! 형님! 고생하셨습니다. 그럼 내일 뵙겠습니다.

대한이 황이사와의 전화 통화를 마치고 나자 최준석 이사가 대한에게 묻는다.

최준석 이사 - 황이사가 뭐라고 하는 거야?

대한 - 상남파 보스 진사장이 무엇인가 다른 목적이 있는 것 같다고 합니다. 클럽하고 관계 있는 유통 거래 문제를 따내기 위해서 이런 식으로 지저분하게 접근한 거 같습니다. 이런 방식은 완전히 쌍팔년도 방식인데….

김중배 이사 - 뭐? 어디 그런 기생충 같은 놈이 다 있어?

최준석 이사 - 김이사! 자네가 참아! 박상무! 주류 유통 문제는 회장님하고 깊은 관계가 있는 일이야. 그러니까 이 시간 이후로 나머지 일들은 박상무가 현명하게 잘 판단해서 결정하도록 하게!

대한 - 알겠습니다. 이사님! 내일 진사장을 만나서 협의하고 김이사님께는 반드시 사과하도록 잘 정리하겠습니다.

김중배 이사 - 오… 그래? 그 진사장이라는 놈은 아주 꽉 막힌 놈이던데… 그놈이 그렇게 쉽게 고개를 숙일 놈은 아닐 거야. 어쨌든 박상무가 잘 마무리해 봐!

대한으로부터 상세하게 상황을 보고받은 이사들은 영주파와 성동파 부하들의 비상대기 상황을 해제시킨다.

다음 날 오후 2시. 대한은 호텔 커피숍에서 뉴타운파 황이사와 만나기로 약속한 시간보다 30분이나 일찍 도착해 홀로 인삼차를 마시고 있었다. 한참 있자니 뉴타운파 황이사가 호텔 커피숍으로 들어온다.

대한 - 몸은 좀 괜찮으세요?

황이사 - 몸이 아직 완전하지는 않지만 그냥 병원에만 누워 있으려니까 몸이 근질근질해서 말이야… 허허허! 더구나 이번 일은 박상무가 처음으로 부탁한 일인데 내가 작은 힘이라도 보태야지.

대한 - 몸도 불편하실 텐데 이렇게까지 신경 써 주셔서 정말 감사합니다!

황이사 - 그렇지 않아도 어제 김경을 사장님한테 연락받았어. 그 상남파 보스 진사장은 머리가 조금 찢어져서 그렇지만 큰 부상은 아니라고 하더라고… 내가 어제 박상무에게 말했던 것처럼 그 양반의 진짜 목적은 나이트클럽 유통문제에 개입하려는 거야. 음료하고 식자재를 납품하는 문제 때문에 의도적으로 접근한 거 같아.

대한 - 그렇다면 이런 건 사내로서도 진짜 창피한 행동인데… 그 양반 건달이 맞기는 맞습니까?

황이사 - 건달은 건달이지. 완전히 꽉 막힌 건달… 하하하! 일단 진사장이 실수한 부분이나 쌍방이 잘못한 것에 대해서는 서로 화해가 되도록 해야겠지.

대한 - 황이사님! 호텔 측의 입장도 있고 하니까요… 호텔 이사님께 결례를 한 부분에 대해서는 진사장의 진정한 사과가 선행되어야만 그 다음 얘기가 계속 진행될 수 있습니다.

황이사 - 아~ 그래? 아! 저기 진사장님 오시네. 박상무!

호텔 로비에서 커피숍을 향해 걸어오는 상남파 보스 진사장은 새까만 피부와 대조되는 하얀색 명품 트레이닝복을 입고 검정색 뿔테안경을 끼고 있었다. 겉으로 보기에도 꽤 인상이 험악해 보였지만 덥수룩한 수염과 머리에 흰 붕대를 칭칭 동여매고 있는 모습에서 왠지 측은함이 느껴진다.

진사장 - 거~ 참! 나이 먹어서 머리에 붕대까지 감고 있으려니까 모양 빠지는군. 그래~ 허허허! 황이사! 어쨌든 어제 일은 고마웠어!

황이사 - 별말씀을요. 진사장님! 아! 아직 서로 안면이 없으신 것 같은데 먼저 인사부터 나누시죠! 박상무! 인사하지. 이분은 상남파 보스 진사장님이셔!

대한 - 아… 예! 황이사님께 말씀 많이 들었습니다. 저는 서진관광호텔 상무 박대한이라고 합니다!

진사장 - 아~ 그 소문으로만 듣던 친구가 이 친구구만! 반갑네! 박대한 상무!

대한 - 그럼 앉으시죠! 진사장님. 차는 어떤 걸로 주문하시겠습니까?

진사장 - 난 그냥 커피로 하지.

대한과 진사장이 호텔 커피숍에 마주 앉아 차를 주문하면서도 서로에 대한 경계를 늦추지 않는다. 대한과 진사장 양쪽의 눈치를 살피고 있던 뉴타운파 황이사가 먼저 조심스럽게 말을 꺼낸다.

황이사 - 저… 진사장님! 이제 나이도 있으시고 한데… 지역에서 식구들끼리 자꾸 트러블이 생기면 서로 불편하지 않겠습니까? 뭐… 진사장님도 잘 알고 계시겠지만 나이트클럽 관리는 여기 박상무가 전적으로 맡아서 하고 있으니까 원하시는 게 있으시면 박상무하고 터놓고 이야기해 보시는 것이 어떻겠습니까?

진사장 - 그럼 그러지. 결론부터 말하자면 어제 일은 내가 술을 과하게 마셔서 잘 기억이 나지는 않지만 어쨌든 나는 빚지고는 못 사는 성격이라서 말이야. 어제는 내가 그래도 명색이 상남파 대장인데 그런 망신을 당했으니 그 점은 내가 짚고 넘어가고 싶은데 말이야….

대한 - 진사장님! 제가 보기에는 그만하시길 천만다행으로 생각하셔야 됩니다.

진사장 - 뭐… 뭐야? 이런 건방진 놈의 새끼가… 감히 여기가 어디라고…?

대한 - 진사장님! 지금 저희 측에서도 상당히 인내를 가지고 최대한 예의를 갖춰서 말씀드리고 있는 겁니다. 어제는 진사장님께서 아무 이유도 없이 문제를 일으키셨으니 저희 호텔 측 이사님께 먼저 정중히 사과하시는 게 우선일 것으로 생각합니다. 그렇게만 해주시면 더 이상은 아무 일 없이 조용하게 모든 게 끝날 겁니다. 그렇게만 해주신다면 저희 측에서는 진사장님을 상남파 보스로 최대한 예우하겠습니다.

대한의 말을 듣고 있던 진사장이 갑자기 크게 화를 내며 큰소리로 욕을 퍼붓기 시작한다. 진사장은 마치 대한에게 당장에라도 주먹을 날릴 것처럼 제스처를 취해 보지만 그는 눈썹 하나

까딱하지 않고 미동도 없이 제자리에 앉아 진사장을 쏘아보며 낮은 목소리로 진중하게 응대한다. 그 사이에서 뉴타운파 황이사는 별 도리가 없이 두 사람을 쳐다보고만 있다.

진사장 - 이런 호로새끼가 죽고 싶어 환장했나! 야! 이 새끼야! 니 눈에는 내가 우스워 보이냐 어?

대한 - 진사장님! 제 눈앞에서 그 손 함부로 들었다간 부러질 수도 있으니 조심하십쇼.

진사장 - 뭐라고? 이 새끼야? 새까맣게 어린 것이 지금 나하고 한번 해보자는 거야?

황이사 - 아이고~ 진사장님! 나이가 오십이신데 아직 근력도 참 좋으시네요. 조금만 진정하시고… 일단 앉으세요. 네?

진사장 - 황이사! 내가 저 어린 놈한테 훈계를 들어야 하나?

황이사 - 진사장님! 여기 박상무는 저도 무시하지 못하는 동생입니다. 까놓고 말해서 상남파는 여기 있는 박상무와는 상대도 되지 못한다고요… 중간에서 제가 불편하시지 않게 조율해드릴 테니까 자존심은 조금만 내려놓으시고 타협하세요.

진사장 - 어이~ 황이사! 자네~ 내가 그렇게 안 봤는데 말이야! 많이 약해졌구만! 그래. 실망일세!

대한 - 더 이상 긴 말씀드리지 않겠습니다. 진사장님! 저희 이사님한테 먼저 사과하시죠! 그럼 지난 일은 없던 일로 조치해 드리겠습니다.

진사장이 위협적인 행동을 하는데도 대한이 꿈쩍도 하지 않고 당당한 목소리로 자신의 생각을 이야기하자 진사장도 대한에게서 무언가 범상치 않은 기를 느끼고 잠시 고개를 숙인 채 생각에 잠긴다. 옆에 있던 뉴타운파 황이사가 진사장에게 더 이상 일이 확대되지 않게 잘 마무리하고 사업적 선택을 하는 것이 현명할 것이라고 조언한다. 진사장이 고개를 들어 대한의 얼굴을 정면으로 바라보며 체념한 듯 입을 연다.

진사장 - 생각해보니 역시 황이사 자네 말이 맞네~ 내가 보기에도 젊은 친구지만 박상무 눈빛을 보니 눈빛이 살아 있네. 내가 졌어! 박상무 요구 사항대로 호텔 이사에게 어제 일에 대해 사과하겠네. 내가 어떻게 하면 되겠는가?

대한 - 생각 잘 하셨습니다. 진사장님은 저와 함께 호텔 이사실로 가셔서 김이사님께 사과만 하시면 모든 것이 깨끗하게 끝날 겁니다. 그렇게 하시겠습니까?

진사장 - 좋아! 내 그렇게 하지!

대한은 그 자리에서 바로 윤사장에게 전화를 걸어 상황을 설명한다.

대한이 상남파 진사장을 데리고 호텔 이사실로 향한다. 이사실로 들어가자 테이블 상석에 앉아 있던 김중배 이사가 함께 있던 최준석 이사, 윤사장과 자리에서 일어나며 상남파 보스 진사장을 정면으로 마주하고 선다.

진사장 - 어제는 제가 본의 아니게 술이 너무 과해서 실수했습니다. 김이사님과 윤사장께는 미안합니다.

김이사 - 진사장님께서 이렇게 직접 찾아와서 사과를 해주시니 저희로 서도 고마울 따름입니다. 이 일로 저희는 어제의 일은 벌써 다 잊었습니다. 이것도 인연인데 앞으로는 서로 도와 가며 살아 봅시다. 진사장님!

호텔 임원들이 어정쩡하게 선 채로 진사장의 사과를 받아들이고 서로 악수를 나눈다.

최준석 이사 - 자! 일단 앉으시죠! 황이사는 이제 몸은 괜찮은가?

황이사 - 예! 이사님! 조금만 더 치료받으면 퇴원해도 된답니다.

최준석 이사 - 황이사도 그렇지만 진사장님도 우리하고 인연은 인연인가 봐요. 첫 인사치고는 거칠기는 했지만… 응급실에 한 번씩 실려 가고 나면 우리하고 가까워지니 말이에요. 하하하!

진사장과 황이사, 호텔 임원들이 서로 웃으며 지난 일들에 대해 농담처럼 이야기를 주고받는다. 그러는 사이에 처음의 어색했던 분위기가 어느 정도 사라지고 조금씩 친밀감을 느끼기 시작한다. 한참 동안 차를 마시며 얘기를 나누던 진사장과 황이사가 대한과 함께 이사실을 나와 호텔 로비로 향하고 있다.

대한 - 제가 들어보니까 진사장님께서 저희하고 거래할 것이 좀 있다고 들었는데요.

진사장 - 사실은 내 처남이 이 지역에서 조그맣게 유통업체를 하나 운영하고 있어. 그래서 말이야… 박상무가 좀 도와줬으면 좋겠는데….

대한 - 아… 그러셨군요. 그러시면 오늘 중으로 그 처남 되시는 분한테 저에게 찾아오라고 전해 주세요. 진사장님 체면도 있고 하니까 기존 거래처는 정리하고 진사장님 처남하고 새로 거래하는 것으로 하겠습니다.

또 다른 요구사항 없으신가요? 뭐든 편하게 말씀하셔도 됩니다.

진사장 - 역시 듣던 대로 박상무 성격이 화끈하구먼. 그래… 나이는 내 자식보다도 훨씬 어려 보이는데 말이야. 우리 다음번에는 좋은 일로 만나자고….

대한 - 예! 그렇게 하시죠. 진사장님! 그리고 황이사님도 수고 많으셨습니다. 병원에서 퇴원하시면 같이 몸보신이나 하러 가시죠! 그건 제가 준비하겠습니다.

황이사 - 그래. 좋지! 박상무! 그럼 우리는 먼저 들어갈 테니까 볼일 봐!

대한이 일을 끝내고 호텔 로비를 나가는 상남파 보스 진사장과 뉴타운파 황이사에게 정중하게 인사를 하며 이들을 배웅한다.

서진호텔 상무로 바쁜 나날을 보내던 대한이 어느날 짬을 내 시골집에 들러 부모님과 함께 저녁식사를 하고 선배들을 만나기 위해 대전 시내로 나간다. 대전 중구청 부근에 진입하자 대한의 차량 앞에 낯익은 흰색의 구형 프린스 차량 한 대가 보인다. 대한은 한눈에 그 차량이 대한의 영동파 1년 선배 일석의 차량이라는 것을 알아본다. 대한이 일석에게 전화를 건다.

대한 - 대한입니다. 형님! 지금 은행동에 계시죠? 형님!

일석 - 어? 니가 그걸 어떻게 알았냐?

대한 - 하하하! 형님 차 바로 뒤에 있습니다. 형님!

일석 - 어디? 내 뒤에 목련색 에쿠스가 니 차냐? 야! 일단 갓길로 차 세워 봐!

대한과 일석이 갓길에 비상등을 켜고 차를 세우며 차에서 내린다. 두 사람이 차에서 내리자마자 서로 뜨겁게 포옹하며 오랜만의 만남에 반가워 어쩔 줄을 모른다.

일석 - 야아~ 대체 이게 얼마만이냐? 우리 대한이! 성공했구나! 이게 말로만 듣던 에쿠스냐? 역시 좋은 차라 그런지 차가 번쩍번쩍하구만!

대한 - 어라? 형님! 차 안에 있는 저 여자… 어디서 많이 본 여자인 거 같은데… 아~ 누구더라? 저희 또래… 그….

일석 - 임마! 알면 다친다. 대한아! 하하하! 형이랑 오랜만에 봤는데 술이나 한잔 할래?

대한 - 오늘은 제가 선약이 있습니다. 형님! 이번 주쯤에 시간 내서 저희 호텔로 한 번 올라오십쇼. 형님! 제가 한 턱 쏘겠습니다.

일석 - 그래? 그러면 내일이나 해서 올라갈게. 대한아! 아니지. 이제부터는 박상무라고 불러야 되겠구만. 하하하!

대한과 일석은 고등학교 졸업식이 끝나고 무려 8개월 만에야 다시 만났지만 대한이 선약이 있어 짧은 만남을 뒤로하고 아쉬워하며 헤어진다.

대한은 대전에서 업무상 사전에 약속했던 DJ와의 미팅을 마치고 저녁 무렵 호텔로 복귀한다. 호텔 객실로 돌아온 대한이 샤워를 마치고 침대에 누워 오랜만에 친구 우석에게 전화를 건다.

대한 - 난데… 좀 전에 대전에서 지나다가 일석형님을 우연히 만났어. 너는 일석형님 자주 만나냐?

우석 - 나도 그 형님 보지 못한 지 한참 됐어. 근디 그 형님 소문 들어보니까 영동파 선배들하고 칼부림 나고 관계가 나빠져서 생활 그만두셨다고 들었는디…?

대한 - 아… 그랬구나! 일석이 형님을 버리다니… 영동파도 이제 끝났구나. 끝났어! 아무튼 우리라도 일석이 형님한테 잘하자. 우석아!

우석 - 우리들이야 원래 친하니께… 근디 그 형님은 우리 한양파 1년 선배들하고는 사이가 안 좋은디….

대한 - 하긴 그렇겠다. 동수형님은 잘 지내고 계시지?

우석 - 뭐… 여전하지. 진산에서 입심은 1빠따잖아. 하하하!

대한 - 하긴~ 또래 분들끼리는 잘들 지내시고…?

우석 - 언제나 그렇듯 동수형님이 맘대로 하고 있지. 뭐….

대한 - 일석이 형님이 제일 안 됐구만… 그래도 나한테는 일석이 형님이 제일 괜찮은 선밴데… 괜히 속상하네….

우석 - 그러니께… 하지만 우리가 어떻게 도와드릴 수 있는 것도 아니니까 조금만 더 지켜보자.

대한과 우석은 영동파 일석의 좋지 않은 소식에 안타까워한다.

다음 날 저녁 6시가 조금 지날 무렵, 일석이 대한을 만나러 서진관광호텔로 찾아온다. 호텔 로비에 도착한 일석이 대한에게 전화를 걸어 자신이 호텔에 도착했음을 알려준다. 그러자 대한이 얼른 일석이 있는 호텔 로비로 뛰어간다.

대한 - 형님! 드디어 오셨군요. 하하하!

일석 - 이야~ 호텔이 생각보다 엄청 크네!

대한 - 그래요? 형님이 오신다고 해서 나이트클럽 초대형 룸에 미리 세팅해 놨습니다. 형님! 가시죠!

대한이 일석과 함께 엘리베이터를 타고 지하 2층에 있는 나이트클럽으로 간다. 나이트클럽은 한창 영업 준비로 분주해 보였다. 나이트클럽의 정식 영업시간은 저녁 7시부터이기 때문에 아직 홀 안은 조용했다. 대한을 따라 나이트클럽으로 들어간 일석이 나이트클럽 내부를 여기저기 두리번거리며 감탄하여 입을 다물지 못한다. 두 사람이 대형 룸 안으로 들어가자 테이블에는 이미 푸짐한 안주와 함께 양주가 세팅되어 있었다. 대한이 일석과 함께 소파에 앉아 잠시 정담을 나누고 있으려니 웨이터 급사장 박정희가 21년산 양주 발렌타인을 들고 들어와 일석에게 정중히 따라 주고 나간다.

일석 - 와아~ 난 발렌타인 21년산은 처음 마셔본다. 박상무! 간지 나는데? 방금 나간 웨이터는 나이가 좀 있던데… 직급이 뭐냐?

대한 - 여기서는 급사장이라고 부릅니다. 형님! 쉽게 말해서 웨이터들 중에서 대표급이라고 보시면 됩니다.

일석 - 그나저나 나이트클럽 규모가 엄청 크네! 이야~ 우리 대한이 이제 좀 살게 됐구나! 살게 됐어! 하하하!

대한 - 아직은 아닙니다. 형님! 오늘은 제가 쏘는 거니까 아무 부담 없이 마음껏 드시고 편하게 즐기시다 가셔요. 형님!

일석 - 그라~ 대한아! 이렇게까지 형을 생각해 줘서 정말 고맙다! 자~ 한잔 하자!

두 사람이 술잔을 높이 들어 단숨에 기분 좋게 마신다. 대한이 자리에서 일어나 일석의 잔을 채우고 다시 자신의 자리로 돌아가 자신의 술잔을 가져와 일석에게 술을 받는다. 테이블의 크기가 워낙 크다 보니까 서로에게 술을 따르려면 어쩔 수 없이 자리에서 일어나 테이블을 돌아 서로의 자리를 왔다갔다해야 할 수밖에 없었다.

일석 - 대한아! 근데 왜 이렇게 큰 룸을 잡았냐? 룸이 하도 커서 술 따라 주기도 힘들다. 하하하! 대한이 덕분에 형이 이런 대접도 받아 보고… 부담스럽지만 좋다야! 하하하!

대한 - 형님! 우리 사이에 무슨 그런 부담을 가지십니까? 하하하!

대한이 무전기를 들고 웨이터 급사장 박정희에게 아가씨들이 출근하는 대로 초이스해 달라고 무전을 친다. 두 사람이 양주를 반병쯤 마셨을 때 박정희가 러시아 아가씨 30명을 세 번으로 나누어 10명씩 룸으로 데리고 들어와 선을 보인다.

일석 - 대한아! 웬 러시아 아가씨들이냐? 애들이 키가 존나 크구만.

대한 - 러시아 애들입니다. 형님이 마음에 드시는 아가씨를 얘기해 주십쇼.

박정희 - 선택을 못 하셨으면 다시 보여 드릴게요. 아가씨 번호만 저한테 얘기해 주시면 됩니다. 손님!

일석 - 아~ 그래요? 알겠습니다.

웨이터 급사장 박정희가 러시아 아가씨들을 10명씩 줄을 세워 다시 룸 안으로 들여보낸다. 일석이 나타샤라는 아가씨를 초이스하자 그녀를 일석의 옆자리에 앉힌다.

나타샤 - 안녕하쎄요! 나타샤입니다!

일석 - 어? 한국말 잘하는데?

나타샤 - 오빠~ 초큼 한국말 해요.

대한 - 제가 한명 더 추천해드릴 테니까 양쪽에 앉히세요. 형님!

대한은 무전기를 들고 쏘냐를 호출한다. 쏘냐는 아가씨들 중에서는 러시아 아가씨들을 총 관리하는 리더로 한국말도 제법 능숙하고 미모도 출중하여 나이트클럽에서는 가장 인기가 많은 아가씨 중의 한 명이다. 쏘냐가 환하게 웃으며 룸 안으로 들어와 일석의 옆자리에 앉는다. 왼쪽에는 나타샤가 오른쪽에는 쏘냐가 앉아 일석의 술시중을 들어 준다.

대한 - 쏘냐! 나타샤! 이분은 나한테 특별한 형이야! 그러니까 오늘은 니들이 더 즐겁게 놀아 줘야 돼! 알겠지?

쏘냐 - 박상무님! 걱정 마요. 여기 오빠 멋있어! 나 이 오빠 style 맘에 들어요. Okay?

대한 - 오~ 그래? 잘됐네! 오빠 형이니까 VIP다. 응?

쏘냐, 나타샤 - Okay! 걱정 마! 박상무님!

일석 - 뭐라는 거냐? 얘들 한국말 진짜 잘하네. 야~ 나타샤는 빨통이 끝내주고 쏘냐는 섹시하고… 술이 땡긴다. 야! 술이나 마시자!

그때 대한의 연인 나탈리아가 룸 안으로 들어온다. 대한이 일어나 나탈리아를 일석에게 인사시킨다.

일석 - 이야~ 박상무! 니 제수씨냐? 너는 참 글로벌하다. 하하하! 오늘 대한이 덕분에 홍콩 가겠는걸? 하하하!

대한 - 그런데… 형님! 영동파 생활은 아주 접으신 겁니까?

일석 - 으응… 벌써 몇 달 됐어. 근데 넌 그걸 어떻게 알았냐?

대한 - 어쩌다 우연히 알게 됐습니다. 형님!

일석 - 그래. 형은 이제 지친다… 잠시 휴식이 좀 필요해! 그냥 지금이 좋다! 대한아!

대한 - 조금만 참고 계십쇼. 형님하고 저하고 한 식구가 될 날이 분명히 오게 될 겁니다. 기운 내십쇼. 형님!

일석 - 이제 형은 조직에 미련 없다. 대한아! 그래도 형이나 내 친구 두영이, 시정이는 대한이 니가 잘 되길 항상 마음으로 빌고 있으니까 너라도 잘 됐으면 좋겠다! 나중에 잘 되면 형들도 잘 챙겨 주고….

대한 - 갑자기 형님은 무슨 기운 빠지는 소릴 하고 그러십니까? 제가 항상 응원하고 있을 테니까… 지금은 잠시 쉬었다 가는 시간이라고 생각하세요. 형님! 분명 기회는 다시 찾아옵니다.

일석 - 그래. 알았다 대한아! 이제 머리 아픈 얘기는 그만 하고 술이나 마시자. 쏘냐! 나타샤! 술잔 좀 들어봐~ 건배!

술자리가 몇 시간째 이어지면서 그들은 서서히 술에 취하기 시작한다. 고등학교 시절 절친이었던 대한과 일석은 성인이 되어서도 단짝처럼 가까웠다. 그들은 고등학교를 졸업한 뒤 오랜만에 술을 마시며 서로의 진심을 나누고 사내로서의 깊은 정을 쌓아 가고 있었다.

어느 정도 취기가 오르자 갑자기 기분이 좋아진 일석이 비록음치지만 정재욱의 '어리석은 이별'을 선곡하고 노래를 부르기시작한다. 왠지 진지하게 노래를 부르고 있는 그의 모습을 보며대한이 측은함을 느낀다. 일석이 노래하는 내내 쏘냐와 나타샤가 그의 품에 안겨 노래를 함께 따라 부른다. 노래가 끝나자 박수를 치며 일석의 노래 실력을 칭찬한다.

대한 - 형님! 노래 실력이 배꼽(우석)보다 훨씬 더 좋아지셨는데요? 하하하!

일석 - 야! 임마! 넌 하필이면 우석이를 갖다 붙이냐? 기분 나쁘게… 하하하!

나탈리아 - 오빠! 필리핀 밴드 시작했어. 홀에서 라이브 같이 봐요.

대한 - 그럴까? 형님! 라이브 공연 하는데 홀에 나가서 같이 보시죠?

일석 - 여기는 공연도 하냐? 그래 나가 보자!

쏘냐와 나타샤가 일석의 손을 잡아끌고 무대 전면에 위치한스테이지로 나가 필리핀 밴드의 공연을 본다. 필리핀 혼성 4인조 밴드가 왁스의 '오빠'를 연주하기 시작하자 홀 안에 있던 손님들이 스테이지로 몰려든다. 덩달아 신이 난 러시아 아가씨들이 일석을 둘러싸고 리듬에 맞춰 요염하게 몸을 흔들며 섹시하게 춤을 춘다. 일석도 덩달아 기분이 좋은지 어색한 몸짓으로 미소를 지으며 박수만 치고 있다. 이어서 팝음악 이글스의 '호텔 캘리포니아'가 연주되기 시작한다. 쏘냐가 일석의 품에 안겨 섹시한 표정을 지으며 블루스를 춘다. 대한은 일석과 쏘냐의 분위기를 맞춰 주기 위해 나탈리아, 나타샤의 어깨동무를 하고 두 사람이 블루스를 추고 있는 모습을 흐뭇하게 바라본다. 30여 분간이나 필리핀 밴드의 공연이 계속된다. 그들은 음악이 변주되는 것에 맞춰 블루스를 추기도 하고 경쾌한 춤을 추기도 하며 즐기다 다시 룸으로 돌아간다. 십여 분이 지나고 무대에서 라이브 공연을 하던 혼성밴드의 메인보컬 미미가 공연을 마치고 룸 안으로 들어와 대한과 일석에게 인사한다. 일석이 여가수 미미에게 술을 따라 주며 수표 한 장을 건넨다.

일석 - 미미씨! 노래 정말 잘 들었어요. 난 내가 음치라서 그런지 노래를 잘 부르는 사람이 있으면 멋있더라고요.

미미 - 네~ Thank you! 감사합니다.

대한 - 미미씨! 피곤할 텐데 그만 들어가서 좀 쉬어!

미미 - 네! 상무님! 안녕히 계세요. 감사합니다! See you!

미미가 그들에게 인사하고 룸을 나간다. 일석은 생전 처음 경험해 보는 것들에 기분이 좋아졌는지 평소보다도 과음을 하고 있었다. 대한은 웨이터 급사장 박정희를 불러 계산을 마치고 쏘냐와 나타샤가 일석을 모시도록 지시한다.

대한 - 제 손님은 파트너 쏘냐랑 나타샤 두 사람 다 준비시키세요!

박정희 - 예? 둘 다요? 아~ 네! 알겠습니다. 상무님!

잠시 후 일석의 파트너 두 사람이 평상복으로 옷을 갈아입고 룸으로 돌아온다. 담배를 한 대 피우고 있던 일석이 그녀를 바라보며 기분이 좋은 듯 흐뭇한 미소를 지어 보이며 대한의 어깨를 두드린다.

일석 - 형이 이렇게까지 성대하게 얻어먹어도 되는지 모르겠다. 대한아! 너한테 미안하고 또 고맙다!

대한 - 형님하고 저 사이에 무슨 미안하고 고맙다는 말씀을 하십니까! 그런 소리 하지 마십쇼. 형님하고 저는 언제나 지금처럼 친형제같이 지내면 됩니다. 형님이 영동파를 떠났다고 해서 절대로 의기소침해할 필요도 없고! 그딴 거… 형님이나 저나 필요 없는 조직 타이틀 아닙니까? 형님!

일석 - 그랴~ 대한이 니 말이 맞다. 조직이 뭔 필요가 있나~ 예전처럼 씩씩하게 독고다이로 살면 되는 거지. 안 그러냐?

대한 - 예! 그러니까 절대로 기죽지 마십쇼. 형님!

그들은 서로 어깨동무를 하고 나이트클럽 룸 밖으로 나간다. 예약된 호텔 객실 열쇠를 웨이터에게서 건네받은 대한이 일석을 옆방인 702호로 안내해 주고 그의 방으로 쏘냐와 나타샤를 함께 들여보낸다.

잠시 후 대한이 옆방에 있는 일석과 인터폰을 연결해 통화한다.

대한 - 형님! 어떻습니까? 설레십니까? 캬하하하!

일석 - 아… 이거 2:1인데… 이렇게 있어도 되는 거냐? 하하하!

대한 - 제가 특별히 형님한테만 서비스해 드리는 선물입니다. 기운 내십쇼. 형님! 크하하!

일석 - 야~ 형 오늘 이러다가 내일 아침에 쌍코피 터지는 거 아닌지 모르겠다. 캬캬캬!

대한이 인터폰을 끊고 샤워를 시작한다. 샤워를 마치고 머리를 말리고 있는데 초인종이 울린다. 대한이 얼른 가운을 입고 문을 열자 나탈리아가 들어오며 깔깔거리고 웃기 시작한다.

나탈리아 - 오빠! 어떡해요~ 쏘냐, 나타샤. 형님… Threesome? No! 안 돼요….

대한 - 그래. Threesome… 하하하! 괜찮아!

나탈리아 - 진짜? Why? 진짜 Threesome 해? Oh my god!

대한 - 야! 난 몰라! 쏘냐, 나타샤가 알아서 할 거야! 하하하!

대한과 나탈리아가 그들의 진풍경에 한참을 웃다가 침대에 눕는다. 객실의 실내등을 끄자 옆방에서 세 사람의 거칠어진 숨소리와 신음소리가 마치 포르노 비디오에서 들려오는 것처럼 그들의 욕정을 자극한다. 갑자기 나탈리아가 궁금했는지 일어나 옆방과 맞닿은 벽에 귀를 바짝 대고 엿듣는다. 옆방에서 세 사람이 뒤엉켜 섹스를 하고 있는 소리가 생생하게 들려온다. 나탈리아는 벽 너머에서 들려오는 쏘냐와 나타샤의 신음소리를 들으며 표정이 야릇하게 변하더니 침대에 홀로 누워 있는 대한에게 와락 쓰러져 안긴다.

다음 날. 오후 1시가 지나고 있었다. 대한이 잠에서 깨어나자마자 궁금했는지 옆방에 자고 있는 일석에게 인터폰으로 연락을 한다.

대한 - 어째 목소리가 많이 지쳐 보이십니다. 형님! 하하하!

일석 - 야~ 어제 형 진짜 죽는 줄 알았다. 대한아~ 얘들 색기가 장난이 아녀! 와~ 두 명은 너무 힘들다. 정말!

대한 - 크하하! 우리 형님! 어젯밤 근력이 많이 떨어진 것 같은데… 나가서 몸보신이나 하시죠? 형님!

일석 - 그라~ 배고프다. 언능 준비하고 좀 이따 호텔 로비에서 보자.

호텔 로비로 먼저 내려온 대한과 나탈리아가 쇼파에 앉아 담배를 피우며 그들을 기다린다. 잠시 후 엘리베이터 문이 열리고 일석이 쏘냐, 나타샤와 함께 걸어 나오자 그들은 서로 마주 보고 깔깔거리며 한참을 웃는다.

대한 - 엘리베이터 문이 열리고 일석형님이 아가씨 두 명을 양 옆에 끼고 나오시는 걸 보니까… 마치 마피아 보스가 섹시걸 두 명을 데리고 나오는 영화의 한 장면 같습니다. 형님! 멋있습니다. 하하하!

일석 - 그러냐? 하하하하!

쏘냐 - 상무님! 일석 오빠 너무 멋있어요!

나타샤 - 네~ 일석 멋쟁이! 오빠 괜찮아?

대한 - 그랬어? 하하하! 쏘냐! 나타샤! 니들 목은 괜찮으냐? 얼마나 소릴 질러대던지! 하하하! 니들 어제 너무 시끄러웠어. 우리 잠 한숨도 못 잤어. 이것들아!

나탈리아 - @#@#!%~!

나탈리아가 쏘냐와 나타샤에게 무어라 러시아어로 말한다. 그러자 아가씨들 세 사람이 부끄러운 듯 대한을 잡고 까르르 웃는다.

대한이 자신의 차량에 네 사람을 태우고 근처 한정식 식당으로 간다. 그들은 한정식당 여직원의 안내를 따라 외진 방으로 들어가 둘러앉는다. 커다란 둥근 상 위에는 상다리가 휘어질 정도로 50여 가지도 넘는 음식이 먹음직스럽게 차려져 있었다.

대한 - 우리 일석형님! 기력을 회복하셔야 하니까 제가 특별히 한정식으로 준비해 뒀습니다! 형님~ 식사 많이 하십쇼.

일석 - 까분다… 요 새끼! 하하하! 그래. 맛있게 먹자. 다들 많이 먹어라!

나탈리아 - 와! 대박! 한국에서 이렇게 큰 테이블… 음식 많았어! 처음 봐요. 오빠~ Thank you!

대한 - 그래. 많이 먹어. 이거 다 먹으면 음식 또 나오니까 조금씩 천천히 많이 먹어!

쏘냐 - 이게 말로만 듣던 한정식인가요. 와아~ 맛있겠다. 고마워요!

끼니 때보다 늦은 시간에 먹는 음식이라서 그런지 그들은 모두 음식 맛에 감탄을 금치 못한다.

일석 - 야~ 이런 식당이 우리 동네에도 있으면 장사 대박 날 텐데… 이게 대체 얼마짜리냐?

대한 - 조금 비쌉니다. 1인당 8만 원입니다. 형님!

일석 - 뭐? 존나 비싸네. 니 덕분에 형이 호강한다. 호강해~ 하하하!

대한 - 호강은요 무슨~ 근데 형님! 어제 밤에는 어떠셨습니까? 오늘 아침에 쌍코피 안 흘렸어요?

일석 - 캬하하하! 야 임마! 그런 건 애들은 몰라도 돼! 알려고 하면 다쳐!

옆에서 대한과 일석의 대화를 듣고 있던 쏘냐가 웃으며 말을 거든다.

쏘냐 - 상무님! 어젯밤 일석오빠 홍콩 갔어요. Threesome 두 번 했어요. 오빠! 호호호!

일석 - 야이~ 씨! 쏘냐! 넌 무슨 그런 소리를 하고 그러냐! 대한이 앞에서 쪽팔리게… 하아~ 미치겠네!

대한 - 응~ 그래! 잘 했어! 쏘냐! 나타샤! 베리굿이다. 푸하하!

나탈리아 - 어젯밤 호텔 큰 소리 들렸어. 그래서 상무님하고 나 모두 들었어요. 나타샤! 쏘냐! 오빠! 으~ 아~ 아~ 소리 콘서트 같았어요. 하하하!

일석 - 아이고 참! 민망해라~ 제수씨! 내가 쪽팔려서 두 번 다신 여기 못 오겠네! 헤헤헤!

대한 - 그래도 이렇게 형님이 기뻐하시는 모습 보니까 제 기분이 너무 좋습니다. 형님!

고급 한정식에서 한껏 식사를 마친 대한 일행이 다시 호텔로 돌아와 커피숍에서 차를 마시며 어젯밤의 이야기를 화제 삼아 즐거운 시간을 보낸다. 그 사이 어느새 저녁이 된다. 일석이 집에 가야 할 시간이라고 하며 아쉬운 표정으로 자리에서 일어나 대한과 작별인사를 하고 호텔을 나선다.

그해 추석 명절이 끝나고 얼마 지나지 않아 대한이 한양파 조직원 후배 현민을 데리고 호텔로 향한다. 호텔 로비에 들어서자 직원이 대한에게 객실 열쇠를 건넨다. 대한은 앞으로 현민이 지내게 될 객실을 안내해 주고, 대충 짐정리를 마친 후에 윤사장에게 찾아가 그를 인사시킨다. 그러자 윤사장이 그들을 데리고 호텔 이사실로 찾아가 임원들에게 현민을 인사시킨다.

최준석 이사 - 지내는 동안에 혹시 불편한 게 있으면 박상무한테 말하고… 이제 새 식구가 되었으니 잘 지내보자고….

현민 - 예! 이사님! 열심히 하겠습니다!

김중배 이사 - 인물도 좋고 성실해 보이는구만! 영업부장 자리를 저 친구한테 맡긴다는 거지?

대한 - 예! 이사님! 카운터 정산 문제하고 영업 관리를 맡겨 볼 생각입니다.

윤사장 - 이사님들께 인사드렸으니까 박상무가 현부장 저녁식사부터 챙겨 줘! 식사 후에는 나이트클럽 직원들하고 인사부터 시키고… 업무는 천천히 배우도록 하자고. 그럼 그렇게 알고 나가서 일 봐!

호텔 이사실에서 나온 대한이 현민을 나이트클럽 주방으로 데리고 가 주방이모와 자연스럽게 인사를 나누고 저녁식사를 챙겨 먹는다. 저녁식사를 마치고 그들은 함께 지하 사우나로 향한다. 한참 동안 사우나를 하면서 대한은 호텔에서 현민이 어떻게 생활해야 하는지 대략적인 설명을 한다. 사우나를 마친 그들은 객실로 돌아가 출근 준비를 위해 단정히 정장으로 갈아입고 대한이 후배 현민의 옷매무새를 점검해 준다.

나이트클럽 영업시간이 다가오자 대한은 나이트클럽의 전 직원을 무대 앞 홀에 집결시킨다. 클럽의 신임 영업부장으로서 첫 출근을 하는 현민을 직원들에게 소개시키기 위한 것이다. 대한이 웨이터 급사장인 박정희를 비롯하여 MC, DJ, 밴드, 조명, 주방, 카운터 등 모든 직원들이 지켜보는 가운데 영업부장 현민을 불러 소개한다. 직원들과의 첫 상견례가 끝나자 대한이 영업부장이 된 현민에게 무전기를 건네주며 당부한다.

대한 - 무전기는 나이트클럽 영업 관리자들만 따로 채널을 맞춰서 사용해. 그러니까 넌 무전기에서 나오는 소리에 항상 귀를 기울여 듣고 있어야 돼! 특히… 간혹 술 취한 손님들하고 시비가 붙어서 싸움이 생길 수도 있어. 그럴 때 웨이터들 선에서 해결이 안 되면 영업부장인 너한테 무전을 칠 거야. 만약 그런 상황이 생기더라도 절대로 손님하고 싸우거나 폭력을 행사하면 안 된다. 알았지? 이건 철칙이야!

현부장 - 알겠습니다. 형님! 저도 그 정도 눈치는 있습니다. 근데… 진짜로 손님이 때리면 맞고만 있어야 합니까? 형님!

대한 - 얌마! 건달이 병신같이 때린다고 그냥 맞을래? 눈치껏 방어만 하라는 거지. 괜히 술 취한 사람 때렸다간 일만 커지니까 유념하고… 원래 온순한 사람들도 술만 취하면 180도 바뀌어서 갑자기 용감해지는 손님들이 많거든… 각별히 문제 생기지 않게 조심하고… 알았지?

현부장 - 예! 형님! 잘 알겠습니다!

대한이 영업부장으로 첫 출근을 한 현민에게 영업부장으로서의 역할과 나이트클럽의 전반적인 업무 시스템에 대해 직접 설명을 해주며 상세하게 안내한다.

저녁 8시가 가까워지자 영업이 본격적으로 시작되었다. 그러자 DJ는 무대 위로 올라와 클럽 음악으로 분위기를 바꾼다. 잠시 후 하나둘 손님들이 클럽 안으로 몰려들기 시작한다. 웨이터들이 손님들의 핸드업을 받고 홀 곳곳을 뛰어다니며 분주하게 서빙을 하고 있다.

DJ의 무대가 끝나고 필리핀 4인조 혼성밴드의 공연이 시작되자 대한이 현부장과 함께 공연을 감상하고 있었다. 이때 만취한 것으로 보이는 취객 한 명이 무대에서 노래를 부르고 있는 여성 보컬 미미에게 10만 원짜리 수표 한 장을 건넨다. 미미가 감사하다며 손을 들어 인사를 하고 있을 때 즈음 갑자기 취객이 무대 위로 올라가려고 난동을 부린다. 그러자 웨이터 급사장 박정희가 긴급히 무전으로 현부장에게 상황을 알린다.

박정희 - 현부장님! 무대 앞 취객이요. 확인 바랍니다!

현부장 - 네… 제가 갈게요.

대한도 급사장이 취객의 난동 문제로 현부장을 급히 찾고 있는 무전을 함께 확인했지만 아무 말도 하지 않고 현부장이 취객을 혼자서 처리하는 모습을 유심히 지켜보고만 있었다. 현부장과 웨이터 급사장 박정희가 무대로 올라가려는 취객을 진정시키며 최대한 예를 갖춰 정중히 일행이 있는 손님 테이블로 모신다. 현부장이 취객을 제법 능란하게 다루는 모습을 지켜본 대한이 만족한 얼굴로 고개를 끄덕이고 무대 반대편에 위치한 조명실로 올라간다. 현부장이 대한의 뒤를 따라 조명실로 올라간다. 화려하게 연출되고 있는 현란한 조명 기술을 현부장이 신기하게 바라본다.

대한 - 현부장! 시간이 날 때마다 여기 와서 조명기사님한테 작동방법을 좀 배워 놔! 그냥 Auto로 셋팅해도 되지만 무대를 특별히 돋보이게 하려면 대부분 수동으로 조작하기도 하거든… 영업부장은 만약의 사태를 대비해서 이런 것들도 다 배워 놔야 한다. 가끔 조명기사님이 출근을 못 했을 때를 대비해서라도 말이야. 무슨 말인지 알겠지?

현부장 - 예! 상무님! 틈틈이 조명하고 무대 DJ박스도 신경 써서 배워 놓겠습니다.

대한 - 그래. 니가 노력하는 만큼 그 능력을 인정받게 될 거다. 급하게 서두르지는 말고… 하나하나 차근차근 배워 둬!

나이트클럽의 영업이 끝나고 대한은 현부장이 첫 출근한 기념으로 직원들과 간단한 회식자리를 만든다. 급사장 박정희가 대한과 현부장과 함께 차를 타고 회식 장소로 출발하면서 직원들에게 전화로 미리 연락을 한다.

박정희 - 어~ 난데! 지금 박상무님하고 현부장님하고 출발했다. 음식이랑 술 좀 세팅해 놔!

대한 - 아니~ 그냥 먼저 드시고 계시라고 하시지… 부담스럽게 왜 그러세요?

박정희 - 그래도~ 그건 아닙니다. 상무님! 처음부터 직원들하고 체계를 잘 잡아 놔야 후임이 들어와도 자연스럽게 배우는 겁니다. 이건 제 방식이고 저만의 철칙입니다. 상무님!

대한 - 현부장은 급사장님 옆에서 많이 보고 배워라. 나이는 우리보다 한참 많으시지만 영업적인 노하우도 있으시고 영업에는 최고 베테랑이셔~ 우리가 보고 배울 점이 참 많으신 분이다.

현부장 - 명심하겠습니다. 상무님! 잘 부탁드려요~ 급사장님!

박정희 - 아이구~ 별말씀을요… 저는 영업부장님이 계시니까 정말 든든합니다!

그들이 야식집 앞에 도착해 주차를 하고 식당에 들어서자 먼저 도착해 있던 직원들이 자리에서 일어나며 이들을 반긴다. 급사장 박정희가 대한에게 소주잔을 건네며 말한다.

박정희 - 저기… 상무님! 오늘 현부장님 첫 출근인데 건배제의 한번 하시죠?

대한 - 그럴까요? 그럼 다 같이 잔을 좀 채워 보시죠~ 우리한테 새로운 식구가 생겼어요! 오늘 현부장이 첫 출근했는데… 많이 서툴고 어색할 겁니다. 여러분들께서 현부장을 친동생처럼 많이 도와주시기 바랍니다. 자~ 건배제의는 제가 '현부장!' 하면 '환영합니다!'로 화답해 주세요. 자~ 잔 드시고… 현부장!

웨이터 전원 - 환영합니다!

참석한 전 직원이 단숨에 소주잔을 비우고 잔을 내려놓으며 힘껏 환영의 박수를 친다. 대한이 자신의 건배사에 이어 웨이터 급사장 박정희에게 건배사를 부탁하며 잔에 술을 따른다.

박정희 - 영업부장님이 새로 우리의 가족이 되신 걸 진심으로 환영하고… 앞으로 우리 웨이터들과 함께 클럽의 영업 활성화를 위해서 우리는 한 식구라는 마음으로… 끈끈한 정으로 뭉쳤으면 좋겠습니다. 우리 모두 이 소주잔 속에 서로의 마음을 담아 건배를 제의합니다.

급사장 박정희의 건배사가 끝나고 참석한 직원들이 서로에게 술을 권하며 정을 나눈다. 현부장은 대한의 지침대로 자신이 먼저 술병을 들고 웨이터들 자리를 돌며 자신을 한껏 낮추고 웨이터들을 대한다. 그러자 웨이터들도 친근하게 클럽 영업에 대한 노하우를 스스럼없이 현부장에게 알려 주며 다가간다. 현부장의 노력으로 술자리가 제법 화기애애하게 변하기 시작한다.

갑자기 야식집 문이 열리더니 클럽 아가씨들이 술을 마시러 우르르 몰려들어온다. 아가씨들이 대한 일행이 먼저 와 있는 것을 보고 반가워하며 합석해 술을 마시기 시작하자 어느새 술자리 분위기가 무르익는다. 러시아 아가씨를 관리하고 있는 쏘냐가 영업부장 현민의 흰색 셔츠 밖으로 살며시 비치는 용(龍) 문신을 보고는 그에게 드래곤이라는 닉네임을 지어 준다. 어느새 가까워진 그들은 아가씨들과 함께 어울려 술을 마시던 중 현부장이 어느 순간부터 한 아가씨에게 호감을 갖기 시작한다. 호감을 갖기 시작한 아가씨는 다름 아닌 나탈리아의 절친 소피아다. 대한은 현부장이 소피아에게 호감을 갖고 있다는 것을 눈치 채고 소피아를 불러 현부장 옆자리에 앉히고 술을 따라 준다. 그러자 소피아가 미소를 지어 보이며 현부장과 술잔을 부딪친다.

소피아 - 헤이~ 드래곤 오빠! 원샷!

현부장 - 뭐? 갑자기 나보고 원샷 하라고?

살짝 술이 취한 소피아가 어느 순간부터 현부장만 쳐다보면 미소를 지으며 웃기 시작한다. 평소와는 다른 모습을 보이고 있는 소피아를 유심히 지켜보던 나탈리아가 깔깔거리며 웃는다. 현부장의 첫 출근을 환영하기 위해 마련되었던 회식자리에 클럽 아가씨들이 합석하여 생각했던 것보다 그들은 꽤 많은 양의 술을 마신 뒤에야 자리를 파하고 각자의 숙소로 돌아간다.

대한의 숙소 바로 옆에 위치한 트윈실을 숙소로 사용하게 된 현부장이 샤워를 마치고 대한과 함께 각자의 침대에 누워 있다.

이때 나탈리아가 대한에게 전화를 한다.

나탈리아 - 오빠! 어디에 있어요?

대한 - 으응… 옆방에 드래곤하고 같이 있어. 근데 왜?

나탈리아 - 소피아 드래곤 만나고 싶어 해! 알아요?

대한 - 그럼 내 방 말고 702호에 드래곤이랑 같이 있으니까 이리 와!

잠시 후 객실 초인종이 울린다. 대한이 방문을 열자 나탈리아와 소피아가 잠옷 차림으로 바카디 한 병을 손에 들고 문 앞에서 있다. 네 사람이 거실 테이블 주변에 둘러앉아 독한 바카디에 육포를 안주 삼아 마시기 시작한다. 평소에도 바카디를 즐겨 마시던 러시아 아가씨들과는 달리 대한과 현부장은 바카디 두 잔에 벌써 술에 취해 침대에 누워 잠이 든다. 대한과 현부장이 술에 취해 먼저 잠이 들자 나탈리아와 소피아는 남은 술을 모두 마시고 나탈리아는 대한의 침대로 소피아는 현부장의 침대로 속옷만 입은 채로 들어간다.

잠에서 잠시 깨어난 대한이 바로 옆 침대 위에 소피아가 발가벗고 있는 것을 보고 깜짝 놀란다. 그러자 나탈리아가 대한의 입을 틀어막으며 입술에 키스를 한다. 대한과 나탈리아가 잠자는 척하면서 소피아의 행동을 지켜본다. 곧 현부장이 인기척에 잠에서 깨어나자 소피아가 현부장의 입술에 손가락을 갖다 대며 아무 말도 하지 말라고 눈을 찡긋거린다. 현부장이 깜짝 놀라 고개를 돌려 주변을 두리번거리려고 하자 소피아가 현부장에게 기습적으로 키스를 하더니 현부장의 옷을 하나하나 벗기기 시작한다. 처음에는 옆 침대에서 자고 있는 대한과 나탈리아를 의식하던 현부장도 그들이 술에 취해 잠들어 있다고 생각했는지 결국 흥분을 참지 못하고 소피아와의 섹스를 즐기기 시작한다. 흥분한 두 사람은 옆에 그들이 있다는 것도 잊고 섹스에 몰입하더니 결국 하나가 된다. 잠든 것처럼 숨을 죽이고 그들이 사랑을 나누는 장면을 지켜보고 있던 대한과 나탈리아가 두 사람이 헐떡거리며 숨을 고르는 것을 보고 결국 참지 못하고 웃음을 터뜨린다.

대한 - 와 나~ 난 떨려서 더는 여기 못 있겠다. 드래곤! 하하하!

깜짝 놀란 현부장이 얼른 옷을 챙겨 입으며 대한을 보고 투정을 부린다.

현부장 - 아… 형님… 왜 주무시는 척을 하십니까? 형님! 쪽팔리게요.

나탈리아 - Hey yo… you are so sexy! Sophia! fighting! 하하하!

소피아 - 드래곤! 괜찮아! 왜요~ 이리 와요! 드래곤!

대한 - 이 새끼가 선배가 옆에서 자고 있는데 임마! 푸하하~ 형이 빨리 자리 피해 줄게. 하던 거 계속 해! 그럼 편히 쉬어라!

현부장 - 형님! 민망하게 왜 그러십니까? 아….

대한과 나탈리아가 객실 문을 열고 나가려고 하자 민망했는지 현부장이 대한에게 멋쩍은 웃음을 지어 보인다.

자신의 방으로 돌아온 대한이 나탈리아와 함께 침대에 눕는다. 조금 있으려니까 현부장의 방에서 신음소리가 생생하게 들리기 시작한다. 이 소리를 들으며 점점 얼굴이 빨개진 나탈리아가 대한의 얼굴을 빤히 쳐다보더니 그의 품으로 파고든다.

나탈리아 - 상무님! I love you! 사랑해요! 오빠!

대한 - 응… 나탈리아… 근데 어떡하지? 지금은 많이 피곤한데….

나탈리아 - Oh… Okay then… 알았어요. 괜찮아요. 오빠!

대한은 자신의 한양파 조직의 직계 후배인 현부장을 나이트클럽 영업부장 자리에 앉히고 업무 파악을 잘 할 수 있도록 도와주느라 온종일 신경을 곤두세우고 하루를 보내고 일이 끝난 후에는 직원들과의 회식자리까지 마련해 주느라 평소와는 달리 피곤함을 느낀다. 대한이 칭얼거리는 나탈리아를 달래며 품에 꼭 안고 금세 잠이 든다.

대한이 서진관광호텔에서 상무로 근무한 지도 어느덧 1년이 넘게 흘렀다. 그가 서진호텔의 상무로 처음 활동하기 시작했을 때만 해도 서진호텔과 나이트클럽은 매출이 형편없이 떨어져 적자 운영을 해야 할 처지였지만 대한이 상무로 지내는 동안 클럽은 서진호텔의 주요 수익원이 될 만큼 크게 성장하였다. 그가 서진호텔에서 경험을 쌓은 시간은 사회 초년생으로 경험이 없었던 그에게 개인적으로도 많이 성장할 수 있었던 큰 경험이었다.

대한이 서진호텔 상무로 일하기 시작한 지 어느덧 1년이란 시간이 흘렀다. 다음 해 여름, 대한은 호텔 나이트클럽의 경험을 바탕으로 서서히 유흥업에 눈을 뜨기 시작한다. 대한은 상남시와 불과 얼마 떨어지지 않은 경기도 영산시에 제법 수익성이 좋아 보이는 룸살롱 한 군데를 물색하고는 가게 인수 문제를 최준석 이사와 상의하기 시작한다. 최이사로서는 호텔의 상무인 대한이 개인적으로 룸살롱을 오픈하게 된다면 호텔 업무에는 소홀할 수도 있었지만 그동안 대한이 성실하게 업무를 수행하는 모습을 보았기에 아무 조건 없이 대한이 인수하기를 원하는 룸살롱을 무난하게 인수할 수 있도록 도와준다. 그가 오픈한 룸살롱은 호텔 나이트클럽에서의 경험이 밑바탕이 되어 장사를 시작하자 매출이 호조를 보이며 아무런 탈 없이 순조롭게 운영되고 있었다. 하지만 대한의 고향 선배들은 서진호텔의 상무로서 굳건하게 자리매김을 하고 영산시에 룸살롱을 개업하여 사업가로 변신하고 있는 대한을 곱지 않게 생각하는 분위기다.

　어느 날 대한의 지역 한양파 선배들이 대한에게 급히 할 말이 있다며 일방적으로 만나자는 약속을 정한다. 대한은 드디어 올 것이 왔다는 생각을 떠올리며 직원들에게 간단한 업무지시를 하고 한양파 선배들과의 약속을 지키기 위해 부랴부랴 고향인 진산으로 내려간다.

대한이 영산을 떠나 무려 세 시간이나 걸리는 거리를 논스톱으로 운전을 하여 진산 소재의 카페에 도착하자 약속장소에는 한양파 조직 선배인 치수와 철수가 언짢은 표정으로 소파에 앉아 있다. 대한이 카페로 들어서며 선배들에게 정중하게 인사를 하지만 선배들의 얼굴 표정은 그저 시큰둥하기만 하다. 대한이 타지에서 승승장구하며 소위 성공가도를 달리고 있는 것이 시골구석에만 처박혀 건달생활을 할 수밖에 없는 선배들의 눈에는 그리 달가워 보이지 않는 것 같다. 대한의 성장에 시기 질투를 느끼고 있던 선배들이 이번 기회에 어떻게든 대한을 동네로 다시 끌어들일 작정을 한다. 대한을 바라보고 있는 치수와 철수의 표정이 매우 못마땅한 얼굴이다.

치수 - 대한이! 너! 얼마 전에 영산에 룸살롱을 오픈했다고 들었는데…? 그게 사실이냐?

대한 - 예! 형님! 갑작스럽게 그렇게 됐습니다.

치수 - 지금 호텔 상무로도 재직하고 있잖아? 그런데 룸살롱을 또 오픈했다는 거냐… 그것도 진산도 아니고 객지인 영산에서 말이야. 그러니까 선배들이 조직 일에는 소홀히 하면서 왜 진산 놈이 객지까지 가서 가게를 차리느냐고 하는 거야. 선배들이 너를 보고 싸가지가 없네… 건방지네… 그러시는데 넌 선배들이 이러는 것에 대해서 어떻게 생각하냐?

대한 - 형님들께서 뭔가 오해를 하시고 있는 것 같습니다. 솔직히 지금 고향에 있는 제 친구들도 그렇고 저희들 동생들도 아무런 일자리가 없어서 다들 어렵게 지내고 있는데 우리 중 누군가 잘 돼서 앞에서 끌어 주면 그건 우리 조직이 모두 잘 되는 거 아닙니까? 같은 조직원이라면 서로 밀어주고 끌어 줘서 누구라도 성공할 수 있도록 도와줘야 우리에게도 미래가 있는 거 아닙니까? 형님!

치수 - 그래. 니 말이 틀린 건 아니다. 하지만 우리가 한 식구로서 지낸다는 것은 선배들이 있으니까 그 덕분에 너도 존재하는 것 아니냐? 일단은 선배들이 다 정리하고 내려오라고 하니까 그렇게 해! 알겠어?

갑작스런 선배들의 요구에 대한이 고개를 숙이고 깊은 생각에 잠긴다. 한참을 말없이 생각에 잠겨 있던 대한이 결단을 내린 듯 천천히 고개를 들고 선배들에게 자신의 생각을 얘기하기 시작한다.

대한 - 형님들도 아시겠지만 가게를 정리하려면 시간이 좀 필요합니다. 그리고 호텔 같은 경우에는 제가 하기 싫다고 해서 상무라는 직책을 제 마음대로 집어던지고 갑자기 빠져나올 수 있는 상황도 아닙니다. 저를 대체할 수 있는 인원도 충당해 주고 여러 가지 업무적으로 처리해야 할 것들도 많이 있습니다. 형님!

철수 - 형이 이런 말까지는 안 하려고 했는데 말이야… 위 선배들 입장에서 보면, 자기들보다 나이도 한참 어린 놈이 객지에서 호텔 상무라는 직책을 가지고 있고 또 룸살롱도 개업하고 거기에다가 에쿠스까지 타고 다니니까 그게 좋아 보이겠냐? 더구나 다른 사람들이 니가 선배들보다 훨씬 잘 나간다고 얘기하는 게 좋아 보이겠냐고! 니가 그러니까 선배들한테 시기 질투를 당하는 거 아니냐?

대한 - 아니… 형님! 선배들이 돼 가지고 무슨 동생한테 시기를 하고 질투를 합니까! 동생이 잘되면 좋은 거지… 그게 대체 무슨 말씀이십니까? 동생이 잘되는 것이 형님도 두려우신 겁니까?

선배들의 말도 안 되는 억지에 흥분했는지 자신의 생각을 설명하는 대한의 목소리가 커진다. 그러자 후배가 선배들에게 대든다고 느낀 치수가 갑자기 대한의 뺨을 한 차례 후려갈긴다. 난데없이 뺨을 맞은 대한이 코웃음을 치며 가소롭다는 표정으로 선배 치수를 노려본다.

치수 - 대한이 너! 이 새끼! 니 눈빛을 보니까 형 한 대 치겠다! 치겠어! 응? 왜 이 새끼야! 형이 동생놈 뺨 한 대도 마음대로 못 때리냐? 어?

옆에 있던 철수가 흥분한 치수와 대한을 진정시키며 대한에게 다시 한 번 한양파 선배들의 요구사항을 전한다.

철수 - 그만해! 치수야! 대한이 너는 이번 달 말일까지 전부 정리하고 내려와! 형들한테는 그렇게 보고할 테니까 그런 줄 알고 가 봐!

더 이상 그들과 대화할 필요가 없다고 생각한 대한이 먼저 자리에서 일어나 밖으로 나온다. 대한이 선배들에게 아무런 합당한 이유도 없이 닦달을 당하는 장면을 옆 테이블에서 지켜보고만 있던 대한의 1년 선배 성효와 대한의 친구 윤식이 말도 안 된다며 대한에게 울분을 터뜨린다. 하지만 대한은 아무렇지도 않은 듯 싱겁게 웃으며 억울해하고 있는 그들을 달랜다.

대한 - 그래. 선배들이 그렇게 원하면 나도 다 정리하고 내려온다! 하지만 선배들의 이런 못난 생각 때문에 난 내 사람들을 잃고 큰 피해를 입을 수밖에 없어. 어쨌든 좋아! 동생들의 미래를 꺾어버린 선배들은 어떻게 사는지 우리 꼭 지켜보자. 꼭!

윤식 - 그랴~ 잘 참았다. 대한아! 근데… 나는 선배들이 무슨 생각으로 이런 말도 안 되는 결정을 했는지 정말 이해가 안 간다!

대한 - 앞으로가 더 큰 문제야. 선배들 마인드가 꽉 막혀 있어서 이렇게 살다가는 우리 조직은 결국 고립되고 말 거다.

성효 - 아니 그… 근데 시… 씨부랄 거… 자자… 잘못한 것도 없는데!! 대… 대한이 니 뺨은 왜 때린 겨? 시… 씨팔!

윤식 - 저런 게 조직 선배냐? 진짜 정 떨어진다. 동생들 앞길을 도와줘야 할 사람들이 어떻게 대빠꾸로 죽이냐? 난 도저히 이해를 못 하겠다!

한 달 후 대한이 선배들의 뜻대로 호텔의 상무직을 사직하고 영산에 개업했던 룸살롱도 급하게 헐값에 정리한다. 호텔 임직원들은 나이트클럽 운영뿐만 아니라 호텔의 운영에도 큰 역할을 하고 있던 대한이 갑자기 떠난다는 사실이 못내 아쉬웠는지 모든 호텔 임원들이 함께하는 성대한 만찬자리를 마련한다. 만찬자리가 끝나자 윤사장이 대한을 따로 불러 함께 술을 마시며 아쉬움을 전한다. 호텔 관계자들은 청년 박대한의 젊은 감각과 사업적인 능력, 과감한 결단력과 행동력에 많은 기대를 하고 있었다. 대한이 서진관광호텔에 근무하는 동안은 그 동안 각다귀처럼 달려들었던 군소 조직이나 양아치들도 대한이 상무로 재직하고 있는 서진호텔을 함부로 넘보지는 못했을 것이다. 그래서 대한이 갑작스럽게 상무직을 사직하고 진산으로 귀향하게 된 것에 대해 호텔 임직원들이 대단히 실망하는 눈치다. 하지만 한양파 조직 선배들 요구로 어쩔 수 없이 호텔을 떠나야 한다는 것을 알고는 더는 대한을 붙잡을 수 없음을 안다. 대한의 1년여 남짓한 호텔업 경력도, 그들과의 인연도 말도 안 되는 한양파 조직 선배들의 시기와 질투로 이렇게 끊어지게 된다.

〈4편 계속〉